"中国现当代名家散文典藏"编辑委员会

主　任：阎晶明
副主任：丁　帆
委　员（以姓氏笔画为序）：
　　　　止　庵　孔令燕　何　平　何向阳
　　　　李红强　张　莉　周立民　施战军
　　　　贺绍俊　臧永清

中国现当代
名家散文
典藏

周涛散文

人民文学出版社

图书在版编目(CIP)数据

周涛散文/周涛著. —2版. —北京：人民文学出版社，2022
（中国现当代名家散文典藏）
ISBN 978-7-02-016399-1

Ⅰ.①周… Ⅱ.①周… Ⅲ.①散文集—中国—当代 Ⅳ.①I267

中国版本图书馆CIP数据核字（2022）第044223号

责任编辑　杜　丽
装帧设计　陶　雷
责任印制　宋佳月

出版发行　人民文学出版社
社　　址　北京市朝内大街166号
邮政编码　100705

印　　刷　河北环京美印刷有限公司
经　　销　全国新华书店等

字　　数　236千字
开　　本　880毫米×1230毫米　1/32
印　　张　10.625　插页4
印　　数　1—5000
版　　次　1995年12月北京第1版
　　　　　2022年5月北京第2版
印　　次　2022年5月第1次印刷

书　　号　978-7-02-016399-1
定　　价　39.00元

如有印装质量问题，请与本社图书销售中心调换。电话：010-65233595

作者像

关于自己

周涛

关于自己——这是个500字的难题。也许用5个字可以盖棺论定，也许用五百万字也不能表达透彻。简单地说，人一辈子就是不断地深入学习"知己"和"知彼"的过程。

我看北村的小说《家族记忆》，里边有个人物康如松，看着看着，我就笑了。心想，这像伙太像我了！当然，"康如松"年轻时是典型的奶油小生……使现时银幕上的小生与之无法

作者手迹

阿勒泰的白桦林

塔克拉玛干沙漠

出版缘起

中国现代文学开启自一百多年前的一场文学革命。从此,与社会现实密切相关,普通大众可以接受、可以欣赏、可以从中得到思想启蒙和艺术享受的新文学,就如雨后春笋般生长,涌现出一篇又一篇、一部又一部影响当时、传之久远的经典作品。自"五四"新文学以来的中国现当代文学发展进程中,散文无疑是耀人眼目的明星。

散文既能直抒胸臆,又能描摹万物,因此被视为自由多样的文体;散文语言贴近日常,最易触动人们的情感,可以直接地陶冶人们的心灵。这也是经典散文被誉为美文、拥有广泛读者、历经岁月更迭仍让人捧读的原因。百余年来的中国现当代散文创作云蒸霞蔚,已莽莽如浩瀚的文学森林,人们若贸然闯入这片森林之中,时有乱花迷眼、茫然难辨之困扰。为了让广大喜爱散文的读者能够更迅捷地读到中国现当代散文的经典性作品,我们精心编选了这套"中国现当代名家散文典藏"丛书。本丛书编选过程中,我们邀请了文学界的专家学者组成编委会,在认真商讨的基础上,汇集、编选了20世纪以来中国现当代散文史上的名家、名作。目的就是方便广大读者感受散文经典的艺术魅力,有利于集中欣赏、比较阅读、收藏,以及进行相关研究。

在研究、讨论过程中,编委会形成了经典性的编选宗旨。卷帙浩繁的现当代散文作品中,以经典作家、经典作品的筛选为编选原则,是为读者提供阅读便利的需要,也是为百余年散文创作所做的某种回顾和总结。我们深知,任何一部文学经典都并非一蹴而就,也非任由某个权威命名而成,文学经典是经过时间的淘洗,经受了社会和读者等各个方面的考验,自然形成的。这个淘洗和考验的过程就是一部文学作品被经典化的过程。经典,是经典化过程的结晶。中国现代文学是中国当代文学的前身,当代文学是活在我们身边的文学,这是一件非常有趣的事,因为这样一来,我们也许就能亲眼看到一部文学作品是如何诞生的,又是如何引起社会的热议、得到不断深入阐释的,我们对一部当代散文的喜爱,往往也是在这一过程中不断地得以强化。经典便是在这样不断被阅读、被热议、被阐释的过程中得到人们的广泛肯定从而成为大家公认的经典。当我们要编选一套现当代散文经典的丛书时,就应该考虑到当代文学的这一特点,要意识到当代文学的经典并不是凝固不变的,它仍处在不断丰富和不断成熟的经典化过程之中。这就确定了我们的基本编辑思路,即我们自觉地将"中国现当代名家散文典藏"的编选和出版,视为参与到现当代散文的经典化过程的一次积极行动。经典化,为我们的编选打通了一条通往经典性的最佳通道。我们从经典化的角度来审视现当代散文,就要更强调发展和辩证的眼光,更需要发现和辨析那些正在茁壮生长中的新现象和新作品;这也提醒我们,在经典标准的确认上不能墨守成规。我们既要关注作为文学史的经典,同时又要更看重历经岁月变幻始终在广大读者中拥有良好口碑的作品。我们认为,读者是经典化过程中不可忽视的参与者,因此也希望这次"中国现当代名家散文典藏"的编选和出版,能够为广大读者参与到现当代散文经典化进程中来提供一次良好的机会。

经典化的编选思路,自然决定了这套丛书有另一特征:开放性。中国现当代文学作为活在我们身边的文学,这就意味着它是一种具有旺盛生命力的,仍在茁壮生长的文学。回望过去的一百余年,现当代散文已经产生了不少的经典性作品;凝视当下的现实,仍有许多正行走在经典化道路上的优秀作品;放眼未来,我们相信,将会有更多的经典脱颖而出。我们这套散文典藏丛书不光要"回望",而且还要有"凝视"和"放眼",也就是说,我们不光要推出已有定论的经典性作品,而且还要把那些正行走在经典化道路上的,以及刚刚萌芽即将脱颖而出的优秀作品也纳入丛书的视野,因此我们必须采取开放性的编选方针。我们不是一次性地编选数十本书就宣布大功告成了,我们还要在此基础上继续延伸下去,把在经典化进程中逐渐成熟了的作家和作品吸纳进来,作为系列丛书、长期工作、"长河"计划而接连不断地出版下去。

本丛书编辑过程中,坚持优中选优原则,同时也充分尊重作家意愿和相关版权要求。在编辑"中国现当代名家散文典藏"过程中,由于版权限制等因素,使得一些名家名作还没有如期纳入丛书当中,我们也将努力创造条件,争取将更多的优秀散文佳作奉献给读者,以呈现中国现当代散文创作的整体成就和总体风貌。

感谢广大作家的支持,感谢广大读者的厚爱。

人民文学出版社
"中国现当代名家散文典藏"编辑委员会

目 录

1 导读

1 阳光容器

4 一个牧人的姿态和几种方式

7 二十四片犁铧

12 红嘴鸦及其结局

16 过河

19 巩乃斯的马

25 猛禽

36 天似穹庐

43 忧郁的巩乃斯河

49 伊犁秋天的札记

81 博尔塔拉冬天的惶惑

100 捉不住的鼬鼠

105 瓶中何物

111 凝视片刻

114 全是哭声

117	隔窗看雀
119	令箭荷花
121	黄蜂筑巢
124	秋风的手
126	老屠格
128	梦之队
133	呼救
136	大雪飘,饺子包
139	领略巫山
143	游太保山记
149	不去
152	读童话
156	出新书
162	谈友谊
167	人钱小事
173	文章武谈
178	追赶自己的鞋子
183	哈拉沙尔随笔
209	吉木萨尔纪事
239	西部与西部
242	迁徙者的家园
245	河与沙

248 历史与山河同在

252 混血的城

256 天山的额顶与皱褶

260 大树和我们的生活

264 看那个马车夫犯错误

267 还是应该常去看望一下土地

271 干爽的高地

275 谷仓顶上的羊

280 虫子,爬吧

284 从前

288 老将暮年

296 贪官九像

300 边地童话

导 读

周涛是一位风格独特的当代散文家。他早期以新边塞诗闻名,后来专注于散文写作,不觉已是四十多年。诗人写作散文,并不稀奇,但周涛的加入,对中国当代散文创作构成的冲击不可小觑。在写作散文时,周涛并没有放弃诗歌创作的诸多大条,或者说古老律令,例如对语言的珍爱,对哲思的偏好,对生命与生活意义的不断追问,等等。在形式方面,他也不拘一格,篇章结体十分自由,短则寥寥数百字,长则数万言、数十万言,像《游牧长城》《一个人和新疆》那样的长篇散文,在中国当代散文写作中,更是很少见。

周涛在大地上行吟,注目时代、社会和历史的光亮与晦暗,游历边疆奇特的自然地理,省察自己的人生、命运,敏锐的眼睛总能看到别人看不到的东西,独异的思想往往超越凡俗之见,出色的文笔常贡献给读者他人笔下所无的机智、幽默与华美。总体上来说,周涛就像一个挑剔的鉴赏家,他总是想要看到最好的,他踌躇满志,时而又怏怏不乐,大概总是"不如意事常八九,可与语人无二三"吧?他的散文作品,多见迷人的细节、精彩的人物,以及让人忍俊不禁的情节。看他对自然世界里草木、鸟兽、河流、山川的描写,我们仿佛是读博物志,或是读浪漫主义小说中的景物勾勒。他也不忌讳谈论身体、性别、欲望，包括美酒佳肴。总之，周涛对映入眼帘的一切天真而好奇，没有郁闷悲愤，没有阴阳怪气，没有难解的心结，更重要的一点是，他没有轻易让自己归属于某个特定的社会群体、阶层，哪怕是"知识分子"一类的身份。

　　周涛散文令人印象最为深刻的，莫过于作家在语言、思维和文化视野几个方面的卓尔不群，这也是周涛散文写作的整体特征。

　　先说语言，这是周涛在涉足散文之初就与众不同的地方之一。在他的作品中，视角，或者说叙述方式，总是在灵活变动。叙述方式的自由决定了语言的丰富多彩。第一人称、第二人称和第三人称，以及全知全能的"上帝视角"，都会出现，这主要取决于其文学表达的精微细致、生命经验呈现的真确可靠、文本完成的自然自足，而不是简单搬弄修辞。在诸如《二十四片犁铧》《猛禽》这样的篇章中，根本没有叙述者，没有什么主观视角，整个场景却惊心动魄，特别是那位哈萨克老妇人对大型拖拉机及其犁铧的无言蔑视，简直让人难以忘怀。而在《呼救》《谷仓顶上的羊》《看那个马车夫犯错误》这样的短章中，我们看到明显小说化了的细节情节和生活悲喜剧，人物也惟妙惟肖。至于《伊犁秋天的札记》《追赶自己的鞋子》之类，则属于孤独漫步者的遐思，真理及悖谬、真实与荒诞、历史与现实一类的思想主题反复出现，让我们想起帕斯卡尔、蒙田或是卢梭等人的沉思气质。所以，周涛的散文根本就不存在公式化的"抒情主人公",也就是一般散文都会刻板安放的"作者"。

周涛语言的特质,还在于从不向时髦话妥协,他的汉语有书面语的严整质地,如果不得已使用了惯常的套话,他就会感到不安:"虽然这三种层次(我竟然也使用了这个时髦得发霉的词汇,请读者原谅)在当前任何地方都存在着……"不过,他对民间俗语、方言、少数民族语言中的精华,又格外敏感,他在写作时会适时吸收一些有趣的歌谣、笑话、顺口溜,生动鲜活,读来难忘。

更重要的,是周涛散文的思维特点。一篇篇读下来,我们会发现,周涛在当代散文家中,是顽强保留了个人精神、自我意识的一位,可以说,他首先是"个人",其次才是一位作家。他写作的出发点,正是基于对生命和生活的反省,是对"意义"和"价值"的反思,他不盲从任何伟大的思想,也不迷信什么高妙的精神教义。中国散文传统,无论古典还是现代,通常都强调"大我",也就是"无我",也就是文明或文化意义上的精神主体。这当然并没有什么不对,只是今天的大多数散文写作者,有谁能够自由地达到范仲淹、文天祥那样的家国情怀和天下气象呢?周涛有自知之明,他或许偏爱陶潜的方式,自我放逐,但保有强烈的自我意识。在当代中国社会,在当代中国文学的表达中,像他这样不掩饰、不在乎、不虚矫,但也不偏执狂傲的,十分少见。

他说,"我相信我之所以成为一个诗人或作家的根本原因,是起因于少年时期就纠缠在心灵里的这种怀疑"。怀疑什么呢?怀疑这个过于"正常"的世界,怀疑道貌岸然的一切。在怀疑中识破假冒伪劣,在怀疑中确立由自己亲自鉴定的美善。他说,"可是我对我的职业已经开始有了厌恶感,这当然也包括对我自己——我厌恶自己在生活中扮演的这个角色,我当初肯定是有意识去这么做的,渐渐不知不觉地就扮演到了今天这种地步。现在,我停下来,回头仔细地审视着过去的一系列的自己,有时偶然能听到一些断断续续的自言自语,那好像是说'我该怎么回去呢?'"(《伊犁秋天的札记》)正因为厌恶,他摆脱了群体性思维,逃逸出了集体审美的笼子。他没有按照大众喜欢的方式去说话,更不会去恭维大众,相反,他通过反向的自我剖析与揭露,发掘人性中共同的弱点,告诉读者什么是媚俗,什么是丑恶。

最后,是文化视野。周涛幼年(九岁)随父母离开北京到新疆,在那里成长、受教育、写作,逐渐与新疆融为一体,由此获得了不一样的认知结构、精神结构,并戏称自己是一个"西北胡儿"。在他的笔下,维吾尔族、哈萨克族、蒙古族和回族等民族的"众生相"不在少数,他观照这些人,理解这些人,也以这些人的眼光观照其他人,或者是"内地人""城市人",这就获得了一种与地域和民族文化相关的思想视野,多了一种以其他民族的视角看待事物的角度,并旁及历史观、民族观,乃至文明观。

在一篇文章中,周涛曾提及法国哲学家卢梭,称其为"妄图弄清楚自己灵魂的人",其实这也正是他自己的写照。读者会注意到,他的大部分散文作品,都是在完成自我认识,在进行自我批判,他困惑于自己的灵魂状态,并试图弄清楚。这个"灵魂",并非宗教意义上所谓属灵的生命,但大致离不开"自我",也离不开时代,离不开中国社会。有时候,正是一个有清醒自我意识的生命主体,或者说一个诚实的个人主义者,会成为罕见的标本,乃至活的化石。这一点,在其长篇自传体散文《一个人和新疆》中,体现得尤为充分。不过,这已经是题外话了。

殷 实

2021 年 12 月,北京

阳光容器

阳光从清冽、蔚蓝的天空中泼洒下来的时候，仿佛是被一个透彻的、空明而又高贵的容器过滤了。它看起来还是那样炽烈，那样明晃晃的，和所有正午的阳光一样炫目，但它其实已经不再灼烫闷人了。它从高空垂落下来，光芒四溅，游动跳跃，从这朵花转瞬蹿到那朵花，从这片草丛倏忽掠向那片草丛，依然可人和煦，但带着清新可爱的滋味，像一团充盈在天地之间的光芒的水流。

草原塌陷或隆起在一些山岗旁边，线条流畅自然地结合着，宛如床和枕头的关系。

远些的背景上，裸露出白岩石的山壁峻峭地雕刻出一些模糊粗犷的脸型，奇特地、一动不动地盯视着草原，表情怪异。

再远，钢蓝色的山体便从浓艳的绿野中分离出来，组合成天边的一列坚硬而又披挂了深雪的高大尖顶营帐；它总能被人一眼望见，却让人总也走不近它们。这些耸立天庭的雪峰和草原浓艳的夏天离得似乎是太近了，近得令人不敢相信，这就使这些巨大的实体看起来很像是假的。纯钢一般湛蓝的山体，耸峙并插进蓝得宁静明洁的天空。两种蓝，高度和谐而又截然不同，你无法说清这两种质地的蓝是怎样在空间里被鲜明区分的。

阳光正是从这样一种蓝得发亮的容器中倾泻下来，恣意地溅洒在草地上，饱满充沛，看样子不像是能够枯竭、不会有光芒泻尽的日子。

这些光芒的瀑雨无声地向下降落，无声而缓慢，均匀而有力，一俟接触地面，触碰到白的岩石和各种颜色的明媚的野花，便会在花瓣的光彩上惊跳起来，反弹并四处迸溅，光芒像是撞碎散开的水珠，向各个方向惊跳，划出优美的弧度，纠缠、交织，在宁静无人的夏季牧场上织出一片炫目的、灿烂的光芒彩雨。这奢华的、浪费的阳光，正独自毫无目的地倾泻着，仅仅是为了漫无边际的茂盛的牧草繁荣滋长。

牧草长深了。滩上或山坡上的草已经没过了足踝，偶然有些地方裸露出小块未被草植遮盖的地皮，好像是大自然的随意和疏漏；山岗顶上的牧场正透着阴凉之气，草长得更深厚，已经可以陷没人的膝盖。

草原这时是一位画家，但只是画家而并不同时又是音乐家。它在这块大画布上涂抹油彩的时候，是非常愿意宁静的，在它色块汹涌奔流的空间里，任何细微的声响都能成为注意的中心。光斑在花朵上弹射、迸溅，却在草色深浅中被吸收，被融入，阳光渗入绿色的时候就好像水珠渗入厚壤那么容易。

有时候蓦然间会从天空中跌落下来一两只黄鸭，嘎嘎地大叫着，扑喇喇扇动着两张短翅膀。从蓝色晴空的说不清哪处缝隙间跌落下来，嘎嘎的大叫声和翅膀的扑扇声回荡震颤在原野山岗上，惊天动地，使人惊奇那么小的生物何以竟会发出如此之大的声响。黄鸭很像一个笨重、金黄的傻瓜，不慎从云朵上一脚踏空，划着弧度栽落下来，穿过光芒交织的彩雨，直向下跌，它嘎嘎的怪叫声仿佛是在大喊"救命"。结果，它一着地，就摇摆着屁股跌跌撞撞地走进草丛里不见了，虚惊一场。

还有时候，会有三五只天鹅像一组大型客机在草滩上降落。它们不大怪叫，只是平稳地飞行着，渐渐降低，互相仿佛商量了一下，然后沿着一条看不见的斜度轻盈而下，保持着飞行距离，着陆；它们像银子铸就的一般，把自己优美的身体合适地放在碧绿草毯的陪衬之中。

然而这一切并不引起草原的格外注意。它仍然宁静，光芒炫目或者因一朵云影的移动而暗转阴凉。

山岗在远处盘绕着。

几匹像是失散的无家可归的马，悠闲地甩着长尾——尾巴上粘着刺球、草秆——驱赶蚊蝇。它们谁也不答理谁，谁也不想独自走得太远，就那么吃着草，偶或扬起长鬃披散的颈子来怅望一下远方，像一伙子离家出走有些后悔但又想不起家来的流浪汉。

山岗依然在远处盘绕着，没有移动。

草的生机使它毛茸茸的、湿漉漉的，像是伏卧在那里的蜗牛，很久很久，它都没有动一下。巩乃斯河流得非常平静，随着地势的起伏偶尔闪露出一段水流，光芒并不耀目。它的拐弯处或平阔处长满了大片的芦苇，遮掩着它，使它像一个藏而不露、很有心计的动物。

离河不远的略微高起的坡地上，正露出一排土房子。

一个牧人的姿态和几种方式

这时候他正蹒跚地朝着那条被苇丛遮掩着的河走过去。他一步一步地走着，走得很慢，显得笨拙。他走路的姿势，有一种幼儿刚开始学步时的陌生，还有一种久卧病榻的人初次下地时的荒疏。每一步跨出去，都含有试探、不自信的意味儿，而他的身躯又那么沉重，这就使他很像野兽直立起来的样子，像一只熊。

他对走路的确是陌生的，这个牧人。因为他大多数时间是生活在马背上，他的腿已经有些弯曲，即便在行走的时候，两腿间依然仿佛箍着一个无形的马肚子。他肩膀宽阔，两条粗壮结实的手臂在行走时无所适从地放在身体两边，似乎有些多余。

这时候草原空寂得像一幅弃置已久的名画，天空像一面没人敲打但却擦拭得异常锃亮的铜锣。鸟儿的鸣叫声从灌木丛中传出来，合拍于微风使灌木枝叶轻轻抖动的节律，大地散发出的各种花草的清香正在阳光下弥漫。这一切使受到催化、刺激而蓬勃发育的生命形成一种氛围和情态，它们弥散的气息又反过来刺激、催化别的生命。

春天的某种特殊的活力就这样开始了，它仿佛是一只神秘的手轻轻揿了一下键钮，于是阳光把美丽的情欲注入万物。

他感觉到这些，目睹着这些，甚至可以说主要是呼吸到这一切。这无所不在的花草万物的芬芳掺和了阳光的浓酒，饱含了生命的启示和情欲的力量，随着每一口呼吸进入他的躯体。他的喉管在发痒，肺叶在鼓胀如满风的帆，血液仿佛涨水的伊犁河那样汹涌激荡,他几乎已经能够听到血液的激流冲刷岸壁的声音,在日夜喧响的拐弯处,土岸和崖壁坍塌的沉闷声响轰然而起然后长久地沉寂……他感到晕眩。

他约摸有五十多岁,也许更大一些。他的头发是褐黄的,前额上面有一绺是金黄的。他脸上的肌肉结实紧凑,线条和轮廓还很鲜明,鼻子并不大,但是棱骨明显,两翼匀称,颌骨非常有力地勾画出了他的脸型。眼珠,是那种棕黄的,透着禽类的准确。

他是一个有经验的牧人。

他像用一只手游泳那样,拨开苇丛,靠近那条河,粗重的喘息在密密的苇丛里似乎显得更响一些。

他知道这种晕眩,这种使他头昏的东西是一种力量,这力量的漩流就藏在他的血液里,涌动,旋转,撞击,纠缠他干扰他,使他不能宁静。他知道这不完全是春天的某种情欲,而是一股更强大的、模糊的力量,他说不清这力量源自哪一团浸透了阳光的云朵、哪一座曲线优美流畅的山岗,但他感觉到它,这过于强盛的力量使他晕眩而且变得软弱。

他觉得不可承受。

"人对于主,确是辜负的。你应当奉你的创造主的名义而宣读。他曾用血块创造人。他曾教人知道自己所不知道的东西。"他跪下来,独自祈祷着,间或发出轻微的呻唤,仿佛在恳求宽恕。

你赐予一个牧人使用不完的力量,啊,请允许我归还于您!

他朝向河边挪动得更近了,水是清澈的。

他从靴子里取出一把短刀,从刀鞘里抽出来,刀子很锋利。他把刀子浸进冰凉的河水里,然后拿起来,用刀尖翘起的部位抵住额头,一划,上额至眉心处被划破。宛如一颗饱满的石榴上划了一刀似的,晶亮鲜红的血珠儿,石榴粒儿似的跳出来。

他把头垂向河面,让血滴进清澈冰凉的河水里。他看着一滴接一滴的血掉在水面上,一溅,向上散开,然后刚一落下去接触到水,就被流速拉扯开,拉成一条细长柔韧的红线,倏忽消失远去。

一滴。又是一滴。

他凝视着自己的每一滴血,看着它们离开自己归还给河流和土地。他感到安慰、舒适。

他看到那个力量的一部分跟着自己的血滴进河水里,离开了自己。

渐渐地他觉得自己轻松了许多,头脑变得清醒了,不再晕眩,那个饱胀在躯体内的汹涌的漩流,减弱了,血液的流速开始均匀,身体恢复了平衡。多余的力量的负担卸除了,他觉得自己清爽明快,精力充沛。

他掬起一捧河水,用水拍击额头,血就止住了。

他把刀子伸进河里冲了一下,熟练地在裤子上擦了两面,收进鞘里。

然后,他站起身,长长舒了一口气,用两只粗糙的手掌把自己的脸从上往下梳摸了几次,便离开那条河,朝山岗盘绕的草原深处走去。

他的心里充满了感激。

二十四片犁铧

　　拖拉机牵引着的二十四片犁铧宛如一组编钟，远远行进的时候看上去却像一只多脚的黑蜈蚣。它来到了处女地上，它的任务是把游牧者世世代代牧放畜群的草原犁为田亩，耕耘播种上铺到天边的麦子。

　　拖拉机以坦克那样沉重、不容商量的样子行进着，它的履带的钢齿碾过覆盖了绿草鲜花的草原，像一个性欲强烈的蛮横的男人在少女的胴体上留下的牙印。它是粗暴的、阴郁的，它在某种性欲表象之下执行着一种冷漠的钢铁般的命令。它对草原的强暴里不含有一丝一毫的性成分，没有一点一滴的热情和冲动，更不含有玩弄和欣赏，它是严肃地、一丝不苟地强奸了草原，破坏了巩乃斯草原与牧人之间保持了很久的青梅竹马之情而后仍然保留着的贞操。

　　这是一次可怕的耕耘和播种，它所含有的性质里隐藏着不易被人意识到的破坏的恐怖。它比烧杀抢掠更阴险蛮横，然而它完全不像烧杀抢掠那么容易判断，它的罪恶感是极其隐秘的。这是一次在耕耘和劳动这种旗帜下的庄严的破坏。

　　二十四片犁铧降下去了。

　　二十四片犁铧深深地插入了草原，切割的声响像某种疼痛的撕裂声，尖锐、短促，被压抑着；团团纠缠于土壤之下的草的根系，像散乱蔓延的湿润长发似的，被切断；犁铧切断每一根草的根须时，都发出一声细微的、脆裂的声响，就像斩断一根神经时那样。

　　拖拉机猛地顿住了。它遇到了一种从前未曾遇到过的阻力，二十四片犁铧在插进土地之后被紧紧夹住,所有的根系组成土壤里的网状防御体系,抗拒着犁铧的推进。

拖拉机喘息了一阵,重新调整了一下力量,发出猛兽的咆哮声,向前拱动。它不相信有什么能够阻挡住它。

二十四片犁铧前进了。从每一片犁铧倾斜的一侧,升起一股喷泉般翻动的波浪,褐黑色的土壤的波浪。波浪均匀地从二十四片犁铧的角隙间升起,组成一片整齐的舞蹈,起伏跳跃,训练有素,如同正在表演的少女团体操。

看起来是非常优美、非常欢快的呀!

拖拉机顷刻之间沉在草原里,变成了大海当中的一只旧驳船。它深陷着,缓缓移动着,有时候甚至给人以可能沉没的感觉。在它身后,二十四片犁铧拖拽着一个波浪跳跃的方阵……

草原被切割的声音渐次变为有规律的呻吟,而且渐渐将这呻吟转化为一种低声部的合唱。处女地最初的痛苦、疼痛、尖叫和呻吟消失了,在这低声部里,似乎渐渐有了一点舒畅或欢快。

二十四片犁铧组成的垦殖器带有明确的使土地怀孕的目的,在每一叶犁铧切入的部位,都有一个钢管向土壤注入了麦种。麦种是经过挑选的,颗粒饱满、圆润,它们将准确地进入草原的褐色壤层,潜伏下来,在季节的旗语召唤下集体哗变,奇迹般地改变草原的肤色!

二十四片犁铧昼夜兼程,无所顾忌地前进。它们是由一股强大的力量所牵引的,二十四片犁铧是二十四柄开刃的刀斧,锋快而且有力,比任何刽子手都要无情,比历史的车轮还要不管三七二十一,比军队执行命令还要坚决。

对它们来说,一路上剖开大地的肌肤,切断草的根系,有一种快感。对于天然锋利坚硬的东西来说，切断别的东西恰恰正是它的生存价值，是它的用途。正如对于斧斤来说，砍伐是它的使命，对利剑来说，刺杀是它的天性。

二十四片犁铧在草原处女地的肌肤里切断的远远不止于潮湿的土壤和花草的根须，在它们强有力的锋刃前，掀翻了的是整整一厚层牧草掩护下的世界。这是真正淋漓尽致的大颠覆、大屠戮！

草丛中有着不少的大雁、天鹅、叫天子、呱呱鸡之类的各种禽鸟的窝巢，有待孵的鸟蛋和刚刚孵出的雏鸟，这些以后会飞但现在还不能移动的生命，遇到了不可躲避的劫难。二十四片犁铧的锋刃轻易地把它们一劈两半。

还有蛇，它们的身体被腰斩成数段，在翻耕开的波浪中扭动着，痉挛着，每一段都妄图找回另一截，接上。它们在这种欲望的驱使下挣扎、移动，寻找自己生命的另一部分。

还有田鼠的一窝肉红色的后裔，还有蚯蚓的庞大家族，还有更多的甲虫、昆虫的逃难者队伍，……它们全都面临灾难，如同人类不期而遇地撞上了战争，眼睁睁地看着那二十四片神秘可怖的犁铧迎面碾压过来，把它们苦心经营的乐园一劈两半！

二十四片犁铧如同宿命一般降临，毁灭性的打击如此突然。无从躲避，无从防范，只有任其屠戮。这些小生命在毫无准备的情况下被一个庞大的事物非常偶然地毁灭。深刻的悲剧还不在于此，而在于庞大的事物并不是专门为毁灭它们而降临的。它们完全无辜，但是它们遭到了灭顶之灾。

真正的悲剧正是这样的。

被翻耕过的土壤陈列在犁铧的后面，大块大块、大片大片，像是一整块海面上的凝固的波浪。壤块裸露出来，被切断的根须也暴露在光天化日之下,显示着被宰割后的程序。土壤的秘密暴露无遗,它们躺在阳光下,散发着自身的强烈芬芳的新鲜气味儿,无可奈何。

在这些翻耕过的土块上,各种被切割的小生命,有的像战争后的伤兵那样蠕动着,有的则成为尸体半掩在土块里。

二十四片犁铧继续推进,它不管这些。但是不知是什么时候开始,二十四片犁铧的上空聚集了大批的鸟群。鸟群低低地盘旋、鸣叫,紧紧追随围绕着犁铧,仿佛是海鸟追随船尾组成的护送仪仗队。

鸟群越集越多,乌鸦、大雁、鹳、天鹅,还有成群的白鸥和各种鸟雀,鸣叫并盘旋,飞起复落下。在它们的鸣叫声和动作里,有着兴奋焦急的情绪。

它们是来争食那些翻耕出来的小动物的,也是来翻食那些刚播下的麦种的。翻耕过的土地成了一席摆给鸟群们的盛宴。

日日夜夜,它们飞去又飞来,不知疲倦地追随着犁铧,变得越来越大胆、越来越寡廉鲜耻、越来越不像鸟。尤其是那些外形高雅优美的大鸟,它们穿着那样洁白整齐的羽毛,却啄起一条蛇飞向空中,或者凶相毕露地在壤块间追杀一只伤残的小田鼠。这时候,所有的鸟原形毕露,露出了一个生命凶残贪婪的一面。

唉,生命就是生命,再美丽的生命也有丑陋的那一面。所有的生命在本质上是同等的,美具有欺骗性。

二十四片犁铧依然昼夜兼程,在春天的整整一个月的时间里,它不停顿地推进,从草原的这一头一直犁到了天的尽头。它像一艘沉重缓慢的驳船,老也不停地行驶着,只有鸟群日日夜夜追随着它。

辽阔的草原以及草原上的栖息者们承受了这一划时代的灾难,无声无息。除了马达从远处传出的低沉轰响以外,这里的一切都如过去那样宁静、寂寥。

直到有一天,拖拉机犁遍了周围的草原,使一座哈萨克人的白毡房成为仅存于翻耕土地间的一块礁石、一个孤岛。凶猛的牧羊犬激烈地抗议着,围绕在这只长了二十四只脚的陌生怪兽周围跳跃、咆哮,牧犬的叫声激愤而狂怒,同时含有恐惧。

一个哈萨克老妇人从毡房里出来,她一手拄杖,一手牵着小孙子,在离毡房两米处站定。她一言不发,面色冷峻,她看着眼前发生的这一切,自始至终沉默着,没说一句话。

草原上的风掀起她的白发,露出她的额角上一道道苍老的皱纹。她向二十四片犁铧投过一道目光,那目光里凝缩了七十个冬天的寒冷!

那不是愤怒,而是藐视。

那样一个眼神扫过之后,二十四片犁铧突然不再闪闪发光,它们在一瞬间变得铁锈斑驳了,好像一指头就能弹碎。二十四片犁铧可以剖开草原的肌肤,劈斩无数种生命,切断草根、土地和顽石,但是它受不了这位老妇人沉默而又寒冷的目光,它受不了这种无言的、高贵的藐视。

游牧者的异样的沉默间的一瞥,使二十四片犁铧像二十四颗苍老衰弱的牙齿一样可怜。

红嘴鸦及其结局

那个冬天是极其漫长的,好像是季节——这四个轮班的女护士当中有一个完全忘记了接班,而这一个交不出班去的就是那年冬天。冬天是一个穿白衣服的女护士,她因为交不出班去就不停地埋怨,絮絮叨叨,造成了有始无终的大雪飘洒纷扬。

鹅毛大雪——冬天这位女护士的语言碎片,弥漫充塞在草原天地之间。就这样混淆了时间的界限,搅乱了季节的秩序,使等候春天的人们坐在火炉边变傻。

窗外的木桩上拴着几匹马,它们很是安详,一动不动。这是些在露天站着睡觉的生灵,正显示出一副麻木不仁的冷漠表情,好像漫天纷落的大雪和它们完全无关。

它们像疲惫的奴隶一般忍受着,站立在雪地里睡觉。耳朵上,鬃毛上,鞍背和后臀上,渐渐铺了一层厚茸茸的积雪,甚至马的睫毛上也落了雪。它们连抖也不去抖一下,像几匹垂颈肃立的化石。

那年冬天,辽阔的巩乃斯草原变得寥廓了几倍,它显得很厚,很期待,仿佛一位等待远客来临的主妇在整个庭院里铺了豪华洁白的羊毛地毯,但是始终就没有一个脚印踩上去。那个冬天正是这样,那块豪华的厚毯始终没有脚印。

当时寥廓的冬天里,孤零零地有一座泥坯筑起的小屋,当时是这样。小屋里有一个泥砌的火炉,炉火非常温暖。巩乃斯的煤块是油黑晶亮的,着完的煤灰和中华烟的烟灰一样白。在火炉边,等候春天的人沉沉欲睡。

后来雪下得略微稀疏了一些。

泥屋里的人看见一只乌鸦落在近处的树梢上,换了好几个树枝,才站稳。枝上的雪被它弄得抖落下来,洒在它头上,乌鸦缩了缩小脑袋,好像一个耸起黑风衣领子的侦探,守在那地方。

又有一只乌鸦像是它们一伙的,也飞过来了,干脆落在泥屋窗户的土台上,隔着玻璃朝里面看着。这只乌鸦的眼光里丝毫没有流露出对温暖火炉的羡慕,也没有对等待春天的人表现出惊奇和佩服,恰恰相反,有一种明显的轻蔑。它开始在窗台上走来走去,翅膀倒剪在背上像一双倒背交叉的手。它低着头走来走去,像在考虑重要问题的一个大人物,很可能过一会儿就要发表讲演。

等候春天的人走过去,用手指敲了几下窗玻璃,"哒、哒、哒",乌鸦一惊,飞走了。

这只乌鸦飞上树,和守在树梢上的那只"侦探"说了点什么,交换了一下意见,"侦探"点了点头,那乌鸦又飞回来,重新落在窗台上。"哒、哒、哒",乌鸦用嘴在玻璃上敲了几下,模仿着刚才敲玻璃的几声。

等候春天的人在土屋子里笑了,仿佛被一个小孩的过分老练的举动逗笑一样。他看那乌鸦的嘴,竟是红的。深红的喙配着漆黑的羽毛,在一片白雪茫茫的背景下,格外有趣,看起来似乎比普通的乌鸦俊气了许多。在草原上,并不是所有的乌鸦都是红嘴,当中只有一小部分的红嘴鸦。它们看起来不像普通的乌鸦那么愚蠢讨厌。

等候春天的人想捉住它。

在那个漫长的冬天里,这是一个游戏。

他在土屋外扫出了一块空地,然后用小木棍儿支起一个脸盆;小木棍上系了一根白绳子,绳头一直扯进土屋里。准备停当,他在脸盆下撒了一些碎馒头，就躲在土屋门后，等着。

一个明显的陷阱，等着冬天饥饿的禽类。

一只。两只。

其中一只大胆走近脸盆，歪着头，研究了一番，先假装往里伸伸头，一缩。另一只踱步观察，只盯住看。过一会儿，两只凑在一起，仿佛商量，研究讨论部署。突然，同时猝然扑进脸盆，抢叼食物。

等候春天的人等好了这一刻，绳儿一拉，脸盆咣啷盖地。盆沿砸住翅膀的一只被挣脱飞走了，盆里面扣住了一只。

他谨慎地掀开一点盆沿，小心地把手塞进去，摸索着。听见翅膀拍打盆沿的声音，他捉住了那只红嘴鸦。他高兴极了，举起这只俘虏像高举起一个冠军奖杯，一边跳跃，一边狂呼乱叫。

高兴完了一看，那只红嘴鸦在他手中气死了。那鸟脖子一歪，就死了。

等候春天的人回到土屋里，重新坐在火炉边，火依然很旺。他很沮丧，为了这只巩乃斯冬天的高傲的红嘴鸦，他一直想不通的是这样一只乌鸦为什么竟然会气死。"它太骄傲了，这只红嘴巴的乌鸦。"他沮丧地想。

许多比它庞大，比它美丽，比它高贵或比它凶猛的动物，都归顺了人类。而它——一只草原上的乌鸦——仅仅是因为长着红嘴，却不肯归顺，不甘心当俘虏和玩物，竟然气死了自己。太不可思议。

那个冬天是极其漫长的，宛如一个白茫茫的梦，一个梦境中的神话。在那个梦中，有过一只模仿人敲门的乌鸦，乌鸦长了奇怪的深红的嘴，它对那位等待春天的人说了神秘的话。

神秘的话是这样的：

"你们捉住他，给他带上枷锁，然后把他投在烈火里。"

结局正是这样。

过 河

这时我才发现，我骑了一匹极其愚蠢的马。一路走了二十多公里，它都极轻快而平稳，眼看着在河对岸的酒厂就要到了，它却在河边突然显示出劣根性：不敢过河。

它是那样怕水。尽管这河水并不深，顶多淹到它的腿根；在冬日的阳光下，河水清澈平缓地流着，波光柔和闪动，而宽度顶多不过十几米。但是它却怕得要死。这匹蠢马，这个貌似矫健的懦夫！它的眼睛惊恐地张大，前腿劈直胸颈往后仰，仿佛面前横陈的不是一条可爱的小河，而是一道死亡的界限或无底的深渊！

我怀疑这匹青灰色的马儿对水一定患有某种神经性恐惧症。也许在它来到世间的为期不算很长的岁月里，有过遭受洪水袭击的可怕记忆，因而这愚蠢的畜牲总结出了一条不成功的经验。像一个固执己见的被捕的间谍似的，任凭你踢磕鞭打，它就是不使自己的供词跨过头脑中那个界限。

我想了很多办法——用皮帽子蒙住马的眼睛，先在草地上奔驰，然后暗转方向直奔河水，打算使其不备而奋然驰过。结果它却在河沿上猛地顿住，我反而险些从马头上翻下去。不远处恰有一座独木桥，我便把缰绳放长，自己先过对岸，用力从对岸那边拽，它依然劈腿扬颈，一用力，我又差点儿被它拽下水。

面对如此一匹怪马，我只好长叹：吾计穷矣！但今天又必须过河，我必须去酒厂；倘要绕道，大约需再走二十公里。无奈之下，只得朝离得最近的一座毡房走去，商量先把马留在这里，我步行去办完事再来取。

一掀开毡帐我就暗暗叫苦，里面只有一位哈萨克族老太太，卧在床上，似有重病。她抬起眼皮，目光像风沙天的昏黄落日，没有神采；而那身躯枯瘦衰老，连自己站起来也很困难似的。看样子，她至少有八十岁；垂暮之年，枯坐僵卧，谁知哪一刻便灵魂离开躯壳呢？可是既然进了门，总不好扭头便走，我只好打着手势告明她我的困难和请求，虽然我自己也觉得等于白说。

她听懂了——其实是看懂了。摆摆手，让我把她从床上挽起来，又让我扶她到外边去，到了河边上，她又示意让我把她扶上马鞍。我以为老太太的神经是不是也不对劲儿了？她连路都走不稳，瘦弱得连躺着都叫人看着累，竟然"狂妄"得要替我骑马过河，这不是拿我开玩笑吗？我这样年轻力壮的汉子尚且费尽心机气喘吁吁而不能，她？能让这匹患有"神经性恐水症"的马跨进河水？我无论怎样钦佩哈萨克人的马上功夫，也不能相信她眼前这种可笑的打算。

可是当我刚把她扶上马背，我就全信了。她那瘦小的身躯刚刚落鞍，那马的脊背竟猛然往下一沉，仿佛骑上来一个百十公斤重的壮汉，原来的那种随随便便满不在乎的顽劣劲儿全不见了，它立得威武挺直，目光集中，它完全懂得骑在背上的是什么样的人，就如士兵遇上强有力的统帅那样。这马不愚蠢，倒是灵性大得过分了。它当然还是不想过河，使劲想扭回头，可是有一双强有力的手控住了它，它欲转不能。它小蹄朝后挪蹭的劲儿突然被火烧似的转化为前进的力，踏踏地跃进河中，水花劈开，在它胸前分别朝两边溅射。铁蹄踏过河底的卵石发出沉重有力的声响，它勇猛地一用力，最后一步竟跃上河岸，湿漉漉地站定。

我把老太太扶下马,又把她从独木桥上扶回对岸,然后在她的视线里牵马挥手告别(我不敢当她的面上马)。她很弱,在河对岸吃力地站着,久久目送我。

此事发生在一九七二年冬天的巩乃斯草原,而天山,正在老人的身后矗立,闪闪发着光。

巩乃斯的马

没话找话就招人讨厌，话说得没意思就让人觉得无聊，还不如听吵架提神。吵架骂仗是需要激情的。

我发现，写文章的时候就像一匹套在轭具和辕木中的马，想到那片水草茂盛的地方去，却不能摆脱道路，更摆脱不了车夫的驾驭，所以走来走去，永远在这条枯燥的路面上。

我向往草地，但每次走到的，却总是马厩。

我一直对不爱马的人怀有一点偏见，认为那是由于生气不足和对美的感觉迟钝所造成的，而且这种缺陷很难弥补。有时候读传记，看到有些了不起的人物以牛或骆驼自喻，就有点替他们惋惜，他们一定是没见过真正的马。

在我眼里，牛总是有点落后的象征的意思，一副安贫知命的样子，这大概是由于过分提倡"老黄牛"精神引起的生理反感。骆驼却是沙漠的怪胎，为了适应严酷的环境，把自己改造得那么丑陋畸形。至于毛驴，顶多是个黑色幽默派的小丑，难当大用。它们的特性和模样，都清清楚楚地写着人类对动物的征服，生命对强者的屈服，所以我不喜欢。它们不是作为人类朋友的形象出现的，而是俘虏，是仆役。有时候，看到小孩子鞭打牛，高大的骆驼在妇人面前下跪，发情的毛驴被缚在车套里龇牙大鸣，我心里便产生一种悲哀和怜悯。

那卧在盐车之下哀哀嘶鸣的骏马和诗人臧克家笔下的"老

马",不也是可悲的吗?但是不同。那可悲里含有一种不公,这一层含义在别的畜牲中是没有的。在南方,我也见到过矮小的马,样子有些滑稽,但那不是它的过错。既然橘树有自己的土壤,马当然有它的故乡了。自古好马生塞北。在伊犁,在巩乃斯大草原,马作为茫茫天地之间的一种尤物,便呈现了它的全部魅力。

那是一九七〇年,我在一个农场接受"再教育",第一次触摸到了冷酷、丑恶、冰凉的生活实体。不正常的政治气候像潮闷险恶的黑云一样压在头顶上,使人压抑到不能忍受的地步。强度的体力劳动并不能打击我对生活的热爱,精神上的压抑却有可能摧毁我的信念。

终于有一天夜晚,我和一个外号叫"蓝毛"的长着古希腊人脸型的上士一起爬起来,偷偷摸进马棚,解下两匹喉咙里滚动着咴咴低鸣的骏马,在冬夜旷野的雪地上奔驰开了。

天低云暗,雪地一片模糊,但是马不会跑进巩乃斯河里去。雪原右侧是巩乃斯河,形成了沿河的一道陡直的不规则的土壁。光背的马儿驮着我们在土壁顶上的雪原轻快地小跑,喷着鼻息,四蹄发出嚓嚓的有节奏的声音,最后大颠着狂奔起来。随着马的奔驰、起伏、跳跃和喘息,我们的心情变得开朗、舒展。压抑消失,豪兴顿起,在空旷的雪野上打着唿哨乱喊,在颠簸的马背上感受自由的亲切和驾驭自己命运的能力,是何等的痛快舒畅啊!我们高兴得大笑,笑得从马背上栽下来,躺在深雪里还是止不住地狂笑,直到笑得眼睛里流出了泪水……

那两匹可爱的光背马,这时已在近处缓缓停住,低垂着脖颈,一副歉疚的想说"对不起"的神态。它们温柔的眼睛里仿佛充满了怜悯和抱怨,还有一点诧异,弄不懂我们这两个人究竟是怎么了。我拍拍马的脖颈，抚摸一会儿它的鼻梁和嘴唇，它会意了，抖抖鬃毛像抖掉疑虑，跟着我们慢慢走回去。一路上，我们谈着马，闻着身后热烘烘的马汗味和四围里新鲜刺鼻的气息，觉得好像不是走在冬夜的雪原上。

马能给人以勇气，给人以幻想，这也不是笨拙的动物所能有的。在巩乃斯后来的那些日子里，观察马渐渐成了我的一种艺术享受。

我喜欢看一群马，那是一个马的家族在夏牧场上游移，散乱而有秩序，首领就是那里面一眼就望得出的种公马。它是马群的灵魂，作为这群马的首领当之无愧，因为它的确是无与伦比的强壮和美丽。匀称高大，毛色闪闪发光，最明显的特征是颈上披散着垂地的长鬃，有的浓黑，流泻着力与威严；有的金红，燃烧着火焰般的光彩。它管理着保护着这群牝马和顽皮的长腿短身子马驹儿，眼光里保持着父爱的尊严。

在马的这种社会结构中，首领的地位是由强者在竞争中确立的。任何一匹马都可以争夺，通过追逐、撕咬、拼斗，使最强的马成为公认的首领。为了保证这群马的品种不至于退化，就不能搞"指定"，不能看谁和种公马的关系好，也不能凭血缘关系接班。

生存竞争的规律使一切生物把生存下去作为第一意识，而人却有时候会忘记，造成许多误会。

唉，天似穹庐，笼盖四野。在巩乃斯草原度过的那些日子里，我与世界隔绝，生活单调；人与人互相警惕，惟恐失一言而遭灭顶之祸，心灵寂寞。只有一个乐趣，看马。好在巩乃斯草原马多，不像书可以被焚，画可以被禁，知识可以被践踏，马总不至于被驱逐出境吧？这样，我就从马的世界里找到了奔驰的诗韵。油画般的辽阔草原、夕阳落照中兀立于荒原的群雕、大规模转场时铺散在山坡上的好文章、熊熊篝火边的通宵马经、毡房里悠长喑哑的长歌在烈马苍凉的嘶鸣中展开、醉酒的青年哈萨克在群犬的追逐中纵马狂奔,东倒西歪地俯身鞭打猛犬,这一切,使我蓦然感受到生活不朽的壮美和那时潜藏在我们心里的共同忧郁⋯⋯

哦,巩乃斯的马,给了我一个多么完整的世界!凡是那时被取消的,你都重新又给予了我!弄得我直到今天听到马蹄踏过大地的有力声响时,还会在屋子里坐卧不宁,总想出去看看,是一匹什么样儿的马走过去了。而且我还听不得马嘶,一听到那铜号般高亢、鹰啼般苍凉的声音,我就热血陡涌、热泪盈眶,大有战士出征走上古战场,"风萧萧兮易水寒"的悲壮之慨。

有一次我碰上巩乃斯草原夏日迅疾猛烈的暴雨,那雨来势之快,可以使悠然在晴空盘旋的孤鹰来不及躲避而被击落,雨脚之猛,竟能把牧草覆盖的原野一瞬间打得烟尘滚滚。就在那场暴雨的豪打下,我见到了最壮阔的马群奔跑的场面。仿佛分散在所有山谷里的马都被赶到这儿来了,好家伙,被暴雨的长鞭抽打着,被低沉的怒雷恐吓着,被刺进大地倏忽消逝的闪电激奋着,马,这不肯安分的牲灵从无数谷口、山坡涌出来,山洪奔泻似的在这原野上汇聚了,小群汇成大群,大群在运动中扩展,成为一片喧叫、纷乱、快速移动的集团冲锋!争先恐后,前呼后应,披头散发,淋漓尽致!有的疯狂地向前奔驰,像一队尖兵,要去踏住那闪电;有的来回奔跑,俨然像临危不惧、收拾残局的大将;小马跟着母马认真而紧张地跑,不再顽皮、撒欢,一下子变得老练了许多;牧人在不可收拾的潮水中被携裹,大喊大叫,却毫无声响,喊声像一块小石片跌进奔腾喧嚣的大河。

雄浑的马蹄声在大地奏出鼓点，悲怆苍劲的嘶鸣、叫喊在拥挤的空间碰撞、飞溅，划出一条条不规则的曲线，扭住、缠住漫天雨网，和雷声雨声交织成惊心动魄的大舞台。而这一切，得在飞速移动中展现，几分钟后，马群消失，暴雨停歇，你再看不见了。

我久久地站在那里，发愣、发痴、发呆。我见到了，见过了，这世间罕见的奇景，这无可替代的伟大的马群，这古战场的再现，这交响乐伴奏下的复活的雕塑群和油画长卷！我把这几分钟间见到的记在脑子里，相信，它所给予我的将使我终身受用不尽……

马就是这样，它奔放有力却不让人畏惧，毫无凶暴之相；它优美柔顺却不任人随意欺凌，并不懦弱，我说它是进取精神的象征，是崇高感情的化身，是力与美的巧妙结合恐怕也并不过分。屠格涅夫有一次在他的庄园里说托尔斯泰"大概您在什么时候当过马"，因为托尔斯泰不仅爱马、写马，并且坚信"这匹马能思考并且是有感情的"。它们常和历史上的那些伟大的人物、民族的英雄一起被铸成铜像屹立在最醒目的地方。

过去我认为，只有《静静的顿河》才是马的史诗；离开巩乃斯之后，我不这么看了。巩乃斯的马，这些古人称之为骐骥、称之为汗血马的英气勃勃的后裔们，日出而撒欢，日入而哀鸣，它们好像永远是这样散漫而又有所期待，这样原始而又有感知，这样不假雕饰而又优美，这样我行我素而又不会被世界所淘汰。成吉思汗的铁骑作为一个兵种已经消失，六根棍马车作为一种代步工具已被淘汰，但是马却不会被什么新玩艺儿取代，它有它的价值。

牛从鞔车变为食用，仍然是实用物；毛驴和骆驼将会成为动物园里的展览品，因为它们只会越来越稀少；而马，当车辆只是在实用意义上取代了它，解放了它时，它从实用物进化为一种艺术品的时候恰恰开始了。

　　值得自豪的是我们中国有好马。从秦始皇的兵马俑、铜车马到唐太宗的六骏，从马踏飞燕的奇妙构想到大宛汗血马的美妙传说，从关云长的赤兔马到朱德总司令的长征坐骑……纵览马的历史，还会发现它和我们民族的历史紧密相连着。这也难怪，骏马与武士与英雄本有着难以割舍的亲缘关系呢，彼此作用的相互发挥、彼此气质的相互补益，曾创造出多少叱咤风云的壮美形象？纵使有一天马终于脱离了征战这一辉煌事业，人们也随时会从军人的身上发现马的神韵和遗风。我们有多少关于马的故事呵，我们是十分爱马的民族呢。至今，如同我们的一切美好传统都像黄河之水似的遗传下来那样，我们的历代名马的筋骨、血脉、气韵、精神也都遗传下来了。那种"龙马精神"，就在巩乃斯的马身上——

　　　　此马非凡马，
　　　　房星是本星；
　　　　向前敲瘦骨，
　　　　犹自带铜声。

　　我想，即便我一直固执地对不爱马的人怀一点偏见，恐怕也是可以得到谅解的吧。

1984 年 5 月 20 日于乌鲁木齐

猛　禽

　　那座岩壁，像是哈尔巴企克这怪物脸上的一颗长得歪歪斜斜的大门牙，龇着，突出去好远。要是这座酷似巨人头颅的山峰有眼睛，准会每次垂下眼睫，都看见自己这颗凶险的牙凌空翘起，毫无遮掩地遭受风吹雨淋和戈壁烈日肆无忌惮的灼烤。

　　暴暖骤寒使这颗大板牙都快糟朽了，布满崩裂的石缝和岁月的皱纹，使它乍一看不像一块石壁，而像是古城堡废墟上悬空扯起的木头吊桥。

　　他正一动不动地站在这块悬空巨石的顶端，凝着神，敛着翅。

　　只有在这样高的地方，终年不绝的天风才发出海浪那样的声响，"呜——呜——"地叫，像万物都能听懂的一种古老的语言，在这种声响的撞击下，山峰在微微摇晃。

　　他沉浸在这声响里并深深地理解它，就像鱼理解水，人理解土地。他可以在这一浪又一浪扑打过来的天风中岩石一样站立很久，一点儿也不觉得孤独。风就是禽类阅读的一部书。在这古老的声音里，听得见遥远年代里鹰群翻飞，啸叫着掠过天空，凌驾在风的激流和漩涡之上。那支骄傲的繁荣的家族所组成的黑色空中铁骑，袭掠平原和荒野时会留下声响。

　　那时候，天空不像现在这样荒芜。

　　鹰的家族如此衰落，这究竟是为什么呢？他不知道。他只是清楚地看到，许许多多巨大的、勇猛的、美丽的和古怪的动物迅速地减少或消失，使天空和大地变得荒凉和平淡，再也没有激动人心的搏斗。

老鼠和麻雀的世界，就是这样。渺小、平庸、猥琐、自私，最终战胜强大、美丽和献身精神。这使他感到悲哀。

哦，是大地的生殖能力衰退了么？过去，这些怪物一样重叠起伏的山峦，总能像神话似的生育出各种爬的、飞的、跳跃的、奔跑的奇形怪状的生命，有的庞大如山丘，有的微小如砂粒，可是现在呢？

他俯瞰了一下躺在山峰脚下的大地：正值深秋的旷野还透着隐隐的淡绿，草色已经快枯黄了，但绿的底色还没有被盖住。深秋的原野有种晕眩的味道，似乎被流贯自身的色彩变幻的漩流弄得有股子醉意。

杂色的树，斑驳的灌丛和灰白色的弯曲闪亮的河流，都正好合拍于大地缓缓起伏的势态，像音符合拍于旋律那样；而世界，恰好如一幅刚刚绘制完的地图。

"我就是从这怪物一样的山上长出来的一块灰褐色的生命，一块长翅膀的石头。"他想。他凝着神，敛着翅，一动不动，和整个岩石的颜色一模一样，无法分辨。

他是一只年轻的鹰，一只猛禽。

哈尔巴企克山这块突出门牙状的大岩石，是他经常栖身的地方，这儿十分便于他守望天下，像个凌空筑起的瞭望台。他的窝离这儿不远。

他喜欢站在这无遮无碍的高处，让太阳烘暖他的血液，让风像水流那样擦身而过，轻轻掀动身上像飞卷的鳞状雨云剪裁而成的翎羽。有时偶尔伸展开比身体大得多的一双翅膀，像魔术师突然掀起黑斗篷，很从容地扑扇几下，身体随之很笨拙地跳跃几下。他挪动双爪走路的样子挺难看，蹒跚着，一拐一拐地，被张开的两只大翅膀掀得站不稳，像个衰弱的老绅士。

翅膀太大，像个别别扭扭的负担。可是等他站稳了，把翅膀一收拢，就像把一把大黑剪刀合起来，突然间就变小了，变精干了，像一个突然把炫耀的利器藏起来的大侠。

翅膀才是他的手臂，爪其实不过是他的脚。当他在天空盘翔一阵，返回这块岩石准备着陆的时候，沿山体向上的气流托着他，他因之而大张开双翅，双爪努力向前伸，羽毛被风吹得凌乱。这时他的躯干、筋肉、骨骼被非常清晰地显露出来，这一瞬间他完全不像一只鹰了，而像一个正大张开双臂用脚试探着去够岩石的凌空御风的人！

世间万物之中，有什么东西能够完全不像人呢？一切都是在人眼睛里面呈现、被人的意识所解释的。谁也不知道事物在别的生命眼睛里呈现出什么状态，什么颜色，什么音响或什么什么。

就是这样。但，只能是这样吗？

这只猛禽想到这儿，像所有禽类那样神经质地迅速缩了缩脖子，脑袋像发呆的鸡一样抖动了几下，一偏，听见什么似的，发起愣来。

他知道他的祖先以前也是落在这块岩石上，但他总觉得他们才是真正的猛禽。那时，它们的身躯比现在大得多，翅膀可以遮住好大一片太阳的光，落在这里，也和整个岩石差不多大。可现在……他低头瞅了瞅自己小小的身体，天哪！成什么样子，简直比一只公鸡大不了多少！

英勇的猛禽正凌空而下
它能一膀子拍断公骆驼的腰

这是一支流传在旷野长风里的古歌,每当风起时,他便听见。风声变成了祖先尖利的啸叫,一下就点燃他胸脯前狂流奔窜的猛禽热血,一直涌向咽喉,使他兴奋、激动不安,渴望在拼搏中死去。他觉得,只有这样他才对得起他的祖先,对得起他鹰的家族和脚下的这座哈尔巴企克山峰。

他每天都在这块岩壁上站很长时间,他也说不上为了什么,反正他身体里有一股力量,一股模糊的欲望促使他等待什么似的站在这儿,漫无边际地想,漫无边际地望。他好像觉得自己也化成了岩石的一部分,成了面前这生命大舞台的局外人和旁观者。

和这一切拉开了距离,他的眼睛反而看得更清晰了。

在很远的那道山谷里,有含着肉香的淡烟飘起,还有几个小人影蠕动。他认得那座圆形的人的窝巢。在他还不能飞的时候,在他还十分软弱的年纪,那里面有一个长黄胡子的人攀上岩壁,把发红的粗大的肉爪子伸进窝里来。他惊叫着撑起软弱的身体,狠命地用嘴咬它。那只红红的肉爪子,又顽强、又灵活,但终于屈服了。它伸向了窝里的另一个,把他的伙伴带走了。

以后他曾飞到那黄胡子的圆窝上盘翔过几次,看见他的伙伴被铁链子拴住脚,立在一根木桩旁,神情沮丧,目光冷漠,抬头看见他的时候好像根本不认识他,懒洋洋的。

他不懂,那些刚刚学会站立而不再像其他野兽那样匍伏在大地上的人,用什么方法使伟大的居高临下的飞行物俯首帖耳?变得像鸡一样顺从,像鸽子一样飞去还飞回?但他知道,这些蠕动

三岁的周涛和父母

六岁的周涛和弟弟小洪

的不会飞行的动物,制服了禽类,使高傲的凌驾在它们头顶之上的精灵,成为它们的奴仆。人很厉害!它们有不少难以理解的本领,但他有一次还是俯冲下去,从那座圆窝顶上掠走了一块晾在上面的羊肉。他看见那些人大喊大叫,拿他却没一点办法,心里很得意。这是他对黄胡子实行的惟一一次报复。

想到这儿,他挺高兴,就张开翅膀扇了几下。他不会像人那样笑。

无数的山坳、峡谷连接着,串通着,在重重的险峰峻岭中形成了人走的道路。一般说来,野兽不从谷底走,而是在山上走,它们不到人走路的地方去,那里有一种危险的气味。

但也有时候例外。这时,穿过一片被山的阴影覆盖的松树林,就正有一只狼匆匆地走过来。

看得出,是只老狼。

它灰黄杂乱的皮毛和秋天茅草的颜色一样,上面粘着一些草秆儿和一些羊粪蛋一样灰乎乎的刺球儿,正低着头匆忙地走着。目光在光亮中显得暗淡,仿佛掩盖在灰烬中的两粒火星子。

它有一条前腿有些颠蹀,像被狼夹子打过。但它宁可把被打住的腿咬断,也不在那儿束手就擒。狼都是亡命之徒。它们和狗不一样,狗要是警察,狼就是逃犯;狗要是在城里开卧车的司机,狼就是在戈壁滩开着大卡车跑长途的司机。再凶猛的狗也怕狼,骨子里怕。因为再棒的狗,也在被人喂养、叱骂、摆弄的过程中丧失了自尊心。人只是利用狗,哪会真正爱狗呢?他们爱的只是自己。而狼不一样,狼是在屈辱中独自求生的,它和狗的最大区别在尾巴上,一个是垂直的,一个是弯曲的。而尾巴,其实正是野兽们生命尊严的旗帜。

把一对同宗同种的孪生兄弟,造就成了完全势不两立的冤家对头,这只能说是人的残忍。他一边这样想着,一边下意识地拢紧翅膀,目不转睛地盯住那只老狼。

它已经在一条被春天的雪水冲刷出来的干涸了的河底上小心翼翼地走,那上面布满了白色的卵石和碎石片,使它走起来一瘸一拐的,样子挺可怜。

也就是这时,他发现远处草坡上出现了一只半大的小白狗,蹦蹦跳跳、愣头愣脑地游荡着,打打滚儿,咬自己的尾巴转圈儿玩,很天真的一副傻样子。这只小白狗还没有发现狼,老狼先发现了它。

他以为老狼会绕道逃走的,不料它反而迎上去,尾巴竟然翘起来了,耳朵也像狗那样耷拉下去一半。它向那只小白狗慢慢走去,在不远的地方站住。

小白狗满脸疑惑地望着它,嗅到一股陌生的凶气和野味。但是老狼懂得狗的礼性和语汇,显出一副倒霉的、被主人遗弃了很久的老狗的样子。小白狗相信了,而且同情它,朝它这边走来。

它们相互嗅着,用身体轻轻在对方身上蹭着,小白狗用尖细的嗓音喔喔地叫着表示信任和依恋。当老狼嗅至这只小白狗的颈下时,突然小白狗猛烈地抖动起来,不一会儿,那跳跃、挣扎的白色身体就跌倒了,被老狼拖进一片树林中去。

他第一次看见大地上发生这样的事。这只年轻的鹰,这只猛禽,在哈尔巴企克山那块门牙状的岩壁上,目睹了这只老狼卑鄙的骗局。

"狼不是亡命徒,而是恶棍!"

他对这只老狼的可怜心消失了,愤怒的血液流贯全身,直通到他那像生铁铸成的一双利爪上,抓得岩石也在嘎嘎地作响。

这下,他总算知道自己为什么老爱站在这儿了,他期待的那个时刻,到了。

像祖先尖利的啸叫声那样凄厉苍劲的天风,突然掠过高空,使整个山峰摇晃起来……

他离开了那巨石,像个溺水的人那样,翅膀徒然地划动,身体却一下沉落下去好几丈。这么沿着陡壁滑了一会儿,翅膀才捉住向上的风,就势顺着深谷俯掠过去,他看准了一条气流铺设的跑道,长长地滑翔,迅速有力地抖动几下双翅,这才算跨到风的背上了。

盘旋,上升;再盘旋,再升高。

他开始寻找那只老狼。"老狼不可捕!"蓦然间他想起这句父辈传给他的诫条。这句早已淡忘而实际上已经深深种在他心里的话,忽然清晰地跳出来,阻止他冒险。

悠然飘浮,他在高空来回踱步。

狼终于出现了。它从树丛里钻出来,朝周围望了望,站住,一边竖起两耳听听,一边用舌头舔着嘴边和鼻子尖上的血迹。它知道没什么异常,安心了。

咧开嘴打了一个可怕的呵欠,它便跃过河底,朝一片开阔地小跑过去,步态蹒跚,吃饱了的身体显得有些笨拙可笑。

这只恶狼正完全暴露在旷野上,而他恰恰盘旋到最适合的角度。诫条重新消失。他果敢地压低翅膀,猛一侧身子,毫不犹疑地从高空直射下去!瓷蓝的天空划出一道长长的裂缝。

山脊从他腹下急速掠过,每块石头的纹脉都看得清清楚楚。

树梢从他眼底一闪即去,大地骤然向他迎面伸开巨大的手掌。

他两眼死死盯住老狼灰黑的脊背,这一扑不能有闪失!只要扑不中,他知道第二下将是谁扑谁。着了地的鹰是搁浅的船,再起飞很困难。但是他决不扑闪,他要低低紧跟住狼,在最有把握的刹那发起攻击。

他那时首先会伸出左边的利爪,一下攫住狼屁股,让利爪的刃尖深扎进它的骨缝。这种剧痛是岩石也无法忍受的,狼一定会本能地反过身来扭头撕咬,一定是这样。那正好,他的右边的利爪就可以不失时机地抽过去,插过狼的两耳之间,掠过它的额顶,闪电般地、准确地直抠住它那对眼睛!

然后,双翅一用力,把瞎了眼的狼提起来,让它四蹄离地,它的力量就全没了。两只前后抠紧的利爪猛力向中间一撅,那狼腰就断了。猛禽几千年来就是这样从大地的怀抱里夺取肉食的,他曾经这样多次捕杀过狐狸。

对付老狼,这却是头一次。

他双翅驾着一股带腥味的雄风,自空而降……

那老狼,仍旧只是不慌不忙地、蹒跚地小跑着,头也不曾抬起向天上望一望,好像压根儿不知道危险将临,但它的两眼却死死盯住地面。

地面上有一个鹰的投影。

它盯住他的影子,紧紧咬住锋利的牙齿,像是咬住了那只从空中盯住它背脊的家伙。它恨他,一切在它吃饱了肚子之后向它挑衅的混蛋,它都恨!恨到牙齿缝儿里,牙齿根儿里!不用抬头,它就知道来的一定是那号自以为正义的乳毛未干的臭鸟,它简直想扭过头来朝他破口大骂一阵，骂个痛快，"滚你妈的蛋吧，地上的事你少管！"可它没那么蠢，那是些不懂事的小狼干的傻事，它知道克制。而克制常常要比一般的勇猛更见效，知道并能做到这一点，就是最了不起的资本。

所以，当那只年轻的猛禽开始攻击它，用那只利爪抓住它的后臀，直扎透骨缝、掐断神经的时候，它没叫。

它把一声彻骨的狂嚎关在喉咙里，只挤出一丝呻吟。清醒的计谋扼制住本能。

它反而更低地向前伸着头，开始狂奔。

鹰的翅膀在它身后猛烈地拍响，掀起尘土、砂石，拖住它，像两叶逆风的大帆，摇摇晃晃，忽左忽右，好几次它都几乎要被掀翻了。它后腿软绵绵的，使不上力，剧痛这时已经麻木了。它是一头拖着死神的老狼，要么被他撕碎，要么撕碎他！

它拼命朝一片枝干密密匝匝的灌木林奔过去……救命的树呵！它在心里喊着。

像个不幸坠马而又有一只脚套在镫里的骑手，他如今被一只残缺不全的只有三条半腿的老狼倒拖着狂奔。他几乎还没明白过来，态势就突然逆转成这个样子，一只爪已经深陷在狼身上，被锁在骨缝里，取不出来了；另一只爪只能无望地在狼背上挥舞，却无法够到它的要害——眼睛。狼只要不回转身来，他就毫无办法。这时，他才隐隐感到这只老狼的厉害。它不露声色的克制，从中间破坏了他的连续性打击，并使他的第一次打击转化成无法摆脱的牵制。

狼发疯般不顾一切地冲进灌木林。

枪林剑丛，劈面刺来！

枝杈戳他，枝条抽打他、纠缠他，蛛网一样的蒿草捆缚他的翅膀，而老狼，拼命地拖着他朝灌丛深处钻！他将这样被活活拖垮。

他那只无望的右爪本能地抓住一棵矮树的枝干，一下就抓住不放了。他是一只年轻的鹰，树是他信任的东西，抓紧树干是他的禽类本能，他想借以重新腾空起来。

然而他抓住了不幸，犯了致命的错误。

两只铁钩似的利爪都无法脱开了，他感到两腿之间的筋肉猛然间被撕裂，血液发出金属被击时的那种鸣叫声，他觉得自己被分成了两个……

昏迷之中，他还听见自己的翅膀在不停地扑打着，发出很大的声响，像是一面钉在树上的旗帜，"哗啦——哗啦"地在风里颤抖着，痉挛着。

哈尔巴企克山钢蓝色的积雪的山峰和那块大岩石在他眼里最后闪现了，定格在他的渐渐凝固的瞳孔里。

"只有高飞过，才知道匍匐之不幸！"

一声长叹，他真是遗憾死了。

那只老狼从灌丛里窜出来，惊魂未定地喘息着，伸出舌头。它扭头望着那片灌木林，声响渐渐消失了。慌乱中毫无目的地转了一阵，它累极了，便卧在地上。然后，它又坐起来，可是它突然像被咬了一下似的跳起来，那只猛禽的铁爪还留在它身上！

剧痛又开始了！它觉得像有一只坚硬的东西在凿它的骨头，磨碰它的神经，使它无法休息，无法安宁。它试着扭过身去咬，但一拽更疼。"这可恶的鹰爪是倒钩！"它恐惧了，它长嗥起来，打滚，不停地扭着屁股。而且它老觉得身后跟着一个什么异物，下意识地受惊,不由自主地奔逃。

它知道,这个无法摆脱的东西会一直这么折磨它,直到它精疲力尽地死掉……

嗷——它向旷野发出绝望而又凄凉的长嚎,一声又一声。

飒飒的秋风从长空直射下来,似乎带着云层里的一股子杀气,从长满灌木和茅草的大地上俯掠过去,直透旷野深处。

天凉了。

1985 年 6 月 21 日写毕

天似穹庐

显然，天是空的。

对这样一件再明显不过的事，他奇怪的是自己怎么今天才第一次发现。他就这么懒洋洋地躺着，地很松软，没弹性。上面长满了草，草中杂乱地点缀着一些或明亮或暗淡的花朵，就像一群或是愉快或是忧伤的女人。阔大而又起伏着的草原真就像一个女人的身体，他想，软软的，托着你，欲陷未陷，若起若伏。这永远躺着的、老也不想站起身来的草原女体身上，散发着初夏的醉人气味儿，芳香、新鲜，还有一股撩人的腥臊。花香气，草鲜味，土地的肉感，更掺杂上了那些牛羊马匹骆驼牧羊犬和各种动物的粪尿味、尸骨味、交配繁殖时弥漫在空气里的臊味儿，纯净而又邪性地，醉人。

他也在那些寸草不生的黄土梁子山坡上坐过，烈日之下，可以闻到一股干燥的、土里巴叽的、傻头傻脑的男性气息，让人觉得又单调、又乏味。只有草原是男人彻底的安乐窝儿，他觉得躺在这地方仰望天空什么也不想，浑身松弛困乏无力却怎么也睡不着，最美得慌。

说不定躺着躺着，就能灵魂出窍。

那才好。你说他妈的人活着究竟是怎么回事儿？一躺在这草原的肉窝窝里，连傻瓜也会从脑子里冒出这号子烂问题，谁也弄不清，可谁也想。牲口不想。牲口比人聪明。牲口知道想不清的东西就别想，该吃草就吃草，连花也一块咽到肚子里，该吃肉就吃肉，管毯的你什么讲不讲道理,这也自在。不过他认为连牲口也想这号子问题,他看见骆驼那副愚蠢傲慢的杂种样子,就觉得它想把自己装得像个什么哲学家,那两个烂瘤子就似乎是它的思想武库,一天到晚背着,舍不得放下。马也是一种相当可耻的动物,它想充当英雄,便显出整天急不可耐的焦躁样子,好像它是骑士而不是被人骑。当英雄很累,得表现得很英俊、很神气,有时候还得故意调皮捣蛋一下子,个性一番,然后再被什么人驯服,就心安理得,英雄也当上了,主子也有了。所以马连睡觉都站着,毫不松懈。当英雄真累。

只有这么躺在草芽铺满的坡地上,不累。

天还是空的。

灰而蓝,蓝而灰。若有变幻。使人越望越傻,越傻才又越觉得着迷,越觉得着迷就有点越想越觉得怕。这被人习以为常的天空,原来什么也不是,只是一个大而无当的空洞。空空荡荡,深邃莫测。就是这样一个虚无的空洞罩在头上,这么多年了,他竟然一点儿没觉察出可怕,没感觉到有什么不安全。太麻木了!太愚昧了!现在他躺在这一望无边的大草滩子上,天地之间无遮无碍,中间只有他,他平躺在它们中间,仿佛是被夹在什么中间。他才觉得身下托着的是一只厚甸甸的巨手,眼前的天空是一个大井,只要……轻轻一翻动,他就会被扔出去,扔进那个巨大的空洞里。啊……他恐怖的大叫在空洞里毫无声息,闭住眼睛,一种自由落体的跌落,跌、跌、一直往深处跌落的垂危和快感,又新鲜,又怕人。

赶快睁开眼睛。

他头一次尝到了这种草原幻觉的滋味,真是一次精神的解脱,一次灵魂的娱乐！他紧紧地贴靠住大草滩，环顾四周，仅仅十几秒钟就觉得周围完全陌生了，怎么变得这么呆滞，平板？这熟悉的世界一下就变成个死气沉沉的肉头了。

再闭一次眼睛试试。不行了，这次不灵，天空不再是空洞的大井，它恢复了原样。

他突然明白了，怪不得那些牧人们总爱这样躺着，仰着望天呢。你以为他们没事闲躺着睡觉，原来他们也在独享这份滋味呢，这些鬼！

你看见他仰躺在一个草坡上，你叫他，他不理；再吼他两嗓子，他哼哼唧唧翻过身来，用一只臂撑住半边脸侧卧着，看着你，眼神迷惘而又陌生，里边还有些怒意或嘲讽的味道。这就是说，这个傻头傻脑的穿皮裤子的放马人刚才正进行过这种游戏，这种哲学式的精神远游。他好像很不情愿被人干扰。他们——这些草原游牧者们终生就是从日复一日的艰辛劳动中夺取一点悠闲和好日子，去做这种游戏。

天的生活和地的生活，他们就夹在这两者之间。谁要是以为他们像他们平时装的那么憨厚朴实，谁就错了，谁就太自以为聪明了。他们只是不说罢了，因为那滋味儿，那种一头栽进无底的天空大洞里的滋味儿，没法言传。谁要是自以为能讲清楚，谁就又错了，愚昧的人知道自己弄不清楚，因此不说，所以愚昧的人是聪明的。最不聪明的是那些不太愚昧的人。他想了想，很懊丧，自己恰恰就是这号人，非常令人沮丧。

你说读了那么一肚子破书，有什么鬼用？往这个大洞笼罩俯瞰之下的草滩上这么一撂，唰地一下，心里就全空了。像被什么东西掏光了五脏六腑似的，凉凉的，又孤独，又凄惶，精神啦意志啦理想啦全都成了一些不堪一击的朽木。在天空的俯瞰之下，你烟消云散，只剩一副躯壳，躺着。

也许是那些烂书倒坏了胃口，十几年的残羹剩饭，吃呀，喝呀，全不顾身体需不需要。好了，弄得就像一只猪烂死在肚子里了，放出屁来死臭，谁闻见都恶心得背过气去。屁都不健康了，何况肠胃？如今给打发到这地方来，说是治病。病倒是到了该治的时候了，青春期肠胃综合症，再晚就无药可医了。草原呢，也是个治病的好地方，静静地躺在这里，望望天空，尝尝大草滩子上的碎草野花，和那些穿皮裤子的老哈萨克们一块喝喝酒骑骑马，放放牛羊，扯开哑嗓子胡乱吼上一支所谓的牧歌什么的，兴许能治好……十几年死鱼烂虾灌肠弄下的病根，难治。一百个人里难保有一个能治好的。不过是医生一句话，灵啊，全都傻乎乎地来了，说不定你妈的越治越糟糕呢，全跑到这医院来了，还兴高采烈。傻瓜，全是傻瓜，就这一条足以说明十几年的书确实白读了，活该到这儿受罪不冤枉。

这儿就是巩乃斯草原，因为天空之下只有它，你的目光决不可能逃出它的疆界。而时间、纪元之类的东西已弄不清了，只隐约记得好像是一个什么黑汗王朝时期，是一个只有骑士和贱民的时期，可悲的是，你不是骑士而是贱民。如此，天空浑浑噩噩，大地纷纷攘攘；时间的心脏停止跳动，岁月的步伐已近衰竭；童话开始上演，荒唐的故事比一切都迷人。亲爱的，罪恶多么正派！

天依然是空的，却开始流泪了。

一滴，又是一滴。冰凉的，清新的。

他坐起身来，然后立起，拍拍屁股上的土。其实屁股上没有土，只有一些渗在上面的草的绿汁，印在屁股上，是绿乌乌的。

瞬时,草原的暴雨从空洞的大井里倾泻而下,如同有一千个高空巨神痛饮后一齐撒尿,浇打得铺满厚草的草滩尘烟滚滚,弥漫起一股窒息人的腥气!一股鱼腥味儿!

他惊慌失措,在暴雨中抱头鼠窜。跑了大约一里地,惊魂稍定,他反而不跑了,因为衣服已彻底湿透,像落汤鸡或落鸡汤一样。这还有什么跑头?反正一样。他干脆任凭豪雨浇头,胜似闲庭信步算了,路还远,共长约计三里许。旷野无人,独行独淋,颇觉凄凉苦惨之中有一缕悠长的英雄气概穿肠而过,很是有趣和自乐。他甚至有些害怕回到他们中间去,他既怕那些像他一样的贱民,也怕专门用来管理他们的骑士。咱们"史无前例"的时代王朝是伟大的中世纪的重现和翻版,是人与人的角斗场,他纵有天赐的矫健和灵敏也是贱民,而贱民是不许佩剑的。想到这儿,他禁不住在雨水中哆嗦,打了一个寒噤。

雨水已经在地上横流,稀泥在脚下淫荡地咕叽着,很有张力。这时,肯定是上帝让他偶然间一瞥眼睛,发现了正在泥水中蠕动的一物!他原以为是一只野兔或可怜的黄鼠狼,黄乎乎的一团,蜷缩着也不逃窜。近前细看,竟万没料到是一只老鹰——天空的遗物!这家伙也许刚才盘旋得过分悠然自得、忘乎所以,它自以为熟习风云变幻,却不想竟被骤降的暴雨临空击落,成了这副倒霉鬼样子,全身湿淋淋的,涂满泥浆,比一只老鼠还糟糕。

它显得非常小,形体和一只半大公鸡差不多;而精神状态更渺小,淋湿的翅膀和羽毛塌陷下去,就现出了支棱着的嶙峋瘦骨。它的两只爪是用来抓捕猎物而不是用来走路的,所以它移动起来十分别扭,像个瘸子。就连那双眼睛,黄眼珠,圆圆的,外圈镶着一圈金丝,据说平时在空中相当锐利的眼睛,也毫无凶悍的光芒了,只剩下哀告无援的神色。

　　他捡它的时候，它丝毫也没有挣扎，很顺从地被他用外衣兜起来，提走了，一直提回他住的泥巴房，顺手放在堆炭的土房的顶上。那房顶很矮，个儿高的人伸手就能够着它。它像一截老树根那样，一动不动并涂满泥浆地被扔在上面，任凭雨水冲洗着泥浆，无动于衷，而且毫不引人注意。他这时的心情，就像意外地捡了个古陶瓷瓶，可惜碰缺了一角，成了弄坏的宝物，已经没多少价值。得来的容易，便也没多少珍惜和遗憾。他把那只湿不拉叽的倒霉老鹰的事，很快就丢在脑后了。而且，应该承认，他是被那家伙的可怜相给蒙骗了，他完全忘了最重要的一点，那家伙会飞。

　　后来，天放晴了。

　　他忘了当时是被什么鬼名堂给吸引住了，大概是读一本哈萨克大诗人写的《箴言》，那里边有些话他现在还记得，"如果不了解世界上我们见到的或没见到的全部、至少是大部分奥秘，人就不能称其为人。"

　　还有，"畜牲是不懂，但它并不装懂。我们什么也不懂，但偏要装懂。"

　　当他隐约觉得似乎忘记了什么而伸着懒腰走出屋外的时候，矮屋顶上的声响提醒了他。他转过头，看见，那涂满泥浆的老树根活了。

　　它正拍打着翅膀，头颈向前伸着。

　　它已经完全晒干了，洗净了，在阳光下变得生气勃勃，每片灰赭色的羽毛都鳞光闪闪。它仿佛变了另一个东西，大了几倍，翅膀凌空扇动时有一种气势，一副雄姿。这是它离开屋顶的前几秒钟，恰恰被他看见。他站在那儿没动，根本没有打算扑上去抓它，只是眼睁睁地望着它，起飞。甚至心里还暗暗替它担着一份心，害怕它丧失了飞的能力。

它飞走了，先是低低地滑翔，有时候离地面很贴近，像个小孩做的飞行玩具。不一会儿，它就升起来，升进了天空，盘旋，徜徉，就在这屋顶的上空，遥远成一个黑点。

他仰起脸，注视着它，看那黑点儿的移动，看那放晴了的天空中大朵大朵爆裂在阳光下的云，这时，他觉得那只鹰神奇而又陌生。

"它能在那么高的云中看见我吗?"他想，若是看不见，它为什么久久盘旋不去呢？它既然看见我，记着我，为什么又不愿意重新飞落下来？让我再仔细看看它呢？"荒唐！"他暗自发笑，而且有一丝惆怅涌了一下。

天还是空的。

那只鹰，那个黑点儿，已经寻不见了。

"肯定是掉进那个大洞里了……"

他望着天空，这样想。

忧郁的巩乃斯河

草原不管有多么辽阔和健康，它的河流，都是郁郁的，有一种无法说清的忧愁。

这条河的水面，还算宽阔，一石头扔过去，总到不了对岸。水也深沉，你亲眼见过有次摆渡还没挂好链子，一辆载重卡车就往上开，结果前轮上了摆渡，后轮下了河，不一会儿，整个车就看不见了。

这条河是有点怪。坦坦荡荡的大草原上，百米外就看不见它了；而站在河边，对岸十里纵深却一览无余。水是灰白色的，被两岸的荒草、芦苇和白杨林衬上了一层幽幽的淡绿，水流平缓而有漩涡，寂寞而又自视甚高。它从另一个国家流过来，像一支忧郁的古歌，静静地在巩乃斯大草原伏行、扭动，好像是一个同时爱上了两个人的美丽少女，满面忧伤，一肚子不可告人无法诉说的痛苦。只有到冬天，她才能硬下心肠，凝成大理石一般的宽敞冰面。

你已经来到这儿第十三天了，每天的任务就是摆渡过河的车马行人。岸上有个大绞盘，铁链子一直从河面伸到对岸，河里是一座由两条船拼起来的平板摆渡。对面一吆喝，噢，有人过河啰。哗啦啦，你就放铁链子，然后咯吱咯吱地摇，让船过来。铁链子的声音和绞盘的声音像它们浑身的铁锈一样陈旧、年代久远，听起来很容易联想到一位缺了门牙的、害有严重风湿性关节炎的老哈萨克含混不清的话音。

那年月，草原上空空荡荡，有时候整整一上午也见不到一个人。你独坐岸边倒也清闲，反而想听听生锈的铁链和绞盘的声响。那声响本来浑浊沉重，但是平稳的河水在下面起了什么作用，仿佛洗去了那声音里的杂质，露出了它金属的质地，空旷寂静的河面上，那声响便显得好听起来。很是悠然，还带着回音，特别是早晨，有薄雾和水汽，这声响就更好听和神秘。

你就像连队派到这条河上的一个观察哨，每天在这条河上转来转去，摆渡反而像是捎带着干的。其实你不过是临时来换工的，摆渡老头会种瓜，连队请去帮忙，你就来替这老头。你喜欢干这件事，没人约束，悠悠逛逛。好不容易摆渡一趟，过河的人都笑嘻嘻地感谢，似乎是你在干什么好事。那倒也是，你不像个干摆渡的，倒像个大学生。因为你本来就是大学生。你的连队就在离河不远的那几排土房子里，一百多号人，全是大学生——"史无前例"时期的倒霉鬼，男倒霉鬼和女倒霉鬼。

惟独你忙中偷闲，得了个没人监视的美差，来和这条河做伴。很快，你就发现这条河韵味无穷。

散漫着真好，百无聊赖着也真好。这么懒洋洋地、寂静地，你听着时间蛇一般地从草丛上爬走，浪费了的生命，鸟一样在树枝上停候了很久，忽然一蹬腿，飞了，一天的光阴就飞的无踪无影。真好，浪费有一种快感。把大把大把的被人们视为金子一样的东西浪费掉，就像挽不住的滔滔流水那样，任它散漫，任它拐弯儿，任它胡乱滔滔，把什么都割舍个干净，就真的无拘无束了。

一只白色水貂，银白的。

它从临河的一截糟树窟窿里露出了头，一对小而圆、圆而黑、黑而亮的小眼睛正望着你，滴里轱辘的，自行车轴里的滚珠一般，转来转去，然后定住，直瞪瞪地盯着你，猜你的心思。

你纹丝不动,觉得应该变成一棵人形的树才好。不料,却打了个喷嚏。

它倏忽一闪,就从窟窿里钻出来,只一眨眼,就已经在一丈开外的原木堆旁,一动不动,盯着望你。你简直弄不懂它是怎么过去的,又是怎么停住的。

但是,它太美了。

它离你这么近,仿佛是让你欣赏一下它暴露在空地上的全身,全身的银白,白得像一只纯银制成的假物。毛色柔和地诱惑着你的手,想摸一下。尾巴很长,身形也细长如黄鼠狼,大小却像一只老鼠。你想起来了,摆渡老头说过,水耗子。

耗子?耗子哪有这么精神、漂亮、高贵、优美?唉,你遗憾的是人们偏偏给那些罕见的优良物种连合适的名字也舍不得起,他们给这精灵的称谓竟是如此丑陋、难听,因为他们见惯了的是耗子。那种蠕动的黑糊糊的东西,当然也是生命,但实质上是对生命的亵渎,是造物主生产出的大量废品。而它是精灵,是有独立生存能力的大自然的珍品,它不是水耗子,是水貂。它的头部,首先就不是老鼠那样的尖嘴贱相,而是有些略像狗头,银白的、勇猛而又机敏并且充满自信的头。眼睛也完全不像白鼠似的病态发红,而是黑亮有神。体形就更显得矫捷柔韧,猎豹一样。

这是一种缩小了体形的猛兽,可爱极了。

你试着朝前走了几步,想抓住它,养起来。可是你知道你抓不住它,它太灵活、太迅速,一眨眼就不见了。你不能不眨眼。这精灵就在你眨眼的刹那,一闪,躲开你,远远地又在一个意想不到的地方,露出银子一般优美的头。你要追急了它,它就往河岸的草丛里一钻,潜进水中,拖着一条水纹在宽厚的河流里游走,再不理你。

于是，巩乃斯河岸上的惟一一点可爱的生趣，被你赶走了。河流依然平静，忧伤地蜿蜒在土壁和高崖形成的深谷里。

黄昏时分，摆渡老汉的老伴从对岸的农场拾麦子回来了，满满实实的两麻袋。全是麦穗子头。

她一吆喝，你就哗啦啦，放铁链子；咯吱咯吱，往回摇。你不用问就知道，夏收的时候她故意不割干净，公家的地；完了往自己的麻袋里，使劲拣，也不嫌腰弯得疼。她这辈子，饿怕啦。

再缓一会儿，摆渡老汉换工就转回来了。那老汉一张嘴就离不开个"毬"字，好像在他眼里，这全世界上除了毬就没剩下啥可值得说说的。你说，老人家今年多大年纪啦？他顺嘴就给你个烂顺口溜。"我？唉，"他装出一脸的倒霉相说，"老咧老咧没板咧，鼻涕多咧松少咧，胡子长咧毬短咧。"

有一回中午，毬老汉（你心里这么叫他）的老婆煮苞米棒子请你吃，炊火在阳光下燃得美滋滋的，毬老汉盘上腿就打瞌睡，头一点一点地朝裤裆里栽。一愣，闪醒了。

你说，做啥美梦呢？哈喇子都淌得像跑松一样？

毬老汉微眯着老眼，说咱们还能做出个啥毬美梦？还不是老大和老二算了一会账么。这回没带毬字，不过老大是指脑袋，老二还是个毬。

毬老汉啊，你自己整个儿就活成个球了。你兴高采烈地把看见水貂的事儿给他讲了，你说，"水貂，银子一样的白水貂！"你又恢复了学生腔调，你一忘乎所以就露出这一套。毬老汉斜了你一眼，"水耗子么。"你说你想弄一只养起来，可是抓不住。毬老汉说，可不敢抓，它又不是个耗子，人家是个捕活肉的东西呢。谁敢抓，一口咬断你的指头尖尖呢。

他不帮你抓，可是你感到了满足。因为毡老汉承认它不是耗子，而且语气中透出了一些敬佩和珍惜。这和你认为它是精灵实质是一样的。

你感到了异常的充实。

这时，你猛然扭回头，朝河对岸白杨树隔着的驿道望过去。一片激烈杂乱的犬吠声和马蹄声正追逐着奔驰过来，在幽暗的黄昏闪动如影，有惊心动魄的战乱前的预兆。

你看过去，知道是你的顾客们过来了。真正的顾客，远古时代就存在的骁勇的顾客，正从远方的驿道上奔驰过来，他们将请求你，让他们渡河。

大约有五六匹马，驮着醉酒的人，被沿途所遇见的全体纠合起来的猛犬狂吠着追咬。醉汉们，已经在马背上前俯后仰，大声唱歌；并不时猛地探下身去，挥臂鞭打纠缠在马蹄前后的凶猛大头狗。一马鞭抡下去，空中便准定刺过一阵尖利得似乎带着骂声的嚎叫，"嗷——"，你觉得那狗差点儿就能骂出操你妈了。然后，一片马蹄声就变得更杂乱了，醉酒的人们隔河高叫，像一伙朴实的响马。狗们，追够了也就完成了任务，渐渐散去。

毡老汉说，这些个毡，又喝醉了。他说完就钻回他的木头屋子里去了，像见了另一种动物的动物那样，避开。

你觉得振奋，觉得感动。

你先是哗啦啦好一阵子，接着就咯吱咯吱。

醉酒的人，骑在马上从岸边上了摆渡。有的马小心翼翼，用鼻子嗅着前面试探，像近视眼一样谨慎地跨上木板；有的则昂起头嘶叫，屁股往后坐，不肯上船。醉酒的人一鞭子，那马一扬前腿，就蹦上去，马蹄上的铁掌在摆渡的木板上很响，很清脆，像一群穿了高跟皮鞋的漂亮女人，在甲板上焦急地走来走去。

你故意摇得很慢。那五六个骑在马上的醉酒者立马船板之上，移动的船体在河面上平稳滑动，载着这伙草原上的牧人，如一幅黄昏的油画，亦如一群坐在你掌心上的待渡者。你觉得那里面可能有葛里高利那小子，你故意慢慢摇，你舍不得眼前这一幕很快就消失。你要摆渡他们，从彼岸到此岸，中间是一条忧郁的河，河面还算宽阔。

你忽然觉得是这么回事儿，摆渡人们。更多的人，不仅是醉汉，而是更多的人。你用的只是两条破船拼接起来的工具，年代久远，浑身铁锈的铁链子和绞盘，但是那声音正因为久远而显得浑厚，正因为陈旧而显得有味道，它们被忧郁的河水洗炼了之后，会变得清新、单纯，变得好听。

人呵，请注意谛听！

1987 年 11 月 16 日

伊犁秋天的札记

一

对大家来说，伊犁是个好地方。对我来说，伊犁则是个留下过不好记忆的好地方。

那些令我不快的记忆我现在不想说它，因为它足够那些想编故事而苦于生活经历贫乏的人写一部长篇小说。而我，恰恰不会写小说，但是我喜欢画画——不用颜料的那种画，另外我还喜欢一点点哲学之类的东西和历史、动物学及幽默等玩艺儿的杂种，总之是个四不像。

我想画点什么，从伊犁回来以后，我一直想画点什么。但是我又不会画——这的确是个天大的误会：这个世界没有把我引向一名画家的画室是它的一个重大损失，这不怪我。这种职业的遗憾对别人是不是终生耿耿于怀我不知道，对我，仅只是些微的、些微的惋惜。一个人从一个完全无从回忆的地方来到人世间，摇摇晃晃孤立无援地走到了人生的路口，道路千条一下子向你涌来，就像红灯区的各色妓女向你邪恶而彩色地招手……你也许还有更合适的职业，但你当时还太年轻，你紧张慌乱，所以就按照你的虚荣心去做了，当然也可能是本能，你在选择的同时就丧失了尝试其他道路的可能。

几乎每种职业都可以让人走得很远很远，几乎每种职业都可以用魅力或习惯吸住你，几乎每种职业都不是用常人的一生所能穷尽的，除非天才。所以天才一般都死得很早，上帝说，你已经穷尽了，你必须结束。所幸，我直到现在还不是天才，所以我还能活着。

可是我对我的职业已经开始有了厌恶感，这当然也包括对我自己——我厌恶自己在生活中扮演的这个角色，我当初肯定是有意识去这么做的，渐渐不知不觉地就扮演到了今天这种地步。现在，我停下来，回头仔细地审视着过去的一系列的自己，有时偶然能听到一些断断续续的自言自语，那好像是说"我该怎么回去呢？"

回是回不去了，这我知道。人生是真正的过河卒子，只有拼命向前；向前是向哪儿？终点当然都是死亡，谁也别想悔棋。

就这样，我们对很多东西无法选择，不仅是职业，我们鬼使神差地被固定在世界的某一点上，单线条地过一辈子。这不，我又到伊犁来了，伊犁还是伊犁，而我已经非我。我像一个和从前的我有某种契约关系的别人那样，我面目全非，心态大异，我和原来的我之间相差了十年二十年的漫长人生经历，我现在的容貌气质也和从前大不一样——我有时十分惊异的就是，人们怎么竟然还能够偶尔把我认出来呢？这的确是一桩奇怪的令人百思不得其解的事。

二

我到伊犁来过三次，每次都能非常强烈地感觉到某种异样的冰冷和温暖。这不是伊犁的自然所传达的，伊犁的自然环境永远有着它刚健的妩媚；也不是伊犁的风俗所赋予的，伊犁的风俗民情是全中国最有味儿、最鲜明也是最幽深的。某种异样的冰冷和温暖，是伊犁州府所在地的伊宁社会散发出来的、像气味一样无法看清的面部表情。这里含有风景这边独好的骄傲和自负,也带着边陲重镇见多识广对什么都不再以为然的轻漠,同时还有点儿新疆人"我不尿你"的特殊心态。

这也许没什么大不了的不好,可能每一个地方都有那么一点排他性以显示自尊。伊宁也不例外,只是稍稍有些露骨。然而很快,当你一旦深入进去,这种社会组织呈现出来的态度很快就会被它卓越的自然风采和宁静的民间情调所融化。

因此,伊犁具有非常鲜明的三种层次:官方的,民间的,自然的。虽然这三种层次(我竟然也使用了这个时髦得发霉的词汇,请读者原谅)在当前任何地方都存在着,但是似乎哪儿也没有伊犁表现得那么鲜明,那么诗意,那么独立成章而又混合为一体,像是一支变奏着三重旋律的乐团。它们分别代表着三种象征,即现实、历史和永恒。这三种时间概念如同三种颜色的水在同一河床里流动,使伊犁显得比别处丰富多姿,使伊犁有一股缓慢舞蹈着的移动感。它仿佛随时都在消化掉尘世的噪音和骚动,又随时都在制造着当代的律动和尘土,它的现实因此蒙上一层恍惚的意味儿,有隔世之感,一切活动的事物都有顷刻滑入变成风景的危险。

它是个供人观赏的旁观者,是个把历史无意中写在脸上的现实主义者,是个不受理论指教的随遇而安的会过日子的古典艺术家。其实我也知道,想把伊犁弄清楚或概括出来这种事,完全不是我这种没知识的人所能做的;我之所以使用了"层次"、"历史"、"永恒"之类的词,完全是为了文字显示的庄严性,真正的意思我完全不懂。假如有人一定要我解释这些词,我大概就傻了。

我刚才说过我到伊犁来过三次,这三次之间相隔的时间依次递减。不知这里面含有什么象征意味儿或命运启示。总之,给我留下的最简练的印象是：第一次我丢失了一个皮箱；第二次我被一匹拉套的马磨破了屁股；第三次就是这次，我觉得伊犁不太喜欢我。虽然我写出过"伊犁河是我的河"这样英勇蛮横的诗句。当时，这句诗像名言一般不胫而走，震慑住了不少善良小心的灵魂，但我今天为它羞愧，我为我年轻时的无知而羞愧。即使人们没有责怪我，那仅仅是因为人们的宽容和健忘，但是自己，难道也应该是宽容和健忘的吗？

羞愧——对过去肤浅的狂妄所付的代价，我羞愧了，但我却决不因此而去修改我的这句诗，这句诗所贡献于世人的并不是它的真实程度，而是它强烈的自尊态度和对生活有力的拥抱。诗就是这样，一方面忍受着现实无情的嘲弄、践踏，另一方面又以它强有力的攻击力在倏忽之间命中庸人世界的灵魂。诗是没有等级的，它没法相当于哪一级，因为它本身就同时拥有了最低贱和最高贵这两极。它惟一的生命力就是它有一颗真正自由驰骋的心灵！因此，藐视诗是一件容易的事，它要比藐视金钱、权利、汽车、房子以及豪华酒吧等等东西容易得多。明白这点，当今为什么会有那样众多的豪杰一致地把自己嘲弄的矛头指向诗并进而指向文学就不是一桩难理解的事了。

有人对我说，其实你的散文比你的诗好。

我理解这种称赞并且也相信，因为我的散文是站在诗的肩膀上的。我花了二十年，经历过痛彻心脾的疑惑、思考、实践、寻找，而终未能真正完成诗。那是因为在诗的领域内，我的对手太强了，他们以惊人的洞察力和才气及对现实的直觉把握向我摆出一个又一个阵势，尽是些我前所未见的棋局。

我感谢他们——这些未曾谋面的影子对手。他们帮助我战胜了一部分自己，同时也使我享受了一段时间的散文领域里的轻松自由。懂得感谢高明的对手，这可能就是绅士精神，是人的自我观照态度的一种进步，较之对对手的嫉恨、偏见、死不服气、打肿脸充胖子当然明智坦荡了许多，因为后者不过是文场中的牛二或王妈。不行就不行，这没什么可耻，可耻的是不行还硬撑，还装得挺行，还进而要领导别人。

十亿中国人里没有不行的，这真是当今一大令人恐怖的社会现象。我不懂为什么这现象还没有成为当今的"热门话题"，现在的"热门话题"总是离每个人的痛处太远了些。

三

写到这里，我耳边已经警铃般地响起了指责声：

——你已经离题万里啦，难道这就是你所谓的伊犁秋天的风景吗？

——请问，你这究竟是杂文呢还是创作谈？散文难道是可以这样随意东拉西扯的吗？

我本来想回答一下，但我假如一回答，这篇文字就更多了一条不像散文的理由。何况这问题原本是不值得回答的，倘使我能使多种文体融于散文，那是我的造化。至于伊犁、秋天、风景，我写的不正是这些吗？我写得如此丝丝入扣，文风严谨，我所展现的一个人的内心的风景，我甚至还要倾听风景的独白，追忆河流的往事，模糊时间的视线和撷取暴雨的花朵……我有一支听话的笔，它一旦在稿纸上任性起来，就是一匹天生奔放的神骏，颠跑、奔腾或弹跃，都浑然自成为美，精神若有神助，它似乎凭着天性的力量就可以踏着现实的头顶飞跃过去。

可惜……的是,我快老了。

中年是一个异常痛苦的年龄段,是个转换得难以适应的时期。成熟是需要适应的。人的全部思想和才情都不过是肉体的"这一个"在发展过程中的产物。谁能听到秋天的叹息?谁能懂得秋天苍凉的表貌后面隐藏的内心裂变?谁又能破译生命在秋天发出的低语呢?

每一片落叶,都曾经历了繁华的季节,饱尝了生长的过程,欣赏或被人欣赏,残缺或完美,承受光芒或迎接风雨,被全部天空和大地照耀、养育,每一片叶子都是珍奇的。每一片叶子都是一枚由自然精心铸造的金币,在万物中发行。可是谁曾珍视过它呢?

现在,它飘落了,告别母体。

谁又能听到它断裂的一瞬间发出的惊叫声呢?

四

这里就正是秋天。

它辉煌的告别仪式正在山野间、河谷里轰轰烈烈地展开:它才不管城市尚余的那三分热把那一方天地搞得多么萎蔫憔悴呢,它说"我管那些?"说完,就在阔野间放肆地躺下来,凝视天空。秋天的一切表情中,精髓便是:凝神。

那样一种专注,一派宁静;

它不骄不躁,却洋溢着平稳的热烈;

它不想不怨,却透出了包容一切的凄凉。

在这辉煌的仪式中,它开始奢侈,它有了一种本能的发自生命本体的挥霍欲。一夜之间就把全部流动着嫩绿汁液的叶子铸成金币,挥撒,或者挂满树枝,叮当作响,掷地有声。

谁又肯躬身趋前拾起它们呢?在这样豪华慷慨的馈赠面前,人表现得冷漠而又高傲。

只有一个孩子,一个女孩子。她拾起一枚落叶,金红斑斓的,宛如树的大鸟身上落下的一根羽毛。她透过这片叶子去看太阳,光芒便透射过来,使这枚秋叶通体透明,脉络清晰如描。仿佛一个至高境界的生命向你展示了它的五脏六腑,一尘不染,经络优美。"呀!"那女孩子说,"它的五脏六腑就像是一幅画!"

还有一个老人,一个瘦老头,他用扫帚扫院子,结果扫起了一堆落叶。他在旁边坐下来吸烟,顺手用火柴引着了那堆落叶,看不见火焰,却有一股灰蓝色的烟从叶缝间流泻出来。这是那样一种烟,焚香似的烟,细流轻绕,柔纱舒卷,白发长须似的飘出一股佛家思绪。这思想带着一股特殊的香味,黄叶慢慢燃烧涅槃的香味,醒人鼻脑。老人吸着这两种烟,精神和肉体都有了某种休憩栖息的愉悦。

这时的每一棵树,都是一棵站在秋光里的黄金树,在如仪的告别式上端庄肃立。它们与落日和谐,与朝阳也和谐;它们站立的姿势高雅优美,你若细细端详,便可发现那是一种人类无法摹仿的高贵站姿,令人惊羡。它们此时正丰富灿烂得恰到好处,浑身披满了待落的美羽,就像一群缤纷的伞兵准备跳伞,商量,耳语,很快就将行动……大树,小树,团团的树,形态偏颇的树,都处在这种辉煌的时刻,丰满成熟的极限,自我完美的巅峰,很快,这一刻就会消失,剩下一个个骨架支棱的荒野者。

但是树有过忧伤么?

但是树有过拒绝落叶的离开么？

当然没有。它作为自然的无言的儿子，作为季节的使者和土地的旗帜，不准备躲避或迁徙，这是它的天职。

当我们在原野上看到一棵棵树的时候，哪怕是远远地，只看见团团的、兀然出现在地面上的影子，我们也会感到这是自然赐给我们的一番美意。当然随之我们就会遗憾太少，要是更多一些该多好，要是有一片森林该多好！但是毕竟是因为有了这几棵树才引起我们内心更大的奢望。

对森林的奢望，是每个人对远古生活本能的回忆和依恋。

荒野是那么寥廓；

荒野上的道路是那么漫长；

原先驻守在这片荒野上的树呢？它们曾经无比强大，像一支永远不可能消失的大兵团，密集的喧哗的笑声，仿佛在嘲笑一切妄想消灭它们的力量，而且它们拥有鸟类和众多的野兽，这些鸟兽类也不相信森林会消失。

但是时间被人利用了；

时间使人成了最强大的；

人类坚持不懈地努力着，一斧头砍死一棵树，就像杀死一个士兵，最终，整个兵团消失了，连骨头也不剩。

后来的人，谁还记得荒原不久以前的童话呢？关于树的呼吁已经很多了，我不打算重复了。我只是觉得，树在中国北方像流窜深山的小股残匪一样悲惨。

我忽然想到，当地球上砍伐掉最后一棵树的时候，人类肯定是更发达、更神奇了。但是那时人类将用什么办法复制一棵树呢？复制一棵真正的树——会增长年轮的、会发芽、开花、结果、叶子变成金币自动飘落的树——假如有谁可以做到,那无疑会成为科学史上的崭新一页。

但那将是多么滑稽的一页呀!

因此,对树充满敬意吧——从现在就开始,对任何一棵树充满敬意,就像对自己的上司那样。

五

这纯粹是一次秋天的散步。

倘使把城市当住宅,把自然当庭院,把一年当一天,那么,这种散步该多么有趣,多么必要。人们每天散步,我每年散步。

我愿意以散步的方式徐然缓行,或低头漫想,或凝神远望,虽然我并不能望到什么和想清什么。高瞻远瞩是伟人的事,计上心来是小人的事,都与我无关。我是凡人,在不冒充伟人和不冒犯小人的前提下,我喜欢独自散步。这是一种多么难得的自由啊,因为二十年前,就在伊犁某部农场,我曾经在"不许离开营房二十五米外散步"的禁令下生活了一年多,这使我略微知道了自由是什么意思。

这样散步挺好。

通往博乐的那条三十公里岔道,可以当作一条通往庭院僻静一角的幽径;

昌吉呢,是从住宅走下来时的一个台阶;

到了石河子,就算台阶走完了,踏上了出入庭院的主道;

果子沟应该是院中的一座保留完好的、长满了自然植被的小丘;

赛里木湖这一小池水,在院子里保持着它的清澈和生机;

牛羊、马匹、骆驼、狗和毛驴,是你在散步中遇到的蚂蚁和小昆虫;

只有太阳是原来的,只有月亮是原来的。

这样散步挺好。

我已经过了奔跑呼喊的年龄,我说过,我有些老了。老和不老不完全表现在年龄,而有时表现为步态——人生步态。

散步就是一种渐入老境的形态。

不再匆忙、紧张、拼搏、追求或探索什么了,已经经不起激烈方式的折腾,受不了热火朝天的刺激;什么男子汉啦,什么西部啦,让人眼晕得厉害;或者有没有现代意识,具不具备成为大师的条件之类的全方位检查,也让人不胜其沉重。

成了又怎样?不成又怎样?天底下的章法多得很,你有你的通行证,他有他的护身符。兔子和乌龟赛跑,兔子永远是失败者而乌龟永远稳操胜券。为什么?因为兔子要睡觉而乌龟不骄傲——这就是辩证法。

兔子和乌龟赛跑本身就是可笑的,你不跟它赛不就完了吗?

不行,据说乌龟非要缠着和兔子赛跑,你不赛它就咬你的耳朵——这叫兔欲静而龟不止。

最好还是去散步。

在历史上已经著名的散步不少了:

"且听穿林打叶声,何妨吟啸且徐行,竹杖芒鞋轻胜马。谁怕?一蓑烟雨任平生。"

这是苏东坡的散步,放达潇洒的失意者,外表的泰然掩不住内心的慷慨激烈,这就叫本性难移。东坡大才,气贯长虹,他的全部失败就在于他不善于掩盖自己的强,即使散步,他也势如奔马之惊风。

还有一个孤独的散步者,他是在另外一块大陆上散步的,他叫卢梭,他的那本题为《一个孤独的散步者的遐想》的书,是值得妄图弄清自己灵魂的人一读的。他这样说道——

"我准是于不知不觉中完成了一个跳跃:一个由清醒到昏睡,抑或更确切地说,由生到死的跳跃。我不知怎么越出了事物的正常秩序,兀然堕入莫名其妙的混沌中。在这一片混沌中我什么也看不见,我越是琢磨我眼下所处的位置,我就越不能明白我身置何处。"

看来,不论是东方的还是西方的散步者,都不像竞走,都同样是一副随意而松弛的步态。

在身体放松的时候,思想才有可能四通八达,飞驰狂奔;相反,身体高度紧张如短跑时,思想便集中成一个简单的念头。

散文就是文学中的散步,因为它最平常,最自然,也因为谁都会。散步散到被认为炉火纯青的地步就变得非常困难——除非那人的步态丝毫也不造作和摹仿别人,而且在简单的散步中可以显示出深厚的训练。

相比之下,诗是追逐灵感时闪电般冲刺的短跑或者使速度在一顿时产生的转换,如跳高或跳远。而散文是散步。散步没法比赛,却更无拘无束,有益身心(这种比喻显然不是定义,勿信)。

秋天是适宜于散步的季节。

六

应该让思想的水散漫成湖,特别是当你处在人生的秋天。

让溪流聚集起来、让河水交汇起来,让雨水或雪水贮蓄起来,根据地形自然的状态,造成一个非人工的海子。那就是湖。

湖不是海——它没有那么伟大;

湖也不是水库——它要柔和自然得多;

一般说来,它躺在那儿,有一种女性的味道。这除了因为它美,还因为它使周围变得潮湿了一些,滋润了一些;更因为它使天空也变了,变得涂上了一层神秘的蓝;使近处的山呈黛色,阴坡的松林幽静,使远处的山白发肃然,如老翁之守处女洗浴。

一般来说,它躺在那儿。

它不像山那样远远地就跑过来迎接你,而是躺在那儿,等着你突然发现它。它喜欢静静地微笑着看你吃惊。

一般说来,这就是赛里木湖。

一个思想就应该是这样,经过无数条水系的源源不断的补充,经过地貌之下的颅骨加固合拢,就这样自然而然地,形成了一个圆或椭圆的、深邃的内陆液体领域。

思想之所以称为思想,就因为它是圆的。从它的任何一点出发,走完全程终点都复合在起点上。所以,思路是细长的,思绪是云烟状的,想法则呈尖锐的三角形,灵感是狭长的闪电。

瞧,被称为思想的这个东西有多么深邃,同时又有多么清澈透明!

  它深邃到使人不敢轻率地跳下去游泳，仅只挽起裤腿在岸边浅涉一番，就足以使人领略到它的内涵、它强大而令人畏惧的吸力；而它的清澈透明，让人一望见底却倒吸一口凉气，那见底的明澈里，反射着无数层游动的光影、光环、光斑，造成无法分辨的幻象，使真实与虚幻浑然一体，因而更加捉摸不清。这是那种比浑浊更深奥百倍的明澈！

  赛里木湖——多美的名字！

  这名字本身就有一种清澈的深邃，有一种高雅的韵味，有一种特殊的蓝，令人心醉。

  你是伟大的海洋在撤离时留给伊犁河谷的一滴巨大的泪珠。汪汪的，闪闪的，既像美人腮边泪也像英雄颊上泪，妩媚而又刚健；

  你就是我们的海。在亚洲腹地远离海洋的地方，你给了我们一个海的缩影，一个海的模特儿，让我们按照你的面貌在想象中放大去理解海。因而，你又是本关于海的初级教科书；

  当我们散步在你身边的时候，可以看到成群的水鸟翩飞降落，成为浮动在水面的一片黑点，同时浴着水色和光影。身材修长的马正垂着颈、披着长发，小心翼翼地亲吻你的水面，惟恐不慎弄皱了你的面容；

  你与牧人的世界如此和谐。他们爱你，你也爱他们，你从不曾因为他们贫穷而鄙弃他们，相反，你把自己当成他们当中的一员，和他们气味相投。你就是在他们当中找到平静的，你必须平静才能生存下去，而这，只有牧人才能给你。那些城市里的"湖"，你当然知道它们的窘状和自得难解难分，它们是供人娱乐的一池，而你，才是真正的湖。

总是这样，在远离喧闹的地方，思想默默地积蓄、沉淀，变得清澈起来、辽阔起来。

所有的游客和路人，在你的身边赞叹、夸奖，似乎在这片刻，你成了他们的一样东西而与牧人毫无关系，然后，他们拍拍屁股，驱车远去，你仍留在牧人身边，谁也带不走你。

在众多的游客和路人当中，有人感觉到一丝惭愧吗？面对你，有人照到自己灵魂深处的弱点吗？若有，他可能会想到这些。

赛里木湖，人们是多么肤浅又多么自以为是呀，我愿意代替他们向你道歉，说："我们对不起你！"

它听也不听。

脸上犹自泊着宁静神秘的微笑。

七

斧头向树借一根斧柄，
树便给了它。

形状美观的，裸露的，青白的武器，
从地母的内脏中伸出头来，
木质的肉，金属的骨，只有一个肢体，只有一片嘴唇，
…………

印度哲人和美国热情洋溢的泥水匠诗人，他们两个究竟哪个说得更对呢？倘使是矛盾的，为什么两个都让人感动呢？

一柄斧头。

1965年大学一年级，获全疆大学生男子单打冠军

1966年9月,北京。四位来自不同大学的大一学生是中学同班,臂挂袖章在天安门前合影,右二为周涛一个最初的人类用来改造世界的孔武有力的武器。

慈悲的佛祖的使者，东方白发幡然的诗歌圣人向我提供了前者——一幅可怕的图画。斧头的柄是向树借来的，然而斧头消灭了树。这是一个阴谋，树明明知道，还是给了它。庞大的千年古树般的东方文明，在小小的"一片嘴唇"下无可奈何，轰然倾倒。这是东方近百年来的悲哀。

那个身穿紧身工装、头戴草帽的美国劳动者呢？他才不管斧柄是不是借来的呢，他浑身洋溢着乐观蓬勃的活力，他热爱开拓，他歌唱斧头，他赞美用被伐倒的树建造的崭新生活。从某种意义上说，他就是斧头，他偶尔也会有些伤感，断断续续，但他总的来说是进取的，轻装前进的。

树和斧头各自唱出了自己的歌，组成了人类完整的声音——多么让人哀愁又多么让人振奋！

诗人们！

假如你是树，你就不要伪装成斧头；

假如你是斧头，你也不要伪装成树。

这是我在经过果子沟时想到的。

果子沟是个树的乐园，因而容易让人想起斧头。

八

我在想，我以前来过这里吗？

我若来过，为什么我对这一切那么陌生，感受和理解会如此地迥然不同？我若没来过，那就怪了，难道过去的记忆是一团无从证实的梦?

过去的事情一旦过去了,就和从没发生过一样,除了记忆留下一些斑驳的年久失修的印象,一切都无从考证。大地不会作证,它不会记得你的名字和脚印;湖泊也不会,它给过渴饮者一捧水,过后就忘了。

你只是你,形影孤单。你以为你有过去,你匆匆跑来寻找,过去没有留下一丝踪影,它悄然飞走了;你以为你有将来,将来藏在你的眼前,你却徒劳地向前伸出手总也抓不住。

你蓦然明白,这一刻你才是真实的,除此而外你根本不拥有任何时空。而这一刻也在消失、剥落、衰亡。你只是一个可怜的小点,被无形的力量推动着,也被无形的轨道制约着。

你用手抹了抹鼻子,有点怆然。

"我就这样被注定了吗?"你心里喊了起来。但是徒劳,所以第二声你就没喊。有许多东西,人是无法想明白的,就像一只羊永远不能弄清它的命运一样,否则它首先会用绝食气人。

因为你无法漫长下去,你无力拒绝时间分配给你的那一小段,这就是人生最大的局限。你要是根本不想这件事那就好了,生老病死,人之常情,大家都一样,也没专门亏待你。可是你偏偏放着大家都想的事不好好想,专爱想别人不想的事,这就是你的毛病。

你轻视现实,就必遭现实的惩罚;
你钟情历史,却不见得能获得历史的青睐。

为什么?这不是太不公正了吗?

得,这又是你的傻处了。现实翻过去的那一页日历叫什么?历史。你——一个自以为聪明的书呆子,正自寻烦恼。

睁开眼睛看看吧,伊宁已经快到了。热气腾腾的现实生活正在展开，它像刚切开的西瓜那样鲜红水脆，也像刚出笼的烤包子那样暗香浮动。

饿了吧？

嗯，饿了。

历史不再需要吃饭，思想却会和肚子一起挨饿。

吃饭的时候，幻象消失了。一切都很真切，喉咙在食物的刺激下发出震耳欲聋的声响，胃像水母般欢乐地舞蹈起来。我听见我生命的全体部属、全部细胞都活跃、行动起来，这些亢奋的子民发出齐心协力的呼喊：食物万岁！

这时候，思想睡着了。

九

在雪岭宾馆的电梯旁，我碰到一个人。

那人有一张窄长的脸，还有一对发黄的略含悲伤无告的眼珠，除了头顶没有生角和下颔没有蓄胡子，那张面孔很容易使人联想起一只山羊的脸。

"嗨，是你吗？"我走过去拍了一下他的肩膀。

"难道是你吗？"那张脸惊愕了三秒钟，突然松弛下来，笑了。

我们都忘了对方的名字。

但是我们都在一瞬间分辨出了对方那张久经岁月摧残而不折不挠的脸孔。

记忆真是奇怪而伟大，它总是能记住一些更本质的东西，不管那本质怎么变化；却抛弃掉那些看来重要而实际上不过是附加的东西。

我们坐下来，仿佛有一些话要说。但是我们都小心地避开对方的名字，装出这不是个问题的样子。可是我们的谈话似乎没法集中，两个人都有些心不在焉，好像一边走路一边老是左顾右盼寻找什么东西。

原来我们都在极力想对方的名字。

其实，三十年前我们在一间屋子里生活了整整一年多，一块吃饭，一块劳动，一起经历了从冬天到春天的全部季节，一同经受了当时政治风云毫不留情的打击和重压。有一个夜晚，我们一起听到"林彪出事了"这一令人目瞪口呆的小道消息，那是一个神秘而恐惧的夜晚，我们一起不知所措了一整夜……那正是在伊犁巩乃斯草原的时候，伊犁的岁月和这张脸有密切的联系。可是，他叫什么名字呢？

那时我记得他会说汉语，现在他反而不太会说了，夹杂了很多维语。我说你怎么搞的？他说他忘了。

他说听说你现在当了"斯人"了。

我说，是"夏伊尔"么？

山羊笑了，你的维族话很好。

我说，好个屁，我这个大学中文系的毕业生就记住了这一个词，诗人。

然后，我们没有更多的话好说了；

再然后，我们匆忙地互相留下地址和房间号，告别了。

这一点都不奇怪，我们谁也没从对方身上找到什么，我们虽然有一段共同的日子，却各自怀有不同的记忆。两个记忆像两部电影，环境一样，主人公不同，而且是两种语言的版本。

山羊上了电梯；

我上了汽车；

在汽车里我一直在使劲地想他的名字，他叫什么名字来着？那是个非常熟悉的，一天到晚叫无数次的名字，那个名字是这张窄长的脸孔在社会组织中相应的符号。

我终于没想起来。

十

那天早晨起来，她突然问我：

"昨天晚上你梦见什么了？"

她眼睛里有一种狐疑，带着审查的味道。我有点紧张。我觉得仿佛她昨晚站在我的梦境边上看清了一切刚刚回来。她好像比我醒来得早，看到我醒来，就问了。

她是怎么过去的？一个人的梦境肯定应该比国境难逾越得多——虽然没架铁丝网。她是怎么过去的？她窥见了什么？

我有点紧张。我想，梦怎么能被人看见呢？怪了，梦难道可以拆看吗？而且我仿佛记得宪法里有一条，就是保障公民的做梦权不受侵犯的。可是……现在她一问我，反而让我感到无地自容。我觉得她问得义正辞严，很有必要，我觉得她问我梦见了什么是她的权利。

梦是不可告人的，因为它和白天的现实是那样矛盾。它完全不受理性、品质、思想等东西的操纵。它是荒诞的，无逻辑的，甚至是下流的，因而它只配在夜间、在睡眠状态中出现。梦有一座神秘的舞台，它只让一些小偷似的鬼鬼祟祟的演员恍恍惚惚地演一些荒诞剧，没头没尾，只是一些片断，而且无法搞成连续剧。

在那个世界里，理智被唾弃，道德被扔进垃圾堆里去，界限消失,神圣的篱墙被拆除。

你弄不清为什么在厕所、澡堂这些严格划分性别界限的场所里,竟然男男女女进进出出习以为常?你窘迫极了,这时恰好进来一位平常熟识的女同事,她蹲在你旁边,扭过头来笑着问你借手纸;

还有,你光天化日下在熙熙攘攘的街市上走着,可是一低头,突然发现你忘了穿衣服,全身一丝不挂。你想找个墙角赶快藏起自己,才发现周围没有人对你大惊小怪。

……这就是梦。

但是我想了想,昨晚我睡得很平稳,没有一丝梦的残片。我已经很久不做梦了,我有时甚至怀疑过自己是不是已经丧失了做梦的能力。我对她说,说得很肯定:"我什么梦也没做呀。怎么啦?"

"那你为什么在梦里哭?"她说,"哭得很伤心。"

"啊?"我惊愕极了。

我拿过镜子,看着自己。脸上没有泪痕,眼睛黑白分明,没有任何哭过的痕迹。我很坚强,鼻梁挺直,眉骨高耸,面部棱角凌厉,嘴唇薄滑善辩,哪儿像个爱哭的人呢?

对天发誓,我确实没有梦到过什么伤心事,而且,我似乎什么梦也没做过。

可是为什么会在梦里哭呢?

整整一天,我都在想这件事。

后来,我想起来了,昨天晚上是有过一个梦;一想起来,就觉得那梦境很清晰了,它非常简单。

我和一个写小说的朋友摔跤,他先摔倒了我,我一用劲又翻了过来,骑在他胸上。这时,我咳嗽了一下,有一口痰涌在嘴里(梦里我还想到了这是因为吸烟太多的缘故)。我不想吐在地上,我害怕把地搞脏。我四下张望着看有没有痰盂,我没找到痰盂。

这时,我看见了他的耳朵。

我觉得挺合适,就把痰吐进了他的耳朵里。

这是一件很滑稽的事对吗?

可是她说我在梦里哭了。

十一

在广阔的草原上驱车奔驰,那是一桩最没有压迫感的事情。特别是当草色还没有完全憔悴;特别是当起伏的低岗下、道路旁、屋舍外出人意料地长满了茂盛的树木;特别是车子绕过了一座矮矮的山岗,出现一大片坦荡美丽的河谷;特别是在这片河谷里躺着一条无声蜿蜒着的河流——伊犁河。

见到河流或想起河流,都是令人愉快的事。尤其是见到那种著名的河流,就像是见到一位著名的人物,你总是容易激动起来,急切地想看到些什么,证实些什么,进而获得些什么。

这条河就是这样,它著名,它的名望使人容易和一位出身农村家庭的未经多少打磨而以其质朴天才震撼整个舞蹈界的小姑娘联系起来。

它不是那种伟人一般的河。

但是这个小姑娘在她的条件下所展现出的丰富、完美、超出一般人的想象力的程度,却比那些在一定历史条件下应该做到而没有做到的伟人一般的河流更让人钦佩、喜爱。

它不算太长,因而它曲折回环的舞姿更紧凑,更能让人看到全过程。

　　它的水色不是那种清澈的像泉水一般的，也不是浑黄奔泻的，而是灰白色的。二十年来我每次看见它都是这种颜色，灰白色的。

　　这就使它像个不懂得化妆的美村姑，它依靠本色，依靠它和土地之间的相互养育，还依靠头顶的这块晴朗蔚蓝的天空的映照，保持着平稳而充沛的水量。从不见它干涸。

　　伊犁河不仅仅是单独细长的一条河，这是它了不起的地方。它成了一个系统，一个影响着周围事物的活物，它把周围的一切都纳入了它，成了它的一部分。

　　比如，天空是因为它才这么蓝的，要是没有它，天马上就变成灰色的；

　　比如，河谷和草原是因为它才这么茂盛兴旺的，不然，立即将成为沙漠；

　　比如，村舍、房屋、房屋前的长廊、窗饰的雕刻、庭院里的夹竹桃花、地毯和壁毯、铜壶和银具；

　　还有那些沿岸生活的人。你来的时候他们那种平稳的表情，你去的时候她们那种平稳的态度；孩子们的笑声，妇女们走路时的姿势，以及所有居民过日子的那种安详。这一切都因为有了它，都因为是它的组成部分。它给了他们韵调、情趣、平稳而充沛的生活态度。

　　他们是它的风景，因它而贯穿流畅。

　　这种河，就是那种喜欢在沿途画油画的河。它的灰白色的河身像是镀着一层月光似的游动在草丛里，草丛吸收了它的声响，使它看起来性格内向，像灰白的蛇一样无声、灵活。

　　蛇其实是很美的，特别是泛着灰白色月光的这条大蛇。滑动、轻盈，缓缓扭过草原，钻入河谷，掠过村庄，爬过城市，直入国境线的那边，渐渐远走隐去，谁也不惊动，不打扰……

这是一条善良的会舞蹈的美蛇，它丝毫也不阴险，只是阴柔。它把那个性格内向的农村小姑娘的舞蹈天才一直保留下来，留给所有到草原来的客人看。

你即便不喜欢伊宁市，即使不喜欢伊犁人的某些方面，你还是不能不喜欢伊犁河——说真的，你别想从它身上挑出缺点来。

十二

我也有一本自己的历史资料，那是一个巴掌大的小采访本，上面记载着一九七一至一九七二年间的片断日记，蝇头小字，整齐而生硬。

小本的封面上，贴了一帧"金鹿"牌香烟盒的商标。里面不时有些从"上海"烟、"中华"烟、"飞马"烟盒上剪下来的商标，还有一些糖纸也剪下来，作了插图。

翻看了一下，几乎找不到自己的影子，看不见一点儿真实的农场生活。那时我二十六岁了，我为什么那么愚蠢？为什么连自己度过的真实生活的一点片断也记载不下来呢？我的小本本虽然就像一个五平方米的地窝子那样空间狭窄，里面也有一点点零碎的个人感受记录，但极少，有些只有自己的记忆可以补充，像备注似的。

这是一节耳朵听到的：

"听一位维族果农在园中唱歌。大约是什么民歌，词意是：爱情是什么？——两个青年的春天。"

还有一节眼睛看到的：

"黄昏时分，在去苹果加工厂的路上。衬着灿烂的夕阳余晖，从过人高的草中缓缓地'游'过来一匹白马，那白马望见汽车，一声长鸣，追赶起来，满车为之欢呼。"

（备注：高草齐胸，风吹如浪。马行不见腿蹄，故用"游"。此字甚妙，可惜从高尔基某篇小说中袭来，特说明。）

另有一则记人的：

"哈勒克，这是一位林区工人的名字。黝黑的脸像鹰一样坚韧，腰间插一把匕首。无论什么时间卸车，他都会出现在楞场上。原木在他手里驯顺地转动，变得像小孩手里的积木。"

（备注：记得那是一个神情阴郁的人，浓眉，眼窝深，目含杀气，却从不多说一句话，对人恭顺避让，只埋头干活。他很容易让人想起南斯拉夫一部电影里的那个阴沉的杀手，别人问他的上司说："但是他会笑吗？"）

最后一段记了这样一件事：

"六班班长，原政教系学生吕继烈因病于八月五日去世。享年二十八岁。据说临死前，意志很顽强，表现了一个优秀共青团员的革命精神。"

（备注：吕继烈，面白、肩宽、瘦高身材，系烈士遗孤，故名继烈。因学政教，又年龄稍长，故较一般学生老练，常含笑，不多语。任班长，已负有学生最高职务，因为排长以上均由军人担任。此人根红苗壮，属于难得的可以信任的学生干部，虽已腹痛难熬，仍坚持带领一班人忘我劳动、拼命锻炼改造。后，腹疼甚剧，便每日取一土坯，在炉上烘热，揣于腹前自镇；又后，数次请求去师部医院疗救，未获准；有次得机赴医院看之，被军医反馈回连队曰"害怕劳动装病"，于是该连指导员郑万和便以"阶级斗争"新动向的社论体口气在晚点名时不点名地点出，尖唇利齿，含沙射影。自此，吕心生腹诽，沉默不言，再不含笑，坚持劳动如常。忽一日，倒地打滚，不像装的，送师医院抢救不及，死了。死后，全场开追悼会，副师长华某亲临讲话，面目阴沉如临大敌，讲话中有一句至今记得，"不许借机闹事"云云。）

那就是二十六岁的我记录的生活，可以说，我那时已经非常老练，我的日记无懈可击，比社论还正确。

可悲的是，我等于什么也没记。

"梦！永远是梦！并且，心灵越是充满妄想，梦幻越是把它和现实远远地分开。"

我想起波德莱尔这句话，口中充满了苦涩的滋味儿。

十三

在伊犁草原上，毡房是相当分散的。

毡房不是村落，它总是孤独的，像是在躲避什么。它总是散落在一些很远的、不容易找到的地方。

但是你知道的远道来的客人在当地人的陪同下，又总是能够找到它们。

有一个节目要在这里上演，一个对城市人十分有趣的、难忘的节目要上演，谁也无法推辞，所有的毡房都知道，这件事它们都懂得。

会在某一天，某一个时辰，这说不定。草原孤独的角落响起喧哗声、谈笑声和汽车引擎的声音，声音混合成一股力量，向毡房走来。

一般说来，狗会先叫的，但是很快它就理解了主人的喝斥，知趣地走开，卧在一辆木轮车下。

一般说来，羊群开始交头接耳了，当然声音很低，不会让客人听见，羊们开始预感到某种不幸。

一般说来，毡房的门帘将被掀开，客人们互相谦让一下，便走进去，踏上花毡，盘腿而坐。客人们开始谈一些离毡房十分遥远的事，开始喝茶，互相让烟，然后很耐心地等待着什么。

毡房的主人全数到了外边，只有两个妇人进进出出。她们为客人烧奶茶，一碗接一碗，一般说来，她们不插话，态度谦恭但是不笑。她们并不非常热情，但没有失礼的地方。

大约要过很久，正式的节目才会开始——一只刚宰的煮熟的羊会用托盘送上来，客人将发出一阵欢呼，仿佛他们全没想到而实际早想到了节目会是这样精彩。于是，一场吞食肥嫩羊肉的表演开始了，只不过是，这是客人向主人表演。

主人们看大家吃得兴高采烈，似乎表情也有些开朗。这时，客人招呼主人一起来吃，主人有些羞涩，似乎不好意思。一般来说，她们只吃一点，而且是边角料。

最后，当节目演到尾声，客人纷纷起身，临别时会说许多比刚宰的羊肉还新鲜美好的语言，一般来说，是这样一些话——

"欢迎你们到北京的时候来我家做客啊！"

"亲爱的朋友，你们真是我的好兄弟！"

"各民族大团结好！"

"到了乌鲁木齐不到我家，我可不高兴啊！"

但是，一般来说，谁都不会记住对方的名字。对于毡房来说，所有的客人都是一个人；对于客人来说，所有的毡房都是一回事儿。事情就是这样，除了节目还会演出，其他的，都会被双方遗忘。

所以，毡房总是散落在一些很远的、不容易找到的地方，但一般来说，又总是能够被找到。在世界上，谁也藏不住，这你知道。

十四

有人告诉我说，他现在当了一个州的州长了。那人说，他当初和你在一个农场锻炼，你记得他么？

我说，记得，当然记得。

许多人都被我忘了，为什么偏偏记得他？是因为和他很熟吗？不是，我和他几乎很少说过话，而且也很少在一起。

但是我对他印象太深了。

那是一个哈萨克小伙子，英武，个子不高但很结实，像一个足球运动员。他有一头褐黄色的头发，脸上的线条有力而充满生气。那时，他得到一份令人羡慕的好差事，就是当了师里到农场的通信员。他每天的任务是骑一匹快马来往于农场和师部的土路上，不用劳动。

这使他非常像个骑士。

而且他骑的那匹马简直神气透了，像他一样无懈可击，那是一匹威风凛凛的马。他每次路过我们连队时，都下马，和大伙一起聊聊，他没有一点得意的样子，而且，没有怜悯我们的眼神。他每次都潇洒地从骑士马鞍上下来，一下来，就让我们感到他是自己人。

他不拒绝我们骑那匹马，只是说，"小心点儿，它很厉害！"

马身上流着汗，弯曲着强壮的脖颈，口吐白沫恶狠狠地咬着马嚼子，我们不再坚持骑它了。

有时候，我们对他说，"表演一个！"

他会让我们把一个旧麻袋扔在地下，然后他纵马奔驰过去，一俯身，伸手拣起麻袋。大家赞扬他，他也高兴，但很得体，末了他会说，哈萨克人都会，都会这样。

那时农场的土路上，经常看见他的骑影。英俊、热情、生气勃勃的他骑在强壮的骏马背上，奔驰着，驾驭着自己的命运。我们谁也不妒忌他，每次看到他，都感到某种安慰，仿佛是一个希望仍骑在生活的背上……

有人对我说，你不去看看他吗？

我想了想，说，不去了。

并不是因为他现在地位高了我就有意躲避他，我觉得自己的心理没那么虚弱。那是为什么呢？我想了想，大概是因为担心。

我害怕那个非常优秀的哈萨克小伙子消失了，害怕看到一头褐黄色的头发变成秃顶，结实的筋肉分明的脸变得臃肿，害怕看到一个威风凛凛的骑手钻进汽车里的样子……将近二十年的时间，会使许多东西发生变化。只要你没有目睹这变化的结果，那个年轻的哈萨克骑手就依然活着。

你会觉得，他还是骑着那匹马，奔驰在草原的土路上——视察工作而不是送信。

十五

现在,我很想为伊犁的酒徒们写一点颂歌,也许你们不会介意,不会认为这是一篇对普通人们的号召书,更不会把这当作是酒徒们的纲领性文件。

的确,他们没有委托我把他们写下来,他们仅仅是请我去喝酒,把我当成朋友的朋友,一见如故。

他们都知道李白,因而他们对不会喝酒的诗人有些犯疑,"不会喝酒还咋样写诗呢?"

他们互相望着,好像征询不同意见。

我对其中一位说,你那么能喝怎么不写诗呢?

"我们是黑肚子么。"他爽快而不无羞涩地低着头说,用手摸了摸自己的后脑勺。我看见那只手,肥厚、短粗,不仔细看几乎分不出五指。

伊犁的这一部分著名酒徒陆续到齐了,真是济济一堂,民族荟萃,虎虎生风。酒徒的风采有如绿林好汉的聚义,个个魁梧粗壮,绝无一个文弱苍白的。他们仿佛身怀绝技,豪气纵横而又遵循着一些看不见的规矩;他们知道在哪些方面可以放肆,哪些方面决不可造次;他们当中隐约有一种排座次的东西,但是外人看不清。

他们喝得很稳,话并不多,但场面也不冷落。用一只杯子传递着喝,一饮而尽。

酒过三巡，已经有好几个空瓶子摆那儿了。他们喝着，很少动筷子吃菜，虽然菜肉瓜果很丰富，他们仍然吸着烟，用眼睛盯着喝酒的人，心迹不露。这样一群老练的成熟的酒徒，多在三四十岁之间，像一伙能征惯斗的老兵，也像一些久经沉浮的政治家。

观察着，保持着某种状态的平衡，好像政治家等待时机，也像瞄准的人调匀呼吸的时候。

伊犁河的水是怎样变幻成这种烈性、透明的瓶中物的呢？

这种清凉的液体为什么在通过人的喉咙和肠胃时变成了燃烧的烈火呢？

它为什么这么苦辣呛人而又使人渐渐上瘾，愿意为它冻卧雪地沿街踉跄呢？

在生活和命运中久经跌打的人们哪，你们为什么摒弃了软性饮料，而偏爱上了这一杯杯、一瓶瓶穿肠的毒药呢？

为什么成了酒徒？

——酒的崇拜者和忠实的门徒；

——酒的奴隶和仆人；

——酒的战败者和俘虏；

——酒的不倦的情夫和被遗弃者；

在魁梧粗壮的这些人的心灵深处，在这些貌似强悍的人心灵深处的一角，一定有一处柔弱的、稚嫩的、干涸的地方，而这地方，需要用酒浇灌。

伊犁深沉的夜晚，酒徒们在传杯递盏，像一群圣徒，在长桌边围绕着耶稣。

这时，庭院里的花香气弥漫，与酒气相渗透；

远处，隐隐可以听见，伊犁河水源源不断地流响着。

酒徒们一点儿也不比别的徒差。

他们用自己的唇舌琢磨，用自己的肠胃研究，耐心、细致、坚持不懈。几乎每一次都是失败的，呕吐、昏睡不醒，然而他们不灰心。

他们是认真的，和开会没什么两样。

成为酒徒需要天赋、深厚的功力和修养，这并不是很容易的事。在许多方面，和造就一个诗人完全一样，尤其是达到峰巅状态时，诗人和酒徒更一样——都是头脑失去正常状态的人。

为什么要轻视酒徒呢？世人！

这是不公正的。

十六

一九三四年时，美国诗人考利给海明威写了一首小诗，我想抄下来，作为这篇散文的尾声。

诗很短，只有八行：

> 轻率的人大踏步走到
> 尼日尔河边上河马跟前，
> 或者急忙搜索草原，
> 扒狮子的皮，这倒安全；

但是坐在家里的人
搜索枯肠,严酷而昏昏然,
在那儿和思想上的豺狼鏖战,
却非常危险。

1989 年 10 月 26 日于乌鲁木齐

博尔塔拉冬天的惶惑

诗人说，冬天可以置人于死地。

诗人还说，这不是因为风雪，风是那样悠长的一种音乐，雪是那样飘逸的一种花朵，亏是由于有了这两样东西，人才可以活下去。置人于死地的，是冷酷和死寂。

一个没有活力的白茫茫的世界，使人绝望乃至来生。人其实就是这么死的，没有别的什么原因。人们总以为是衰老使人寿终，这才是糊涂呢！那么是什么使人衰老了呢？是岁月吗？不是，因为有些人要把他经历的日子藏在心里，你是没法判断他有多大的。

冷酷和死寂使人绝望，绝望使人衰老，然后死掉，就这么回事儿。你假如看到过死人的脸，你就会明白，那上面写得清清楚楚，不容置疑。

诗人咽了一口唾沫，又说，你注意到吗？你看窗外，冬天正在嘲笑一切生命——

鱼儿在水层之下，它们身上的鳞片使它们像一些光着身子穿上铁甲的武士一样，又别扭又滑稽。它们不冷吗？

鸟儿虽然有羽毛，但是它们却没穿鞋，光着趾脚。

贫寒然而性感的蛇，买不起像它的身体那样长的套裙，所以只好躲在地洞里。

连熊那样肥厚的毛茸茸的山林庄园主，那种富农一样迟钝、憨勇的角色，都感到了恐惧，它钻进树洞，可怜地舔着自己的手掌。

树坚韧地站在严寒里，不能挪动脚步，没有叶子。它总是像一只叉开五指的干枯的手掌那样伸向天空,企图抓住严寒,但总也抓不住。它在盛秋时获得的满身勋章一片光彩,已经全部被剥夺了。

生命被搁浅,在漫长的、看来毫无指望的无边冷寂中。这时候很静,在冰雪之下隐隐能听到一丝呼吸,一脉心跳。进而,仿佛还能听到万物的呻吟、哀告和呼喊,那声音似乎在说,"让我们活下去吧——也许我们不配,但让我们活下去吧!"

这当然仅仅是时间玩弄的一个循环游戏,一个季节罢了。即使仅仅如此,这一年一度的冬天也足以使人绝望。它每次降临的时候,都仿佛比上一次更漫长、更难耐、更让人产生怀疑:所谓春天是不是一种传说?是不是由于自身的痴愚造成的某种心理幻觉?是不是只有那类内心精神紊乱、神经过于敏感的人才执信的虚无虚景?一句话,春天是假的,而只有冬天才如此真实。

诗人说这些话的时候,我听着。我们坐在一辆吉普车里,司机把它开向博尔塔拉。而这条路,正是一条充满恐怖感的坦平公路干线。这条路比诗人有名,它标在地图上,叫乌伊公路。

"这不是什么公路,"诗人冷酷地说,"这是一条谋杀汽车的流水线。"

我惊异地望着这位诗人的脸,想起来,这里的确发生了无数次相撞、擦伤、流血、颠覆……比全世界的宫廷政变还要频繁一百倍!每次事件发生的时候,都令人目瞪口呆,痛得揪心;可是一转眼,事件还没处理完,人们就恢复常态了。生活按照既定的轨道发疯地向前猛冲,谁也拦不住,预谋着下一次的谋杀发生。

许多可怕的事带着神秘的意味儿就发生在这上面,令人记忆犹新:

一个极其爱护自己脸蛋儿的女人,她每天晚上都涂上厚厚的护肤膏入睡，她这才对明天放心。她决不允许她的丈夫用亲吻这种方式破坏护面膜，她觉得脸比生命重要。可是当人们把她的尸体从大型油罐车下拖出来时，她珍爱的脸完全找不见了。

还有一位母亲，她年轻时算过卦。"你将有三个儿子和一个女儿，"卦师说，"女儿命硬，可是三个儿子，都难呢。"后来她老了，果然是这样。一个儿子死于绝症；一个儿子夭折于武斗枪战；第三个是司机，一辆拖挂和他会车前几秒钟，挂钩脱开了。几千公里的长途中，恰恰在这一秒之间发生，比一切谋算更精确。那位老母亲从此再没有产生过任何与命运抗争的非分之想，她笃信宿命。

"她服了。可是你呢？"诗人问我。

我从反光镜里看到自己的脸，无可否认，那是一张很像脸的脸，有象征意味儿，有底蕴，脸的后面藏着丰富的内容，似乎里面还有一副更深邃的脸。我回答他说，我也像那个女人一样珍爱自己的脸，在这个问题上，天下的人都一样，不分美丑，谁都不会遗弃自己的脸。我不漂亮——谁都这么说，这句话是个盾牌，挡住你，不许你挑剔他的长相。可是你只要说他长得和另外一位比他略强的人不相上下，他就会愤怒地惊叫起来："什么？我怎么会像他那么丑？！"

"嘿嘿，"诗人笑了，仿佛他的恶毒心得到一点满足，"人都是这样，人从来不能抛弃自己。"

说话间，车窗外变得灰暗起来。渐渐连前方的路面也看不清了，仿佛冬天的旷野村树都忽然被一只手泡进奶瓶里，愈泡愈浓，这时我们才知道是雾，起雾了。

车行得很慢，像拖拉机那样谨慎。周围弥漫着如烟似云的东西，压迫着你，贴近着你，笼罩着你，就像大自然阴暗潮湿的思想——这些由无数银灰乳白的微粒集合团聚起来的庞然大物，严肃有余，根本不活泼地充塞住了道路和旷野，缓慢、迟滞。

雾在远处的时候，你还能看见它。它有一股弥散的美感，一番朦胧的诗意，一派优雅的无形。诗人说："这是一些体重超常了的笨旧的云，被天空开除，掉到了地面。"

但是在眼前，你就什么也看不见了。仿佛它根本就不存在，而是你自己的视觉出了问题。这种视觉上的被蒙混，容易使人产生出思想的怠惰和麻醉，生出一种舒适的满足，头脑变得像午睡起来那样笨重，缺乏想象的空间，懒洋洋地生锈。你努力睁开眼睛去辨识它的时候，往往会感到徒劳无益，你很难穿透它们，那些密集的麻灰色的斑点。每一个微粒，都是钢钎在顽石上凿一下时留下的斑点，使人丧失记忆力。

灰白色黏液状态逼得更近了，使车子陷入了它的重围，驶进了它的迷茫隧道。五米之外，有无莫辨。汽车打开了夜行灯，但是不行，灯光只能穿透黑暗，却无力解释这种灰白色的晦暗。灯光像一根绳子一样软弱地耷拉下来，垂落在地上。

前面发生了车祸。

无声的混乱在我们眼前晃动，一些惊愕和恐惧的动作在雾气中完成或停顿，嘈杂的声响被雾霭给没收了，使眼前这一切像无声电影的镜头片断。当时我曾走出车外，发现所谓公路已经成了一条够标准的速滑跑道。公路两边的灌木、枯黄的草丛，还有一些脱尽了叶子的高树，全装饰了茸茸的雾挂，像是旷野在过圣诞节，于冬季严酷的凄凉中竭力造成一番虚假的灿烂。

后来，车子行驶到快到玛纳斯县的公路拐弯处的时候，我被颠醒了，我坐直了身子问了一句：

"咱们这是到哪儿了？"

"坟地。"诗人回答。

我看见公路左边是一片林子，右边是一片坟地。无数次收获的季节过去了，这片林子竟还没有被好大喜功的县长砍伐掉，这很奇怪，像一个光天化日之下的奇迹，暴露着，危险得令人担心。而那片坟地，飘零着一些碎纸片，一两处旗幡，还有荒草秆儿和烂砖头。有些隆起的新坟，有些塌陷的或被牧羊人踏平的旧坟，带着一番落寞的敌视，隔路对着那片树林。一股死者对于生界的无可奈何的怨恨，从那些坟头间氤氲升起。

> 风的小号在四季里吹响
> 它吹出四种音符

我看到诗人的身体晃了一下，他仿佛被什么东西击了一掌。

博尔塔拉像一节盲肠，它就躲在大地的腹腔里。

这条公路大干线，就像一根大白肠子，蠕动着，传送着——各种东西：汽油、大白菜、土豆、羊皮、芦苇、牛羊肉……等等，通过各种触手或吸盘，送进城市——这个消化一切的"胃"里。然后又通过这根大肠，分送到各个城镇和村落，分送到每个毡房或院落的细胞里。

无论是营养还是粪便，都通过它。

社会就像一个人体那样循环运转着。

它吸收，也排泄；它忙碌，也生病；它有时候敏感得被针扎一下都会尖叫起来，有时却连得了癌症都毫无知觉。

在很多方面，社会和一个人体是完全一样的。它很自然地就运行起来了，它也会有病；它能自我观察到很多外在表现，但它看不见自己的内脏；它有海岸线那样弯曲的嘴唇、大都市那样的五官和外表，但它也有排汗的毛孔和屁眼。

而博尔塔拉，正像那节盲肠，它必须从主干线往里拐三十公里才会蓦然出现，不然，你别想找见它。

诗人说他和这个叫着蒙古名字的地方有一种极其疏离、陌生的缘分。这么说有一些奇怪，他说，但的确是这样一种古怪的关系，缘分有时候比毫无关系更能令人产生陌生感。"这样吧——"诗人打着哈欠说，"咱们各自讲一个有关博尔塔拉的人或事好不好？解闷儿。现在我先给你讲一个。"

我上小学的时候，我们班的班长是个十全十美的家伙——他长得俊秀，成绩优良，老师宠爱，而且他爸爸当时就是这个州的州长。有一次植树节我的红领巾被风刮走了，我去追，在戈壁里迷了路。我绝望地坐在地上哭了，他来找到我，把我带回去。他救过我。

可是我一直恨他，恨他的十全十美，还恨他到处受宠。他从小就受到漂亮女孩们的青睐，他也很会向她们献殷勤；他的衬衫总是洁净的，身上飘着一股高级香皂味儿。我觉得世界上的好事全让他给霸占完了，我想揍他，可是没他力气大；我想在班上故意捣乱，可是他几句话就把我震慑住了。他有与生俱来的政治天才，很会管理人。我小时候就被这样一个家伙无形地压制着，我承认我嫉妒他。但我的嫉妒对他毫无影响，他根本没把我放在眼里。

若干年后，我听到一个消息，说他在再教育时冒险修理坎儿井，被塌方给埋住了。

这个人肯定是死了。但是我总觉得这家伙没死,只是调走了,说不定什么时候还会突然出现。

所以对于关系不大的人来说,死去的人和一个从你身边调走的人是完全一样的。

那个人的父亲是博尔塔拉的州长,这使我从小就记住了这个从没去过的地名。我总是模糊地感到,那是个产生王孙公子的发源地,一种神秘荒凉的误区。

诗人说,他想起那个人就觉得奇怪,那是个生来就准备统治别人的人,结果,他比谁都率先离开尘世。假如他能预感到自己注定的结局,他还会把自己弄得那么十全十美么?

"很好,这个故事。"我说,"现在该我了。"

我第一次到博尔塔拉,是八年前的事。那次,我陪一位历史学硕士,住在军分区。分区政委听说从北京来了一位硕士,立即率领党委一班人匆匆赶来。那时,硕士还是个新鲜名号,偏远地方的人还没摸出深浅。政委一进门,看到屋里只有两个三十多岁的人,就开始不停地环顾四周,甚至打开壁橱看看,嘴里不停地询问:"硕士呢?硕士在哪里?不是说他来了吗?"

我告诉政委:"喏,他就是硕士。"

"他?"政委看着那位三十多岁衣着随便的客人,眼神立即黯淡,原来眼睛里溢满焦急、兴奋的光彩全不见了。"我还有个会。"他懊丧地低语了一句,便起身告辞了。

硕士对我说,政委非常失望,他原以为"硕士"是一个白发飘逸的老头儿,他一定以为"硕士"比中央委员地位更高。"真对不起政委,"硕士摊开双手很遗憾地说,"咱们竟是这样——有碍观瞻啊!"

诗人听了，朗声诵道：

我们地位很高。
我们地位很高地生活在盲肠里。
我们不懂的东西很多。
但是从来没有人说过我们有不懂的东西。
这多好。多么让人幸福。

诵毕，诗人显得无限轻松，情不自禁地用沙哑的嗓子哼起一支歌来："我们的祖国多么辽阔广大，它有无数田野和森林……"

这是纯种的爱国主义。我想，诗人一边哼着这支歌，一边一定正观照自己的灵魂，他会经常对自己反躬自问的。我认识他已经很久了，但是总琢磨不透他。他与众不同但有魅力，他有魅力但无从把握，他犀利到了不能不伤人的地步，像一柄思想的剑，光芒诱人，可是接近他的时候，要格外小心。

诗人是人群当中的为数极少的一类怪物，也可以说是一种精灵，为数极少。这种物种究竟是怎样起源的？怎么碰巧产生的？怎么神奇而又稀罕地遗传的？至今科学尚未找到明晰的答案。生物学也好，人类学也好，精神病理学也好，都没找到。几千年来，诗人们层出不穷，在人类的各个角落制造出大量的奇怪现象，引起一代又一代人的好奇。可是关于这些人，迄今为止科学只找到了一个词——"灵感"，结果，这个词比诗人更古怪、更无从解释。

这的确是一个奇怪的现象：他们并不是最有知识的，然而他们却最敏感；他们并不是最有地位的，然而他们却最自尊；他们并不是最强大的，然而他们却最勇敢；而且，他们或许并不是最贫困的,然而他们却最痛苦。

"诗人啊……"我胸腔里突然感到一丝痛楚,仿佛刚有点明白什么旋又跌进更大更深的困惑之中。

人间为什么要产生你这样的怪物呢?上帝捏造人的时候为什么忽略了你产生出来的偶然可能呢?

世上的一切职业都是有用的:农夫耕耘是为了获得粮食;工匠出卖劳力和手艺是为了挣到钱;将军和士兵可以用来击败和杀死国家的反对者;国王用来管理民众;屠户的一生专门研究怎样一刀捅中猪的心脏;哲学家用来解释他早已脱离了的世界;歌星用来取悦耳朵,他们其实是一些耳朵的情人;教育家们手挽手,把儿童的天性围困在课堂的泥沼里不让出来就算成功了;……

但是诗人有什么"用"呢?

难道他的用处就是没有用吗?

思想?不,思想家已经想过了,在思想家的家里,那幽深的独宅,不许任何名目的小偷潜入。

艺术?更不,艺术家应该是一只羽毛华丽嘴巴乖巧的鹦鹉,一群可人、依人、慰藉人的可爱小猫,而不是怪物,更不是头发披散、眼珠凶狠的东西。

颂歌?哦,这倒是。一个进士、举人、赶考的秀才们落脚的广场,这里四通八达,有施粥棚,不时有黄衣内臣出来宣读补授的官职,大家心不在焉地背诵诗句,望眼欲穿——

看来,在人世间,有一类人活着就使别人感到危险,还有一类人活着就仅仅是活着;另外有一类人专门让别人弄不清自己为什么活着,还有一类人至死也不明白最简单的道理;最后有一类人什么都不干却仿佛什么都干了,还有一类人什么都干但是等于什么都没干……这真是太有意思了。

那么诗人呢?

诗人是现实这坦荡平滑的肚皮上的肚脐眼儿,它是接连母体的惟一痕迹,是历史镶嵌在现实上的一个不透风的装饰性窗口,是每当现实裸体时便露出来观察的"第三只眼",这是一只独眼,且有眼无珠。

一只没用的眼睛。不能察言观色,不会看风使舵,不能挤眉弄眼,无法传情递恨。完全没有用处,一点儿用处也没有!但是没有肚脐眼儿还行吗?你见过没有肚脐眼儿的人吗?因此,现实也不能没有肚脐眼儿,不能没有诗人。事情就这么简单,有诗云:

天若无情,
为何降雨?
天若无爱,
为何飘雪?
天若无怒,
为何发雷?
天若无气,
为何行风?
天若无智无识,
为何日月星辰?

天行健,
天道无常,
天眼常开。

天在上，
仰之弥高如晤伟人，
垂首思之如察自我。
逝者如斯夫，
吾每日三省吾身，
吾将高驰而不顾。

"我并不盲目骄傲，以至不承认某种比我伟大的东西存在……"
是这样吗？还是不是这样呢？

"今天将不再产生思想伟大的启蒙哲学家，"诗人突然用残忍的口吻说道，"精神已经被先哲们穷尽了。所有穷思冥想的现代人都是白费心思。今天的世界和历代都不同，谁都没有能力预知它、把握它、洞穿它，只能适应。谁真正能适应它，谁就了不起。"

"适应，懂吗？谁能比这个世纪更伟大呢？是吧？对不对？"

诗人叹了口气，像个孩子那样可怜巴巴地望着我，同时有一瞬间显得很衰老，仿佛他一生中所有的难题都压在他身上，压得喘不过气来，然而又不得不抖擞起精神来去对付未来的难题。

我没有回答，我想着。

我觉得这番话不像是他的话，而像是现实借他的口提出了这种武断。这是极致命、极老练的一击，如果是思考不深、功夫不到的新手，这一击足以致命，他将永远别想再站起来。可是对我就不同了，这些论点早已被我翻来覆去地预想过多次，是被推翻了的。

我是那么老练。

在思想领域里，已经很难有什么新奇的或世俗的力量能够打倒我，它们顶多只能给我提供一个对立面，以便让我更完美地丰富自己。我的老练里有一种坚硬的固执，像牛角一样的物质，但是它却能生长，长成各种弯曲的、尖锐的形态。特别是这坚硬的物质里充满了空隙，它有不断地接受和流通血脉活力的本领……我简直记不清这种东西是什么时候在我体内成熟的了！

幸甚至哉，我的老练！

后来，我突然想起去年的某一天，我在兰州大学的留学生楼采访过一位德国女青年。那个女留学生是特里尔人，所以她的乱七八糟然而充满生气的房间里，有一幅小小的马克思像。

"他是我的同乡——"那姑娘向前伸出一只翘起大拇指的手，翘起的大拇指朝后，正好指着她那张有雀斑的脸。

她丝毫也不漂亮，而且不性感，显然是一个普通极了的德国姑娘。但是那一双蓝眼睛咄咄逼人，毫不躲闪地直视着你，里面流露出对古老东方帝国后裔们的藐视。她说："他曾经在你们这里被崇拜，现在好像吃不开了，是这样吗？"

她的藐视和质问里，有一种说不清是正宗马列式的还是道德式的嘲讽意味。但是我能感到她对思想蒙昧状态的愤懑和谴责。

我当时没有回答。

我是中国人，我承认我不习惯异性的这种直视的略含挑战意味儿的目光。在这种非常自然的坦率面前，我感到了对虚伪的长期适应已使我显得脆弱；我面对说假话的眼睛已经习惯了，一旦面对另一类完全不同的瞳孔，竟突然发觉自己内心毫无力量，仿佛对方是个男子汉而自己才是个娇弱的女子。

我拿起那幅画像，望着像上的那个人。这是一幅从懂事起就熟悉了的画像。我丝毫也不了解那个德国人时，就接受了他。雄狮般的鬈发，宽阔智慧的前额，浓密而又磅礴的大胡子……这是一幅圣像。

我天经地义地接受了他，不需要思考和研究。我隐约记得在很小的时候，在脑子里曾经闪掠过一星罪恶的疑问："我们中国人为什么要让一个德国人当老师呢?"而且，当我不得不承认"我们的毛泽东没有他伟大"时，我幼小的鼓荡着狭隘民族主义或爱国主义的火苗的心灵，受了一点挫折。从那以后我就再没有产生过任何非分之想，全心全意地崇拜了他。说来惭愧，我至今还没有读过一篇原著。

我拿起那幅画像看着的时候，才发现，这幅熟极了的头像我以前其实并没有仔细端详过。现在这么一看，看出一些异样的味道来：他真美，马克思。似乎世间再也找不出比他更适合做圣人的面孔了，那样无与伦比的雄伟和神圣，尤其是那双眼睛，透射出人性的光芒。

真的，当时我很惭愧，为我的盲目和蒙昧，也为我作为一个读书人而至今没有能力与这位伟人的书达到共鸣。当时我的内心还有一种痛楚，撕裂似的，隐隐作疼，有点催人泪下，仿佛我有什么对不住他。

真的，任何一位伟大人物所构筑的科学理论大厦，对于常人来说，都是迷宫和神殿。你既不可能穷尽它，也不可能洞悉它，只能敬畏在其宏大辉煌的灵光下——不，敬畏在其传播者庞大的身影下。这正是哲学思想的力量，它往往要比那些显赫一时的王朝坚固百倍。

我们以无神论者的优越感俯视着虔诚得五体投地的朝圣者，我们甚至怜悯他们。但是，难道我们精神的至高处就没有雄踞着一位神吗？难道那位神凑巧会是我们自己吗？

我们听着一位歌星故作深沉地唱"跟着感觉走……"于是像发现了新大陆似的发现了自己有感觉，傻乎乎地也跟着唱起来，仿佛今后在人世间有了什么靠得住的东西。我只需要告诉你一个常识你就明白了：狗是跟着嗅觉走的，你还能跟着感觉走吗？

> 风的小号在无遮无拦的
> 旷野上吹响……
> 它在鼓吹自己生命中的声音

"唉，"诗人说，"咱们也真是，良辰美景，捶胸顿足；狂风暴雪，悠然沐浴。"他说他就像是博尔塔拉这地方的人，就这么活过来的。这辈子终身厮守着一块被世人遗弃的土地，也因此遭受着那些优越的人们的客气而又礼貌的轻视。他说我们本来没有罪，却带着地域的烙印，蒙受着养育我们的土地河流所带给我们的难以磨灭的耻辱……"啊，可是我无法否定自己！"他说，"你呢？而且我也无法否定那些与我血肉相连的事物，我将因此而惶惑终生！"

诗人接着又说，他的话语里充满了自我表现欲，像是在争辩："可是我有良好的求知欲，我的体格健美，它曾使我在年轻时出类拔萃。我的手，对啦，我的手比一般人进化了半个世纪，修长高洁，充分显示着人类的美德！我观察事物的眼光炯炯有神，如猫窥鼠，如虎搏兔。我最为伟大的一点是，胸中有一条永不枯竭的激情的大江河，它每天清晨时分都以奔腾汹涌的活力撞击我的胸膛，使我醒来，让我振奋，洗涤我的良知，使之如圣人那般十全十美，也使我的雄心胆略包天容地令拿破仑望尘莫及！"

"啊啊——哈哈！"他陶醉地大笑着，在幻想中豪迈而又舒畅。

我说，你有时候那么忧郁、自悲；有时候又这么狂放、骄傲。你在感情的这两个极端上闪电般地移动着，毫不松懈地占据着。而且，你一点也不疲倦，半点儿也不造作，似乎只有在精神的这种极大的落差和起伏中，你的生命活力才能得到迸发。你这种人，可能是天才。但是我不是，我不是天才，只是个普通人，一个真正的普通人。不不，这决不是谦虚或作假，不是天才并不是什么过错，普通人又有什么不好呢？几乎所有的人都是普通人，同时所有的普通人也都是圣人——至少具备成为圣人的条件。从人的意义上讲，没有什么天生特殊的人物，所有的人都是圣婴，也都是时间的弃儿！苍天赋予我们的权利是平等的，地平线给予我们的起跑线是平等的，一切不平等的或暗中不平等的现象都是人为的、强加的，人间没有比这更大的卑鄙！

我说我们应该这样对世界大吼一声：假如平等——你敢吗？

诗人冷笑了，他说假如凭着每个人的能力、体力、智力在这个世界上平等地谋求生存，今天的很多家伙们，明天就会沦为乞丐！

只是……我当时心想，诗人也好，我也好，还有大量的别人也好，大家都——心照不宣罢了。谁要是愿意把我当傻子谁就愿意吧，我们不傻，我们心里更是清楚透了，保持缄默比胡说八道难多了。

我得承认，仅仅为了学会保持缄默，我花费了二十余年的光阴，而且还没学到家。难得很呢，口舌之快是人的天性，更是思维敏捷的人的天性，克制它，在舌头上安一把"牛头牌"保险锁，是多么困难的一件事！小时候我们呀呀学语，呀呀学语我们都有过小时候，……每学会一句话、一个单词都直接源于父母口授。我们学的话里带着乡音，含着父母的体温。我们每学会一句新话都令父母高兴啊。但是谁能想到呢？谁能想到当我们全能学会的时候，反而不是为了使用，恰恰竟是开始学习保持缄默的时候了。在这个基础上，我们开始学习说假话。往往这时候，我们成熟了。成熟了？离死近了罢。

"亲爱的朋友，我们有时候还配算人吗？"那天深夜，诗人忽然翻过身来冲着我的床头说。我睁眼躺在黑暗里，我说我还以为你睡了呢。博尔塔拉的夜很黑，仿佛这地方离太阳休息的地方比乌鲁木齐更远。躺在这样的夜色里失眠，非常容易触摸到或感觉到一个巨大虚假物的存在；我觉得它很近，有点毛茸茸的或湿乎乎的，它的脉搏在极端的宁静里亮铮铮地响着……你一感觉到它，就立即意识到白天的荒谬，夸张明显的演戏的成分和社会组织着意修饰、提示的痕迹。这时你就明白了，白天的一切活动，一切努力，其实都是为了抹煞这个巨大虚假物的存在和威胁。而它却是无形的、冷酷无声的、有极大耐心的。它就渗透在空气里，暗藏在天空中，每时每刻，存在并冷笑。

黑夜每天都降临，不分地域，不分季节，它和白昼平分占有着时间、空间和人类。

它之所以是黑色的，那是因为它代表着死亡的力量，代表着永恒和神秘。月亮是它的胎记，星星是它的族徽。

它较白昼强有力得多啦！

而且它比白昼更美、更丰富、更难洞悉。每当黎明时它都是像潮水似的稳稳退去，并不慌乱，相反每个夜晚都是强有力地占领……

忘掉它！

摆脱它!

谁不对它怀着恐惧和不安?

人们用一切努力去占满时间,白天工作,晚上睡觉,竭力造成没有一个空闲想它的一生。但是徒劳呵,或迟或早,它在你的前面等着,很有耐心地让你一头撞在它的怀里——让你的生命——欲望啦、烦恼啦、痛苦啦等等麻烦,彻底归于虚无。

它正是一个灵魂的收容所。

也正是一座尸体的垃圾场。

它多忙啊……

"谁替它干活?"想到这儿,我在枕头上独自咧嘴笑了。那么多灵魂需要公正判别分类,那么多尸体需要化解投胎,工作量好大呢。这些活儿全靠上帝一个人干,所以上帝肯定是一个风尘仆仆拿着扫帚的清洁工老头儿,穿着旧袍子。

这黑暗的慈父,这光明的公仆,阿门!

我因此而以为上帝是存在的,佛也存在,真主也存在。如果有一个傻瓜硬要问我这些看不见的神灵究竟在哪儿?我实在懒得和他争论,而且不屑于向他回答。

在精神中,在灵魂里。这些人造的而反过来雄踞人类思想之上数千年的伟大幻影,正是善的愿望、真的渴求、美的理想!

在这完全不存在的伟大幻影上,凝聚着世世代代、各个种族、高贵卑贱、琐碎低下的人们的共同一物:良心。人类的良知,历经千载而不朽,饱受战乱而不灭,这难道还不能构成一种存在么?"肉体是精神的惟一而真实的神庙",是这样,正是这样。

而他们的话,人间叫作"神话"。真诚的至理就是生活中的神话,然而它无形也无家,只能在心灵里生生不息。

夜半醒来，每个人都应该像个哲学家。

孩子问："站在乐队前面的那个人，拿着一根棒在干什么？"
母亲答："你看见那些乐器了吗？它们发出了各种不同的声音，那个人就用小棒把它们搅匀了！"

那么，关于博尔塔拉有什么好说的呢？

我不能无视一个自治州的存在，不能仅仅把它写在标题上，作为招徕读者的商标。那样太过分了，太狂了。我毕竟去了一趟，小住十天，我有责任写写它。当然，要简洁。

第一，我觉得博尔塔拉变化很大，甚至可以说变化惊人，但是我没有参与过促进这个变化的过程，所以我无话可说。我不了解它，我不能在短短几天内就了解一个城市，哪怕是博尔塔拉这座精致秀气的小城。我并且还不了解那些所谓的报告文学家们究竟从哪儿得到了一副好牙齿和好胃口，能在短暂的时间把一座大城市或好几座大城市吞下去，并且毫不费力地消化掉！

这些家伙真不愧是一些文学巨蟒！

第二，我有一天偶然路过城里的一家小咖啡馆，坐进去喝了一杯。那个店主是位年轻人，带点学生气，他的眼睛和举止都很文明，待人接物也有分寸，使我有一种身在江南的错觉。在他身上，我感到了某种时代的进步。

也许他并不想要代表博尔塔拉，但是我从他身上感受到的进步的意味儿，却要比在这个州的领导那儿感到的多。

究竟是谁更能代表一个地方呢？

第三，我们去了阿拉山口，那是一个以每年有半年时间在刮八

2002年在新疆农业大学办讲座后签名

1988年夏，南山。济南军区作家李荃来新疆，陪其同游市郊南山，全家与其合影级以上大风而著名的地方。风花雪月里的风,在这里找到了王位,当上了暴君,以每隔一天出来巡视一番的勤政方式君临天下,骄狂纵横,发怒发癫,这是一位嗜酒的君王。

所有的树都匍匐着,紧贴地面顺着风势往前长。粗壮的树干像一根烧红拧弯的铁棍子,在离开地面半米的距离兀然折向一方,与地面平行,铺展开扁平的枝条。有些像孔雀开屏还没开直的样子,但是更像太和殿白玉石阶下一片跪拜叩首的清廷众臣。

这些扭曲的树,这些适应环境的树,从小就扭了,它们习惯了顺从和跪拜风势,忘记了天空。

天空成了一块洗得发白的干净的旧衣服,上面隐隐留下几道浅白的印痕——那是风在拧干它时留下的折迹。

地面上有一种被清扫过之后留下的秩序,一股被强暴侵淫之后留下的宁静意味儿。什么似乎都在,都完好如初——山还故作庄严地坐在那儿,没有被刮跑;鹅卵石也圆满着或椭圆着,没有彼此撞碎。

但是总有什么发生了变化。

即使在这个没有一丝风的日子,人来到这地方,总有一种异样的感觉,一种莫名的警惕,还有荒凉。

1991 年 5 月 23 日改完于乌鲁木齐

捉不住的鼬鼠

——时间片论

我一出世就沉没在时间里了,时间如水我如鱼。

那是烟、雾、空气的包围,浑然不觉如影相随,我几乎不能明确是我拥有了它还是我正被它裹携。

它是那样直接、迫近、强大地面临着所有的生命,但是为什么却最容易被忽略?

风无形,可是柳枝拂动、树弯腰,我们可以看到它的力量;空气无状,可是在阳光透射下,可以看到尘埃浮动、地气上升、目击它模糊的形态。

但是时间呢?

谁感受到它的力量、目击过它的形状?

有过一位诗人妄图正视它,结果那位诗人哭了。他突然发现了一种强大力量的隔离,感到面对一圈无形的墙壁无法穿越的痛苦。

还有一位也是诗人曾经试图接近它,结果他反而给推得更远了。他在江边痴想,人是什么时候开始见到月亮的?月亮是什么时候开始见到人的?这个问题是世界柔软的腹部,谁的拳头打向这里,谁就会因扑空而迷惘。

时间是空的。

它大到无边无际、无始无终,如宇宙天空,如一切生灵惟一的裁判,如神;

它小到无影无踪、无孔不入,它甚至规矩渺小到了可以被任何一位钟表匠囚禁于方寸之间，如奴隶。

它操纵着生命而又似乎被人操纵。

它掌管了生杀予夺之权而又隐形无声。

处处有它而无它，处处无它而有它。

它是谁？

它是钟表里的刻度，是太阳和月亮的约会；是由黄转绿暗暗托出春天的一只看不见的手，是淹没着宇宙万物的滔滔洪流；是神秘的意志，神秘的脸，是一切生命的杀手和产婆。

谁能画出它的肖像呢？

在我们的想象力的铁路修不到的年代里，一个东方农耕民族，因为自己的生活方式认识了它，给它起了一个名字，叫"季"。"季"是以四种容颜出现的，循环往复，互相衔接，从未有过一次失误。

当然还是东方，一些狩猎民族，生活在白山黑水之间。因而他们看到的也主要是黑白两色，白天是白的，黑夜是黑的，他们把它叫"日子"。

另外是游牧者，他们很容易把它叫作"纪元"，漫长的动辄千里的迁徙和转移，使他们随着或逆着它移动，也使他们看到了它更真实的茫茫无声的面容。

漏、晷、钟、表。

这些都是人类妄图捕捉住它而设的夹子和陷阱。人们以为捉住了它，紧密地把它关在里面，非常珍惜，仿佛里面关了一只规矩而又准确的小松鼠。

在这种儿童游戏面前，它是宽容的。它不愿意拆穿这种幼稚的错觉。

人们经常爱问的一句话就是，"你有没有时间?"

我们怎么能够有或者没有时间呢？因为我们的一切都是它赐予的，都为它拥有，就像我们不能说自己有没有天空一样。

它给了我们那么多时日，让我们饮食男女、劳动思考，让我们创造，它多么伟大仁慈！我们每每看到太阳饱满金红地升起，就把太阳想象为它的脸，心里流露出一个生命对它的崇拜和感激。

然而也许人们总的来说是让它失望的，人们不珍惜生命，人们不仅挥霍而且极其藐视时间，人们把它给予的一生随便地混过去……于是它使所有的人死去，让新的人诞生出来。结果差不多，于是它再让这批人死去，让新的一代再诞生。如此循环，无数代矣，它的希望竟还没有绝灭，这是多么伟大的耐心！

时间呵，我们最对不起的就是你了。

在您的忍耐和仁慈之下，我们究竟做了些什么？我们无所事事，没有目标；因为空虚，我们互相勾心斗角；因为无聊，我们把对同类的践踏当作平生乐事。

我们还崇拜金钱，就像小孩崇拜自己屙出来的屎一样。

我们不珍惜生命，但我们却贪生怕死。

我们以自私为核心，但我们经常向别人曲背弯腰、胁肩谄笑。

这些，当然你都看见了。

极度的灵活，超自然的伸缩性，不可思议的变幻速度。是的，鼬鼠一般，短肢、细长柔韧的身子，光滑的皮毛滴水不沾，豹头，双眼凝注而有神采。

无处不可穿越，无处不可逃遁。

闪电的一击，比一切猛兽凶猛。

它象征着"短暂"的残酷力量，而这正是时间的另一属性。

在这寒冷的、毫无商量余地的时光匕首面前，谁也没有能力躲闪。这位快捷的剑客，它的暗杀从来没有落空过。

恐惧就是这么来的，和生命一起来的。植根于生命的底核，随着大无畏的生命一起生长。当生命吸收营养的时候，它也吸收；当生命衰弱老化的时候，它睁开了眼睛。

恐惧是灵魂中基本的颜色，是使灵魂活动的力量，梦是它的镜子。

不知畏者不足畏。

时间的弥天洪水在通过每一个具体的生命时，是细腻，是一根伸缩变化的悠长的皮筋。小女孩就是在猴皮筋上找到了它的对应物，她们像一群小鸟，在时间的枝上跳来跳去。她们正处在可以把时间当作玩具的年龄。

"一五六，一五七，马莲开花二十一。"

这种音韵上口毫无内容的歌谣，仿佛不是唱给人听的，因为它什么意思也没表达。但是小女孩们爱唱，这些精灵仿佛是唱给人类以外的什么东西听的。

时间对小孩子来说，是那样像老人，慢吞吞地难熬；

时间对老人来说，是那样像顽童，转眼就不见了，怎么也抓不住；

时间对那些伟大的男人来说，是女人，可以占有，可以利用它无形的躯体延续自己短暂的生存。所有伟大的男人都曾使时间怀孕，从而在历史上复印出自己的影像；

时间对那些美丽的女人来说，是男人，它是那样言而无信、轻浮短暂，那样轻易地摧毁和抛弃美。

人们不是都生活在时间的猴皮筋上么？

时间从来就没有公正过。

对排队的人，它磨蹭着；对有急事的人，它拖延着；

对"找时间"的人，它躲闪着；对"赶时间"的人，它飞跑着；

对没办法打发时间的人，它恶意地空洞着。

对美妙幸福的事，它吝啬着；

对辛酸痛苦屈辱的事，它挥霍放纵着。

它就是这样生性荒诞无稽，常常捉弄人。

我们以为时间是帝王，是最后的裁判。

我们总是把一代人解决不了的纠纷、矛盾、疑问留给它，寄希望给它来证明。

其实它根本就没有理睬过我们，既不关心也不评判，就像鱼在水中争吵并不与水有关，也像鸟在天上厮斗并不于天有碍。它静默地坐在一切之上，长河落日，大漠孤烟，坐地日行八万里，巡天遥看一千河。

同时它又有细致灵巧的手指，猫的无声脚步……悄然移行。

我是多么渴望看到那些已经消失了的事物再现！

这一切都是可能的吗？

在时间的尽头，在幽暗的内脏，在呈现着虚无假象的背面，在意识的深不可测的井底，那神秘的、那玄妙的、那不可洞察的创造万物之手——是什么？

1990 年 4 月 20 日

瓶中何物

瓶中何物——水乎火乎？

青诗曰：有水的形态，火的性格。水是怎样的一种阴柔优美，顺器随形，火又是何等的暴躁凶烈，因风就势，是谁使这对立的两种力量合而为一的呢？

瓶中何物——火乎水乎？

绿诗答：一滴酒是一汪水，它是大自然的血清；一滴酒是一朵火，它是这血清的自焚。倾出不过一汪，点燃不过一朵，可是它为什么无腿走千家，有嘴吻万人，愁深常至友，恨浅柜中缘，它为什么总能以涓涓细流突破、推倒理智的重重防线，从貌似干涸的感情深渊里掀起层层巨澜呢？

水火无情酒有情。

有情方饮酒，无聊才读书。

然而酒中的情是什么情啊？透过清澈的一杯薄酒，一眼望见的该是怎样一种一眼望不到底的虚空啊？杯中的天空没有一丝云朵，壶里的乾坤尽是风霜雨雪。谁敢定睛凝视这高度概括、浓缩、酝酿、提炼的无物之物？君不见人间多少铁心肠、硬肝胆的所谓英雄男儿，哪个不是两眼一闭，仰颈吞下这杯苦药？谁都知道酒中的情只是两个字：浅薄，但是谁又能完全摆脱它呢？人间的至深至真的情，是被酒翻来覆去捉弄、颠三倒四玩耍的，酒这流氓！

酒是情物，而酒又是最无情的。

记起，一个像井轱辘那样古旧的童话，它实在是意味儿太深长了：渔人从大海里打捞出一个瓶口封死的瓶子，他好奇，打开——被封闭了五百年的巨大妖魔从瓶子里出来了……这个故事是酒的绝妙的象征，只有喝醉酒的人才懂得那个巨大的妖魔是怎样从长时间封闭的心灵的瓶口中被释放出来的。它的躯体如烟似梦、庞大得顶天立地，它的面貌狰狞奇幻、比最奇特的想象的组合还要怪诞百倍，它一旦从现实主义的、唯物的人的心灵中被释放出来，竟能把产生它、压抑它的那个人惊骇得绝倒！

它是醉酒者的原欲和灵魂。

饮者呵，你目睹过自己放出的灵魂么？假如你目睹过，你是不是认识它是你的哪一部分？你是不是理解它？你是不是像那个渔人一样用小小的欺骗伎俩重又把它诱入瓶口、贴上封纸？你能够装得若无其事吗——当那个令人惊骇的巨物装进心灵的瓷瓶之后，你能够获得真正的安稳么？

酒是人类古老的、寻求精神解脱的产物。它是以物质的精华诱发精神的灵物的一把钥匙。它还是医治人间一切苦闷精神病状的一杯无效的、常服的苦药。它总是以欢乐开始以哭泣告终。

有一个悖论是令人奇怪的，那就是：我们这个古老的、近百年来衰落、饥饿、被人讥讽为"东亚病夫"的民族，所酿制的酒却是最烈的。我们的胃就这样在烈酒的燃烧、刺激下痉挛，妄图一夜之间呕吐尽全部传统，早晨醒来变成一个崭新的人……在醉眼矇眬中，我们看到一个顶天立地的巨大的自己，但是那个幻象不经召唤就重又回到了瓶子里，杨柳岸，依然只是晓风残月。

酒啊！你这骗子！

在酒的瓮边，经常站着的是两种人：名士和酒徒。而这两类人其实是难以明确划分的，名士是有名的酒徒，酒徒是无名的名士，他们是肃立于酒瓮边上的文武大臣，也是歪倒酒旗之下的烈士祭品，酒是他们的帝王。

自古圣贤皆寂寞，惟有饮者留其名。这是何等透彻！世界上恐怕没有第二个像李白这样借着诗和酒的翅膀在精神的太空里恣意飞行的人了，他是一个奇迹，一个超越时空的天才！当你读到"举杯邀明月，对影成三人"这样的句子，你不能不相信他那双奇异的醉眼在千年以前的某一个夜晚，其实是真真切切地望见了一个外星人也没准儿！

另外，还有一位名叫辛弃疾的中国十二世纪诗人的醉态也是不朽的，"风动疑是松来扶，以手推松曰：'去！'"这位在十二世纪的某一天喝醉了酒的卸甲将军，浑然达到与万物相通的境地，他的醉态鲜活生动，微雕一般的刻画栩栩传神，像留在化石上的鱼尾戛然而止时的一翘……直至二十世纪乃至三十世纪，人们仍然可以清晰地听见他的那种颐指气使的、招呼僮仆的呼叫声——"杯，汝来前。"

酒是灵魂的锋快无比的剃须刀，它割断的是心里逐年增长的杂乱无章的荒草，剃除清理的是日积月累的情绪中的积垢乱髭。它还你一个轻快，让你在内心里来一次删繁就简、领异标新！

酒是心灵的洗澡！

饮酒和人生一样，有着至少三个阶段。

第一个阶段为"豪侠饮"，此为摹仿。"少年不识愁滋味，为赋新诗强说愁。"此类饮者，逞强斗勇，划拳猜令，大声喧哗，惟恐左右人不知我在喝酒也，是为不知酒味之徒。

第二阶段为"富贵饮"，此为夸耀。饮必高楼名馆，杯则夜光金盏；中国名茅台，外国人头马；玉盘珍馐，中西合璧，不伦不类，西装布履。酒为何物，其实不知。

第三阶段为"吝啬饮"，这才是酒知己。这类人为数寥寥，布衣芒鞋，或立于柜前不须菜食默然独举一瓶，中间反复观察再三，不得已，一倾而尽，抹抹嘴，稳步踱去；或饮酒三餐如饭，闭门独啜，惟恐人来，长年抱渴，咽如焦釜，家中酒有数，腹底量无涯。这种人，文有孔乙己，抱残守缺，用手挪也要挪到酒香处去，其坚贞不移，可怜可敬。武则有豹子头，风雪夜归人，枪挑酒葫芦，漫天飞雪，一心如火。

饮到这第三种地步，才算懂酒。饮到酒的这样一番深度，才算懂得生活。这类人的心里，哪个不是压抑着千般不幸、万种凄凉？哪个不是心藏着浇不熄的怒火、熬煎着煮不干的泪水？

酒啊，一杯杯、一盏盏，尽是酸辛泪！

喝着的，饮着的，啜着的；微皱眉峰的、猛闭双目的、龇牙咧嘴的；哪一个不是勾扯出对于酸辛困顿的记忆？又有谁不是翻腾起对于屈辱遭遇的咀嚼？酒的力量总是从心灵水潭的深处挖掘并泛起苦痛的沉渣、悲辛的淤泥，它总是让醉酒者露出平时被理智掩藏得很难被人发现的表情，酒的力量从来就摧毁彬彬有礼的言词、虚假浮泛的微笑，它总是放弃平静的湖面，直掘向人性的深处！

在酒力的撞击下"失态"，其实正是凭借了酒的力量恢复了本性、摆脱了为维系世俗关系而做出的常态。

一个从来没醉过的人，不懂得什么叫心灵的彻底解放！一个从未大醉过的一生谨慎的小公务员，不理解胸胆开张、硬语盘空这样的瞬间能给人的躯体注入怎样的生命活力！

酒使一个聪明绝顶的家伙露出傻相了，他坐在角落里傻笑，脸上挂着痴呆儿的表情。他需要傻一傻，他也有傻的一面。他之所以被认为聪明,是因为他平时格外注意把傻的一面藏好。

酒使一个刚强铁硬的好汉哇哇痛哭了,他用双手握住脸,泪水从指缝中迸溅出来,他哭得像个没人认领的孩子,可怜无助。这就对了,英雄,剥掉你的那些厚重的铠甲,你其实是一个嫩弱的孩子。没有什么"英雄",所谓英雄是一种姿态或处境。

酒当然也使一个儒雅君子突然露出狞厉的表情,他满口粗话,破口大骂。谁也没有惹他,他其实志得意满,他内心的久遭压抑的东西叛变了他,魔鬼升起来了,使所有的人惊骇。

呕吐、晕眩、兴奋、疯狂……

语言像黄泛区的洪水一样宣泄出来。

思维碰撞,在混乱中闪射出蓝光!

精神的平衡被打乱了,重新颠倒错位;

记忆中断——那是一段没有录上图像的空带。

酒就是这样摧毁了我们精心搭起来的积木建筑,我们的"文明"是多么不堪一击啊!它是脆弱的,但是我们的现实生存恰恰就是靠它来维系的。

请原谅一个醉者的失礼,因为他醉了。他不醉的时候其实是和你们一样的,微笑,甜言蜜语,绝对合乎尺寸的高帽子,握手,说"再见",还有一点调剂气氛的小小的幽默感……他不醉的时候是一个绅士。但是,醉汉是危险的,他的危险不仅来自手舞足蹈和胡说八道,更来自一种精神束缚解脱者的引诱和他对现状的藐视,这是一种更可怕的精神上的危险!这时候,你立即就会领会一些发达国家新颁布的禁酒令,是一种何等管理层次上的高明!

恰恰也是这时候,你忽然懂得为什么有人吸毒了。

举起这魔瓶,让我们对着明亮的阳光重新审视它、观察它、研究它，看看那里面装的究竟是什么？

清纯的液体，透明、单纯，若是晃动，便从瓶底迅速升浮起一群美丽的气泡儿，宛如一泓清泉的明澈和活泼……它看起来是多么无害啊。

它是精灵，也是魔鬼。

凝 视 片 刻

他抱起双臂,目光异样平静。

他所站立的位置并不算高,但是他喜欢这样用平静的目光打量远方,他的身边和身后,已经或正在变成废墟。

能够看见什么呢?

是观赏风景吗?风景不过是现实呈现出的某种状态,而这种状态是变化的,不稳定的,甚至是毫无根据的。烂熟的风景令人厌倦。太阳是陈旧的,月亮是苍白的,云朵是轻浮的,一切都已经很难再唤起新鲜的感受。

他所能够望到的,都不是他所需要的,而他渴望看见的,全都是眼下尚未呈现的。

比如,他望见了身下的这座运行着的城市。这座城市在运行,在忙碌,它仿佛有明确切实的目标,但本质上它非常盲目。它仿佛存在于秩序和规范里,但实际上它相当混乱。它迅速地产生着,支撑着,仿佛每时每刻都在崛起,然而他看见它的钢筋水泥的骨架是颓废的,看见它四通八达的道路相当脆弱,还看见它的整体里弥漫着日甚一日的坍塌和不堪重负的呻唤。

这是一些容易引起眼睛疲倦的事物,他眨了一下眼,试图让目光从这上面掠过去,望到更远些的东西。

更远的地方其实也不存在什么更新鲜的东西。越远的地方,那些存在就越古旧,越老迈,越像一个陈旧熟悉的梦境,之所以有时偶尔唤起人的亲切感,只是因为熟悉罢了。

农村的道路像一些遗弃的绳子，随便地扔在田野上，永远不会有人想起来把它弄直；河流始终妄图躲开人类，却总是在某个拐弯处被村庄踩住；树林是淡青的，它们已由自然繁殖生长改为由人种植，像一些新式的庄稼，这些本世纪以来归顺人类的植物已经不再能藏匿住任何一个童话了。

剩下的就是天空、山峦，这不过是一件无法更换、无法触摸的布景，它们摆在那里，至少已经有几千个世纪了。上帝创造了它们，然后就忘了。

还能看见什么呢？

眼睛已经无法看到那些消失了的人和岁月，更无法望见那些尚未成形的人和岁月，仅仅在现存的这一片刻，凝视这蠕动，这挣扎，这无数微小变化的积累和展示。而这一切，能告诉他有关明天、后天、大后天的任何预告吗？

一只大洋彼岸的蝴蝶翅膀的抖动影响了世界的气候；

一粒被海浪冲刷掉落的岸土减少了欧洲总面积的精确数；

一场巨大的世界性战争仅仅在一代人的黑发尚未全白时被淡忘了；

一个人正在死去，另一个人正在诞生。

所有的真理背后都躲着它的悖论。

现实制造着明天，明天却说不准会不会背叛现实。

那么，他的对远方的凝视有什么意义呢？如果没有意义，他为什么习惯于凝视远方？设若有意义，他从眼前的现实风景中预见了什么？

他的眼光虽然是平静的，仿佛饱经历练，其实仍然是一种平静的迷惘。平静是掩饰不了迷惘的。

他虽然双臂抱在胸前,但他并不是胜利者,更不是强者。他这只是体现一种轻蔑,而这,只不过是一种轻蔑的姿态,同样掩饰不了与生俱来的恐惧。

他望着,凝视着。

很久很久,他转回身来,像是在宣布什么,也像是独自呓语,他说——那口吻似乎很坚决:

"太阳是假的。

那是黑暗中的一种习惯性幻象。"

全是哭声

他对音乐是一个外行。

这不是谦虚,而是承认。能够证明这一点的有两种原因:一是他的耳朵不太好,有些失聪;二是他家里基本没有购置诸如钢琴、音响之类愉悦耳朵的器件。

但是这不妨碍在人们热衷音乐的时候他也偶尔表示一下简单的态度,虽然是非常外行的态度。

对各类舞厅里的迪斯科乐曲,对那些灯球旋转闪烁、噪音鼓荡如尘的场面,他的反应只有一个字:"闹!"他听不出更细致的技巧和各种打击的巧妙配合,他的听觉不好,心灵的适应性更差,他不理解人们何以偏要用这样强烈的节奏来抵御现代生活的快节奏。

他对音乐的确是太外行了。

对于当今人们熟悉的歌星,他一律是不热爱的,有些甚至厌恶。他不理解人们是怎么对这些轻浮造作的表演培养了兴趣,他也不清楚自己的趣味从什么时候开始和世人产生了如此大的距离,他没有听到过内心渴望的那种歌。他有时甚至怀疑自己:"我是不是要求得太过分了?"也许歌声本来就应该是这样虚假的声带振动表演,对于质朴真诚的心灵的声音的希冀,或许是一种不切实际的妄求?

有一次朋友们谈论起音乐,他忍不住,终于爆发了他对音乐的愤懑。他突然间插了一句:"中国没有过音乐!"

"那中国历代的音乐算什么?"朋友们反问他道。

"那不是音乐，是哭声。"

大家都愣住了。这个观点是太新鲜了点，朋友们惊异地盯住他看。

"《病中吟》不是哭吗？这支曲子所以能够流传下来，正是因为表达了整个民族病弱的呻吟，健康开朗的民族决不会喜欢它。"

"二胡拉出来的只能是哭声。"他说。

他又说："琵琶从来是哀怨的，哀怨正是心灵在抽泣。"

"还有唢呐，"他说，"那是专门在喜庆的日子里尖着嗓子大放悲声的哭，哭得有时候都快没调儿了。"

"箫呢，就更不用说了，几乎是完全用来排遣寂寞、寄托愁思的。一曲箫声月下吹出，竟能八千子弟怀乡、楚军夜散！比哭还牵动愁肠。"

"笛子呢？稍能奏出一点欢快，却显得那么单薄、那么幼稚，远不如吹奏忧愁苦闷时来得从容。至于鼓，那是集体精神的象征，不能抒发个人的情趣。"

剩下的还有什么呢？

他环顾大家似在询问，却是恶意地。不等任何人作答，他就又抢先说起来：我们有钢琴那样丰富、优美的乐器吗？那是钢琴吗？那是一个缩小了的袖珍的海洋，手指弹出的是水所能发出的全部音响！

"还有小提琴，拉出的尽是草原的音符，仿佛一朵一朵抢着开放的花朵，绽发着欢快的生命的气息……

"还有全部的铜管乐，激越的，有号召力的；低沉的，含满男性雄伟力度的；一律是金属的光泽，闪耀着太阳的光辉，让人前进，让人充满力量和骄傲！"

"我们这个已经有五千年文明的古老国度",他悲哀地摇摇头说,"五千年,没有一个真正有影响的音乐巨匠,没有我们的贝多芬、莫扎特、瓦格纳、萧邦、柴可夫斯基……这是多大的缺憾和空白!怎么就没人对此发一声疑问呢?"

谁造成的?没有音乐,只有哭声?

据说封建帝王都是"两耳垂肩"的人物,然而,那么多巨大的耳朵,却没有一双是渴望倾听音乐的,全都沉浸在别人如泣如诉的丝竹管弦的哭声里……

他对音乐是一个十足的外行。

他用失聪的、缺乏乐感的耳朵得出了这样一个荒诞的结论——"全是哭声,哭声……"

隔窗看雀

它总是拣那些最细的枝落,而且不停地跳,仿佛一个冻脚的人在不停地跺脚,也好像每一根刚落上的细枝都不是它要找的那枝,它跳来跳去,总在找,不知丢了什么。

它不知道累。

除了跳之外,它的尾巴总在一翘一翘的,看起来像是骄傲,其实是保持平衡。

它常常是毫无缘由地"噗"的一声就飞走了,忽然又毫无原因地飞回来。飞回来的这只是不是原先飞走的那只,就不知道了。它们长得看起来一模一样,像复制的。

它们从这棵树飞往另一棵树的时候,样子是非常可笑的,那是一团中途划着几起几落的弧度,仿佛不是飞,而是一团被扔过去的东西——一团揉过的纸或用脏的棉絮团儿什么的。

它如果不在中途赶紧扇动几下它的小翅膀,那就眼看着在往下栽了,像一团扔出去的东西在降落的弧线上突然重新扔高,它挽救了自己。

它不会翱翔,也不会盘旋,它不能像那些大的禽类那样捉住气流,直上白云苍空之间,作大俯瞰或大航行。它是一个现实主义者,从一棵树到另一棵树,从一个楼檐到另一个檐台,与人共存,生存于市井之间,忙碌而不羞愧,平庸而不自杀。

它那么小,落在枝上就是近视眼中的一个黑点,连逗号还是句号都看不清楚。低飞、跳跃、啄食、梳理羽毛,发出永远幼稚的鸣叫,在季节的变化中坚忍或欢快,追逐着交配,有责任感地孵蛋和育雏……活着。

它是点缀在人类生活过程当中的活标点:落在冬季枯枝上时,是逗号;落在某一个墙头上时,是句号;好几只一起落在电线上时,是省略号……求偶的一对儿追逐翻飞,累了落在上下枝时,就是分号。

和人的生活最贴近,但保持距离。

经常被人伤害,却总也不远走高飞放弃贴近人时的方便,所以总不见灭绝。

它们被人所起的名称,是麻雀。不知道它们彼此之间是不是也认为对方是"麻雀"呢?

瞧,枝上的一个"逗号"飞走了。

"噗"地又飞走了一个。

令箭荷花

赏花是寂寞者的雅趣。

我说的"赏花"是欣赏、领会自己种的花，而不是在公园里或花市上，那是另一种赏，是纯粹的欣赏，我说的雅趣是领会和深解。只有欣赏自己养的花的人，才是寂寞者；只有寂寞者，才能在养花的过程中理解花。

开花的过程本身就是寂寞的。一花灿然怒放，不知需多久时间的积蓄、成长、酝酿、准备，这期间就是寂寞。花开得越容易、越经常，其花往往碎小；反之，就可能大而奇。一朵奇葩的绽开，是以漫长的沉默为代价的。

我不善养花，但是当我的那盆令箭荷花绽开嫣红的两大朵时，也不禁为之震动。记得几年前的某夏盛开过一些，之后便寂然。现当深秋季节，落叶满阶红不扫，它含苞许久，经寒难舒；搬进室内窗台后，适放暖气，竟开了。

下午的秋阳透过窗玻璃，正罩住它。温暖金黄的光束，仿佛舞台上的灯光笼住芭蕾的舞者，旋转、宁静、舒畅。在阳光透射下，令箭的长叶通体透明，可以看见顺着筋脉的一股暗红的力量直达花梗，输送着一盆土壤的劲道。那花，红成一种猩红，大张的花口里吐出丝绦般的一股金色花蕊，充满了生命的夸耀和欲望，显得性感。任何女人的芳唇在这欲吐还张的猩艳花瓣面前，都会现出缺乏性感。

茶杯一般大小的两朵花，后面托着毛茸茸的粗壮的柄，联结着长叶，贯通着叶脉中的一股暗红的力。不可思议的是，这植物是从哪儿吮吸了这么鲜丽、丰厚的色彩！土壤？阳光？还是水？它把自己的繁殖打扮得如此豪华夺目，在色彩和造型上，胜过了天下的画家。

它太会浓墨重彩了，这些大师。

它从普普通通的事物中，提炼并创造了自己独有的作品，生命力使它与众不同。它开过了，瞬间辉煌，一时灿烂，拼尽全力，尽美方谢，它美过了。

这就是生命。纵使是无语的植物草木，寂寞一季也要赢得一个美得透彻，哪管最终落叶残英。何况人呢？人而不欲美，劣种人也。

黄蜂筑巢

到了霜降的时候,黄蜂陆续坠落阳台了。一只又一只,总是不断地出现,却又不会大批地同时死亡,有时候扫地,扫帚前面就蠕动着一两只。

秋日的阳光温厚无力地照耀着,像摊开四肢时缓缓输送的血脉。秋的日子将尽,前面似有一堵无力逾越的无形的墙,在秋风的驿马来往传送急件的时候,挡住了那些没有办好移民文件的小生命。

黄蜂的家族里,大部分没有办好移往冬天的手续。在阳台上,我听见一个细嗡嗡的声音说:生活着多么好啊,但是我们,只有一死了。

我听见了这声音,不忍把这两只蜂扫进尘土和枯叶里,便用扫帚挑起它,轻轻放到窗台上。它像一个打秋千的小孩一样紧紧抓住扫帚尖,然后落在一片宁静的秋光里。

秋天的阳光罩住这个小小生命,仿佛舞台的灯光罩住一个即将谢幕的芭蕾舞演员。它的翅膀像裙子般垂落,透明地遮住它的小身躯,身躯在阳光下异样的鲜明美丽。

那样的金黄上印着那样的黑纹,仿佛是出自名家之手的套色版画。那金黄应该是晚熟的金皇后玉米颗粒的黄,浸透了阳光的纯金之色,而那黑纹斑,却是无月之夜的浓黑。这两者套印在它的身上,就是夜与昼、生命与死亡,温柔和峻厉,无限与短暂。

它蠕动,欲飞,颤抖,然后停住。仿佛它已经明了生命的期限似的，开始整顿自己。用毛茸茸的两只小手收拾整理自己的触须，像吕布拨弄两根长长的花翎那样，认真而又骄傲。那是两根多么漂亮的触翎啊，它捋着它，一遍又一遍，如同一个清洁的爱美的人儿。

小家伙！

你原来是如此自爱呢！

可是我们原来是怎么认识你的呢？我原来还以为你是个四处寻衅的亡命之徒呢！你的屁股后面总是挂着一支毒箭，随时准备刺向仇敌，我以为你是好斗的。黄蜂尾上针么，我至今记得童年捅马蜂窝时，几只毛茸茸的小爪子紧紧抠住鼻子上的毛孔，然后狠狠一刺，……至今鼻子还大着。

黄蜂就是马蜂，春天时竟在阳台的墙缝里筑了巢，嗡嗡营营，不时地有起飞和返航，小小的阳台一下成了热闹的空军基地，给一家人造成威胁。如果要想毁掉这个基地和里面的众多"歼击机"也很容易，晚上用一团泥巴糊住墙缝，就全数"闷"死在里面了。但是……何苦呢，毕竟是一些没有攻击过人的小生命，即便是黄蜂，也不忍去荼毒无辜。"到了秋天它们自己就完了，"我说。

从春天到夏天，它们天天从我们的头顶、脸前飞来掠去，人无伤害之心，蜂子也决不主动攻击，连误会也没发生。相安无事之下，我忽然发现了这些小家伙是非常有灵性、非常善解人意的，它们仿佛看得见你的心里没有存着歹意。

后来，我越看越觉出它们的可爱、团结、忙碌，甚至把观察它们的活动当作了我每天的乐趣。金色蜂群仿佛是阳光锋芒变幻孵化而出的生命，连同那嗡嗡的声音也像是夏日阳光的声音呢……这些一粒一粒的、飞翔的小光芒啊！

再后来，就是寒露、霜降了。

它们挣扎在季节的墙边，坠落在时限的海关前，无限珍惜，异常温柔。它们当中没有一个使用过上天配发给自己的箭。我听见这些陆续坠落阳台的小生命说：生活着多么好啊，但是我们，只有一死了。

明日立冬。明年请务必再来聚会呵，小家伙！

秋风的手

何其美妙的时刻，
何其准确的手！
那是秋风游荡的时刻，
那是秋风的手……

立冬之前，秋风游荡着，匆匆赶往每一棵树，就像是一个摘棉花的农妇，急着去摘掉最后的叶片，仿佛她要是不摘干净，冬天就会埋怨她怠惰。

她是那种手脚利索但是性子有些急躁的农妇，她一点儿也不衰老，相反，她的精力总是显得非常充沛。她应该大约有三十岁多一点，还应该是一个北方农妇（河北？），她的手指掠过丛林叶片，叶片纷纷飘落。

这时，大地上的一切成熟事物的芬芳正在天地间浓郁地弥漫着，闻起来像是秋天肉体散发出的气息，正像是那农妇身上的气味。非常健康，非常饱满，夸示着无穷无尽的生育力，但是也含着这位厉害女人的一股凉意。

秋风这个女人啊，有多么好啊。

对每一棵树，她都采取有枣没枣打三竿的北方式作法，泼辣得近乎粗暴；但是对于有些独悬空枝的某些金叶，她却表现出细腻啊，顽皮啊的态度，她有足够的耐心和丰富的感情，手指轻盈极了，似有无限留恋。她轻轻弹拨着那叶片，似乎舍不得让它坠落，但她无意间叹一口气时，叶片落了。

繁华一季,终归于凋谢。

那个美农妇的手指间并不含有一丝伤感,她自己不懂得什么悲凉。一切都是自然的、准确的,一切都恰到好处,包括凋谢和败落,都是至美至善。

一切的一切在于,真正是繁华过了。

此刻,千"金"散尽,夫何如哉!

何其美妙的时刻,

何其准确的手!

那是秋风游荡的时刻,

那是秋风的手……

老 屠 格

屠格涅夫本身是一部秋天的诗集。这部诗集,也最适合于在秋天的时候阅读。他多么宁静,他多么健康,他的那颗不朽的心脏,正是一颗高悬在秋空之上的温柔淡黄的太阳!

俄罗斯的草原和河流是多么的幸运,你诞生了他又受着他永恒的照耀!

他正是以秋天那种无言、成熟、无微不至的感染力而影响人类的;他的语言正是秋风的语言,明净、简捷,一下子就拂动各种民族的心灵;而他又是那样一个热爱艺术、热爱自己祖国语言的人,他像一望无际的成熟的田野那样容易被人领悟和接受……

他说:"一切生物都是我的女儿,所以我一视同仁地爱护它们,一视同仁地消灭它们。"

他还说:"即使把我冲洗七次,也冲不掉我们俄罗斯的本质。"

老屠格的话是代替秋天对人发出的告诫,也是代表大地和人发出的箴言。自从屠格涅夫一八八三年的秋天离开人世以后,我们就很少再能听到这样亲切的、进入灵魂的声音了。

久违了啊,老屠格。

自您离开这个世界的一百年来,发生了很多的变化,也保留着许多旧的、不灭的事物。不灭的事物是人类的那些贪婪恶劣的本性,是丑恶甚至比你看到的年代更为盛行、更为冠冕堂皇、大摇大摆;变化了的则是美背叛了朴素的原则,真赤裸着身体无处藏匿……这个世界一百年发生的更为可怖的变化是,作家这个职业正

赛里木湖的夏天

阿黑土拜克边防线上的两棵小树

遭受着来自自身的污染和践踏，它已不再具有人类精神先知领袖的意义，而仅仅成为某类人的谋生技能……

灾难的降临起因于背叛。

仅仅过去了一百年，今天的自命为"现代"的人们，已经在用嘲笑的口吻谈论起你，或者根本就不承认存在着你。"古典"像一具枷锁那样把你锁在历史的酒窖深处，仿佛你的智慧与天才早结束在你的时代。

其实，秋天是永恒的，不会过时的。

你已经揭露过今天的这一类人，"他是这样的一种人，他越是得不到别人的同情，自己越是热烈。"

你还指出过今天一些现象的本质："艺术的法则比科学的法则更难掌握……"

艺术的沦丧正是从对艺术法则的背叛开始的。所谓"现代"，是一个缺乏良知的时代。

这一轮是刚刚开始呢还是早该结束呢？灾难式的享乐和病痛正在折磨咬啮着大地上的灵魂……一切都近于疯狂。

企望于秋天的太阳平和地照临。

1993 年 10 月 25 日写于新疆

梦 之 队

是这样一些人来到了球场上，来到了人们用渴望、期待、惊叹、狂热织成的浪潮所包围的这块平坦的谷底上。

海洋飓风一般的喧嚣在他们的周围和头顶上滚动，从风中，鸥鸟似的不时闪掠出他们的名字。无数的目光交织碰撞，在他们的头顶激起光环。

他们平静地或微笑着承受荣誉，出现在谷底了。在谷底的两方，有两棵奇异的大树，在大树上，有一只悬挂着的空篮子。

篮子的底儿是漏的。

他们的任务，是给这个漏了底儿的空篮子里装满果实。是的啊，这是一项光荣而又艰巨，并且是徒劳无益的工作。这是一个可笑的任务。是谁给了他们这样一个可笑的任务呢？没有人知道。但是全世界此刻都在焦急地等待着他们来完成这项任务，没有人觉得荒唐可笑。

为什么要笑呢？只有疯子才会笑！

全世界假如有五十亿人，那么正有五亿人在屏息静气地、非常紧张地等待着这一神圣的时刻。

悬在空中的篮子也等待着。

是这样一些人来到了球场上，主要是一些黑人，还有一少部分是白人。他们出现在这块专门为他们制造的空地上，出现在两棵树的中间，仿佛亚当最早出现在伊甸园那样，他们的眼睛盯着那棵树，怀里抱着果实。

他们左顾右盼，并且互相打量。

他们像最早的人那样，手臂很长，两条腿长而有力，屁股又圆紧又结实，目光单纯。他们完全像一群单纯的巨人，肌肉发达，精力饱满，头颅的形状保留着人类本质的形态。黝黑的皮肤和闪闪发亮的牙齿，辉耀着狩猎时期先祖的英姿。

今天晚上，他们将上演一出扑打、拼抢、奔跑、腾跃、旋转、运行，以及种种有关人类体能极限的闹剧，这一切在欢呼声浪中的表演无非在告诉周围的观众这样一个真理：从前人类全都能够这样做的事，今天只剩下这样几个人还能做了。

啊，梦之队！

是谁想出了这样一个名字？难道他们当中还残存着诗人吗？远古的梦，人类昔日身影再现的梦想和梦境！

梦境开始了。

只有梦才可能有这样的飞升。人体在飞翔中旋转，极力伸向更高的高度，让手臂超出树的顶端之上，让人像鸟一般盘绕，环翔于树巢之上；

只有梦才可以有这样的奔跑，从一座山峰轻轻一跃，在另一座更高的山峰上落脚，从大地的这一端一跳，瞬时在大地的另一端出现；

也只有梦才可以允许一个人如此骄傲地表达自己，汪洋恣肆，肆无忌惮，狂呼乱叫，纵横如入无人之境，从众人的头顶之上飞过，一人力挫群雄；

还是只有梦才能够使十个凶猛强悍的巨人，在对抗中宽容，在冲撞中理解，在拼抢中配合，在他人神奇的一扣中由衷地喝彩！

久违了的梦啊。

在现实中久已不复存在的梦啊。

公正、准则、道德、勇气和创造；公众的良知、口哨与喝彩；个人崇拜与集体荣誉、货真价实的力量角逐与不负众望的掀起热情；平等与突出、众星与灿烂的星、单纯的方式与复杂的实现、天赋与承认、简单与伟大……久违了的梦想啊，在现实中久已不复存在的梦想啊！

那是一个象征物。

那个圆的、饱满的、蹦跳的、仿佛自身有生命的球体，是典型的象征物，再没有比圆更合适的象征了。

这个果实，这个象征物在巨人们的争夺和追逐中化解着，化解成为各种由它概括后消化了的事物。

我看到的是一只在灌丛外惊慌逃窜的兔子，它机敏地在一群捕捉者的脚下躲闪。它很灵活，但是终于被一个纵身扑过去的家伙紧紧捉住。

我看到一只獐子在飞快地逃跑，围猎者们在堵截、追赶。它凌空弹跃而起，妄图从围猎者的头顶跳出去，但是不幸在空中被一只有力的手抓住。

……一只进退无路的野猪，一只在争抢中挣扎的狐狸，一只被发现后扑喇喇扇动翅膀企图飞走的山鸡，一只被围堵的妄图从空隙间夺路而逃的褐熊……

这一切都被概括提炼为一个圆，一个包孕着生命的球体，然后在想象中重新诞生。

这就是人类的果实。

它从来是需要依靠配合、合作才能取得的；也从来是拼抢、争夺的对象；它是生产劳动的模拟、人类体能和智慧的再现；也是战争的缩影、社会组织的原型。

啊，那个悬在空中的没有底的空篮子！

你永远装不满它，无论你使了多大的劲儿，无论你跳得有多么高，姿势有多么优美，往里扣的时候有多么凶狠，你还是装不满它。

但是看台上的人们不厌倦地鼓励你：麦克尔！你太棒啦，再装一次，装满它！

看台上的人需要你装，他们需要你把体力发挥干净，一点儿也别留。他们是在现实中丧失了幻想、激情、单纯和勇气的人，他们的心灵和肉体都已经十分疲倦、非常衰退，他们想在今天晚上找回那些失去的东西，他们寄厚望于你。

"麦克尔，再来一次！"他们喊道。

你像孩子一样纯真，你经不起鼓励。你经不起鼓励和诱惑，就因为你是一个身躯的巨人而同时却是一个心灵的孩童；你总是希望着，尽管你的希望注定每次都落空！

你振奋精神，一次又一次地向那个空篮子扑上去——就像那位不断地向山顶上推巨石的神一样，也像用石子儿填海的精卫鸟一样，拼尽全力地徒劳。人在徒劳啊。

喂，你没看见那只篮子是空的吗？

看到了。

那你为什么还要不停地往里面装？

为了梦。

为了梦?
对了,"梦之队"。
但是观众知道什么是"梦"吗?
起码今天晚上知道。
可是只要天一亮他们就会全都忘得干干净净,懂吗?
那我可管不了那么多了。
麦克尔,明天还打吗?
对,明天还打。
麦克尔,你老了还能打吗?
老了……?
对。
如果我老了,那么那个空篮子还会在么?

1993年5月5日写于新疆

呼　救

这可是一个绝对真实的故事。

这个故事的主角，不是男的，不是少女，也不是老妪或田舍翁。干脆地说呢，就不是个人，而是一只鸟。

平常见到的那种蓝背雀，细巧，翘着保持平衡的尾巴，比麻雀秀气一些，但也很常见。这种鸟是当前很少几种能和麻雀并肩齐飞、顽强地从人口拥挤的城市小空间中、从人的指缝儿里讨生存的小鸟儿。

眼下成了本文主角的这只蓝背雀，应该说是一只典型的鸟里面的"失足少年"，它在尚不会飞的时候不慎从窝里掉下来。它已经羽毛略丰，稍可滑翔而不致摔伤。可是它却不能再飞起来，它的双腿还软弱，不足以弹跳起飞；翅膀上的几根短羽，也总是漏风，鼓不起"满帆"。

它掉在我住的楼后面，恰好被小女发现，捧回家里，放在阳台上。

这只蓝背雀蹒跚在三尺阳台上，显得"往往是幼稚可笑的"。它的叫声并不嘹亮，有一种徒唤奈何的味道；而且它在阳台上还不断地向角落里躲窜，仿佛囚牢里的犯人躲避看管人员，它不知道毫无意义。

其实我们并不想囚禁它，也知道像它这样的小家伙最好是能够重返故里，不然，几天之后是必死无疑的。可是谁又能把它送回窝里去呢？它是鸟，人是无法问清它的家究竟是在楼后的哪一层墙缝或楼檐下的,即使知道,也没法送回去——楼那么高。

它叫着,不饮不食,凄凉无助。

而我们是多么希望它能活下去啊,一个小生命,因为偶然的失误,将夭折于我们手里,这是多么令我们不情愿的事!然而,我们作为神通广大的人却毫无办法。

它还在不停地叫,像在呼救,焦急中隐隐含有一种坚定,一种信赖。

它太幼稚了!我想,谁也没办法救走你,除非是童话里的鸟。

可是奇怪的迹象出现了:

我住的三楼阳台外附近的电线杆上,出现了一只蓝背雀,又出现了一只蓝背雀。它们飞起来盘绕一阵儿,又落在附近电线杆上,鸣叫着,像在问答,又像在安慰。

女儿说:"它们是来救它的。"

我说:"救不走,它们没手。"

女儿说:"那也不一定呀。"

我说:"除了是童话。"

不久,电线杆上的鸟越落越多了,全是蓝背雀。观察着,鸣叫着,也还交头接耳,像在讨论营救方案。有一两只大胆的侦察兵,飞落到我的阳台上来,见人即飞,人走又来,好在我的阳台是没封闭的。

这已经成了一种异象了,电线杆上愈来愈多地落了蓝背雀,至少有几十只。平时不曾料到这院里还有这么多这类鸟,这时全集合了,群众集会或重大行动似的,一只鸟落一个黑点,形成一种阵势,造成一种整肃、紧张的气氛,为了关怀另一只离散的同类。

清一色的蓝背雀。

其中决没有夹杂任何一只麻雀或别的禽鸟，譬如家鸽、喜鹊之类。

女儿说："我们躲起来，别让鸟看见。"

我说："对，别影响它们营救。"这时我似乎觉得这小家伙有希望了。

很久很久之后，再望出去，电线杆上的蓝背雀全不见了。打开阳台的门，仔细查找，"失足少年"也不见了，"不翼而飞"。

"救走了！"女儿高兴地喊道。

"它们是怎么救走的呢？"我纳闷道，"它们没有手哇？"

"那它们不会用嘴吗？"

咦？这倒是个办法。那个营救的场面没能见到，但是想象一下，几十只蓝背雀飞进阳台，每一只用嘴咬住"失足少年"的一点，一、二、三，同时起飞，空中飞翔起一团蓝背雀，中间托举着那只尚无飞翔能力的幼雀，从人类居住的幢幢楼窗前飞过去，飞回只有它们才认识的地方去。

这，何等壮观，何等感人！

一群怎样有勇气、有智慧、有伟大集体主义精神的小鸟凡雀呀！真是不可思议，谁还能认为蓝背雀是一种没有思想的小鸟呢？

听起来像童话。

但绝对是一个极为真实的故事。

大雪飘，饺子包

——幸福瞬间之一

今天雪下得很大，雨转雪，空气中弥漫着湿气，没有一丝风，雪便在空中一路吸收了湿润，粘成了大朵儿的片、团、絮，降落下来，覆盖住这个被雨下湿的世界。

凄清的宁静外加了温馨的悠扬。

似有音乐，雨滴和雪落；又似无声，夏日和冬季在深秋时的会晤、交接，仿佛两个换岗哨兵的注目敬礼，却没有一句话。

我读着一本使我愉悦的书，我沉浸在雨雪般的思绪里面，没有人来惊扰我。在我读书的时辰，厨房里隐约传来剁肉馅儿的声响，传进我的耳朵时，变成了有节奏的、使人舒适的遥远处伐木的斧斤声。

等我读得感到有些累的时候，一盆剁好的馅放在饭桌上，等我包。馅是鲜嫩的羊肉、黄萝卜、洋葱剁成的，肥瘦相宜、红白相间，搅拌在盆里，丰厚而诱人食欲。油黄鲜亮的一盆，已经把原来毫不相干的动物和植物浑然凝为一盆，散发着与窗外的弥天飞雪相和谐的香味。

我宁静、专注地包起来，并沉浸其中。

擀好的皮儿一叠一叠的，像面粉的耳朵，全都等着包纳一部分内容。好似被子在床上等着睡觉的人，衣服等待肉体，不然一切就不圆满，就没有生命。

我是非常认真的，而且熟练。对每一个饺子，都认真到类似创造。是我赋予它们适量的内容,也是我让那些馅儿躺在各自合适的外壳里,还是我把它们像蚌一样合拢,然后放在两只手当中一捏,它们成形了。

在撒了薄粉的方形秫秸板上,它们站立起来,一排排挺立如小锡兵,陈列整齐。它们每一个都有公鸡似的冠子,每一个都有我的指纹和手印,挺胸凸肚,士气高昂,等待着为我慷慨献身,"赴汤蹈火"。

我觉得我有点像创世者。

我给了内容以形式,给了形式以内容,并且我赋了了它们形体。它们的皮肤是光洁的,不粘手的,它们的形态是富足的和吉祥的,它们有内脏,有五脏六腑,假如谁再能吹一口仙气,它们就活了。

我在创造它们的时候全神贯注,每一个都是我亲手造成,如同上帝当初造人一样,虽然都是"捏造"。

我甚至觉得上帝造人也没有我这么认真。我沉浸在大自然雨雪纷飞的伟大旋律中,我的心情也暗合着这旋律,一切浑然和谐,天衣无缝。我迷醉在这简单的手工劳作中,手眼并用,心游万仞。

谁也不知道我想到了些什么,我内心的天空和窗外的世界一样湿润,一样雨雪纷飞。一些人,一些事物,一些片断,一些有趣的际遇,一些耐人寻味的话语,一些表情,一些笑容和眼神……都来到我心里,让我猜测、回味、解释,这些全都和我的生命发生了关系,全都深深地进入了我,然而它们不知道。

思绪的雨和雪纷扬飘飞,包容了难以想象的时间和空间,然而手和眼只盯着饺子。专注之下,暗藏着一个何等天马行空的心灵!

每一个饺子里都包进了一小段时间。

同时时间在窗外谁也包不住地纷扬……
这时，我感受到了幸福。
独享的，幸福。

我说："幸福不是躲在远方的一座城堡，而是洒在你生命周围的一些肉眼不易看到的碎金。它一开始就被上帝弄碎了，随手撒向人间，却诱骗一代代的人去寻找那份完整。灾难正好相反，它从来都是完整的。"

1992 年 11 月 14 日深夜

领略巫山

夜四点，船至巫山县，泊住让我们下。

巫山县幽暗地踞于伸向码头的近百级石阶上，它正湿淋淋地等着我们。它惟一用以迎接我们的是，这场堪称豪华的滂沱大雨。

这才不愧是云的窠穴、雨的卧室，否则哪里能下得这样豪华，这样浪费，这样不懂得节约和心疼？在深夜的淡黄光影里，无数的雨点直射江面，你眼见得那江面就一耸一涌地升高了、增厚了；而高高的石阶就成了妇人的洗衣板，一层层的水在上面摔打、撞碎，然后聚合成溪，从高阶上一阶一阶收不住脚地往下跌滚；山，黝黝地古怪，湿淋淋仿佛快泡塌了。

伞少人多。与叶公共一伞，瞬时已成半干半湿之人；石阶甚高，急而之下携叶公狂窜，一口气连跃数十阶，仓室进车，方见叶公面色煞白叫苦不迭："这小子想把我累死！想停也停不住。"这才想到叶公年近六十满头华发，虽筋骨强健异常，毕竟经不住这样拖泥带水没命似的逃窜，只好暗自惭愧了一分多钟。

是夜宿于巫山县人民武装部，雨仍下得时缓时急。仰卧于木板床上，望着些墙边棚顶的雨痕水迹，听夜雨低诉，闻隔壁鼾声，实在觉得出一股潮湿凄凉异地为客的滋味儿，而这滋味，全因这些雨声勾扯出来。

你就很容易地理解了七百年前赶考的秀才或赴任的官吏，因豪雨受阻，歇在这样一座长江边上的小小山城，夜半秉烛，孤馆吟诗，便不料得了独具神韵的名句，大约是"君问归期未有期，巴山夜雨涨秋池"吧。那秋池，你可以想象为院中的一个小池，也可以恍然意会为整个长江或东海……致使数百年后你又偶然遭遇这样的意境，馆驿大异、人事全非，雨却是同样的——豪华而著名的巫山云雨。于是那秀才品味出的两句滋味便自己走出你的唇舌之间，如亡魂之入新体，使你茫然不知此身与七百年前赶考秀才相距究竟有几尺之遥。

你几乎觉得一伸手，就能拽住那人的袍子问："君即李商隐乎？"只是不去拽，听任那秀才足声渐隐于雨声，大珠小珠淅淅沥沥滴里嗒拉的声响，就走了一夜。

醒来，天是空旷清凉了，而残雨还在檐前、瓦上、阶畔发出一些闲响，格外有乐感。人武部的院子，门面不大，像一个旧时商贾的小私宅。内庭却深长。晨起立于楼上阳台，四顾皆山，山色青苍仿佛离得很近。正面那座山昨夜横卧雨中的沉沉黑影，现在露出真相，一条大鱼脊背似的横拱在那里，晴空之下，正有一大群含着阴影的大朵白云贴着山脊结伴飞渡。这就是巫山的云，难怪名闻天下了。它有一种超然世外而又贴近生活的气度，有一种笼盖着你而又关切着你的意味儿，还有一种主人翁的劲头儿和是风景又不像风景的自然态度。

而巫山县城的早晨，充满了此起彼伏的鸡鸣犬吠之声，不知那些鸡犬躲在哪里，却听得那鸡鸣之嘹亮、犬吠之慷慨就近在咫尺。山城小小，本来就生得如蜀人之紧凑，加上四面环抱着山，回声就格外大，和声的效果就特别好。这些朴素且充溢生命活力的喊声，有一种气息和魅力，能唤醒隐藏在人体深处的精力和生活欲望。它一点儿也不噪人，相反却能造成寂静和空旷的气氛，比大都市里高音喇叭播放的那些破烂迪斯科优美多了，对人身心的健康也有益得多。就这个意义上说,一切自然的声音均不能随意被人造的声音所替代。

这一天的计划原是游小三峡,因暴雨而山洪猛涨,船不能行,故放弃。巫山县的同志们便安排我们去看进小三峡的峡口,叫龙门口,离城不远。

决没有想到这峡口竟是如此气势夺人。

两岸峭壁之下紧紧夹着一条暴怒了的江,凌空一桥极高迈,衔通两峰。

先上桥,凌空俯看桥下,略目眩。江水从狭壁中挤出来,有夺路而去的勇猛、劈山救母的气概。两岸危崖隔江怒视,像两个守关的大将在互相埋怨对方放走了江流,却谁也不肯靠前一步。

桥高十余丈,如一扁担搭在两山肩上。峡口风动,似乎一颤一颤的。桥栏及人腰腹,扶之下望,犹觉胆寒,若坠下去,无一可生还。有鹰盘旋在桥下,顺逆于动风,遨游于峡壁间巡视江面,似无所事事。峡壁高而苍鹰小,江水怒而苍鹰满不在乎,令人神往。

然后下桥,立于江岸边,桥已高不可及,江却骤然眼前了。三两只游船,用铁链系于码头,随波涛颠荡起伏,如树不胜风力,顷刻即拔之而去。江中怒浪奔腾,目不可追,时有浪峰轰然立起,若江中有一怪物拱出,凸起如一屋。然后坍塌深陷,又耸起。真奇景,大家无不喝彩!

立江边,水因暴涨而溢于脚下,随浪涛涌动而伸缩。时有不及防者被水捉湿脚面,于是年轻些的女子便与此巨兽做儿童嬉,逗着逗着就被迅速移动的漫水捉住脚,一声尖叫。那江水也不笑,退回去,唰,就被一往直前的主流拽回去,一眨眼不见踪影。水和水面目难分,谁知此水非彼水耶?

大家情绪甚高，或拍摄，或投掷石子，或静观怒浪一泻千里。有人望见隔岸累石间有一小狗初试犬威，赶得几只老山羊四下逃窜，跳跃于乱石间，那小狗凯旋而归，得意洋洋，有如占了便宜的一年级小学生。

那人就独自莫名其妙地笑起来。

人问："你笑什么？"

他无法说明，因为那一幕好笑的情景已经过去了，诚如此浪一去不复返，谁也没法让它再退回去从眼前重流一次。

第二天，乘船离开巫山，沿长江而去。

1988年6月23日

游太保山记

那天究竟是怎么不知不觉就走进太保山的呢？本来只是晚饭后，散散步，却不料与这座山邂逅，一步步地走进去，被巨蟒吸住的青蛙似的，从黄昏暮色一直转悠到星光垂地，坐也没坐一下，竟不觉累。

事后桦吹牛说，凭着他的后脑勺就能感应到哪个方向该去，哪个方向没意思。桦是诗人，我相信诗人的后脑勺胜过相信某些人的眼睛。

两位女士却说，咱们和这座山有缘，连问都不用问，那山好像是自己走到面前来的。

其实是最先看见一个人模样古怪地从那个方向行来，因为远，看不清晰，只见那厮行状落拓不羁，留着长发猛髭，正大张四肢旁若无物地横行。

我说，你们看那个人，猜猜是痞子还是艺术家？

大家说，当然是画家了。

话音未了，那人已近咫尺，突然蹲在一个饭馆门前，抓起弃在地下的脏菜剩饭，傻笑着填进胡子里。这时才看出，大约是一个神经病人，形同乞丐，然决无乞丐之卑琐。远远望去却有精神高扬四肢伸展之艺术家风采。

众人叹曰：所谓艺术家，在有些时候正是远望如精神病人近看似乞丐罢了。精神上高扬舒展，未必物质上也高扬舒展。不过既要舍身饲艺术之虎，也就顾不了许多。

然后顺着那人来的方向走过去，不远，就见到耸立的牌楼，上面的匾额里正坐着三个打禅的和尚似的"太保山"三个字，非常书法。古雅的石阶像韩信当年一般从牌楼的胯下钻过去，一级一级升高，隐没在山林间。

阶畔颇清爽，有闲坐游人五七个，树间挂着两笼画眉。人是悠闲稳坐，两只鸟却叫得呜啭清亮，仿佛是在参加通俗歌手大奖赛，坐着的一排老人是评委。凑近细看，这两只"歌手"确是不凡，全生得体态饱满，孪生似的眼睛上面的眉——真是宛如画上去的一般，还留着笔墨痕迹！画眉，画眉，原来并不是白得的名目，禽鸟野兽之类，有几个是配长出眉目的呢？

这就引到了牌楼下面，两柱楹联，一块古匾。读了说明，果然为古时一位官员加封太子太保后在此修建。太子太保这名目，也还算好听，比英雄模范积极分子听起来有味；虽说明知是封建皇帝为了诱人替其效力所设的名目，但是不滥，所以还有点小魅力、小余味。山上有座武侯祠，据说有些规模，堪与陕西关中的、四川成都的，并提。

好吧，大家说上上看，没趣就回头。本来咱们只是散散步，又不想游山。至于武侯祠，这几个人里没一个是当丞相的料，何况现今也不是三顾茅庐的年代呀。诸葛亮要在今天，别说当丞相，就是谋个区上干部，也得往县人事部门跑断几条腿。坐在茅庐里干等，没门儿！所以说，诸葛孔明那一套是过时的经验，他当不了当代青年的楷模啦！还是李贺比较清醒，他早就看透了："试往凌烟阁上看，若个书生万户侯？"

但是云南的这座太保山，你不佩服不行。满山是古木苍翠，新草盎然，仿佛专等着修名祠古刹，作公园胜地。特别是黄昏时分，光亮未尽而人迹简约，山林谷径空静，就像正等着你。"你将怯怯地不敢放下第二步，当你听见了第一步空寥的回声。"你若是半途折回，就对不起这一片若谷的虚怀，这一番专设的宁静。何况，石阶是那么曲折有致，又那么长短适足，缓缓登上去，只要不急，并不气喘。

  树还是天然的好，所幸这山的树都是天赋；树是天然的而且古老的就更好，那两棵老榕树，还有数棵古樟，看过去就让人肃然起敬。那些裸露出来的苍迈粗大的根须，令人不能不觉得它们的岁数肯定比这座山的岁数还要大。这种树，与其比为老人，不如说是活着的一部无言的地方志；它们站在这半山上，什么没看见呀！它们长得既高，浑身又都是树叶的耳朵，空谷回音，风作信使，什么没听见呢？只是不说，静静地站着，让自己更高、更粗大，直至奇迹般地躲过斧斤，最终成为战胜斧斤的伟人一般的树。这就是生命的伟大状态。它们原先也是普通的籽种，一般的小树，但是最后它们留存下来，以非凡的毅力和侥幸跨越了时间，矗立成一座呼吸着的巨碑，纪念着生命的耐力和仅存。有时候，仅存就是伟大。

  路上遇到些亭榭，有水泥亭，有木头亭；水泥亭不好，木头亭还好。最好是简朴的草亭，像宋人山水画里的，方可搭配在这等山中作景，不至败坏。

  还遇到些游人，寥寂无声，三两或孤独，百米可逢。石上有少年坐读，有男有女，然不混杂；径上偶有老人缓行，中山装、灰白头发，望之儒雅。

  我们边走边猜测道，在这座山上读书的少年，长大要是考了大学或留洋，思乡的心绪一定格外的浓重。从这里读出去，什么样儿的繁华能俘虏了他们的心呢？山野的气韵一旦渗入骨髓、透彻肺腑，就很难再适应别的生存环境了。人生可不敢像树那样扎根呀，那是种下了挪不动的痛苦。

往上一拐，松柏森森地拥簇出一座山门。红墙琉璃瓦，青砖古梁木，倚着山势显出居高的威严，甚有皇家气象。若是脑子里一走神就会以为是在北京的什么历史古迹间行走。这时暮色已经从山下跟上来，涂染得松柏更乌，山门更幽深；仿佛你一眨眼，就会在山门旁闪出一位黄袍主持，垂首弯腰，一手捻着佛珠一手掌在胸前……他本来是应该站在这个位置的。穿过这座历史隧洞一般的山门，眼前现出一片平敞，建着一座漂亮的公园。沿山的崖坡上有回廊，站在回廊上俯瞰，山下景致清晰——如烟的晚色正在山谷游移，仿佛正迟疑着不知从哪条路上山更快捷；重叠的山丛环环相扣，接合的天衣无缝，全都青翠无穷地把目光诱向更深处；路是白色的，洁净地伸进丛林和山坳，被遮蔽或现出一段；山谷里正躺着一座学院的全身，主楼、花圃、环形道路和附属建筑，在俯瞰时全躯摊开，历历在目如一张设计图纸，使人看出设计师的构思。

象脚鼓和铓锣的声音从山下传来，隐隐约约、慌慌忙忙，宛如一个低嗓子和一个高嗓子、一个慢性子和一个急性子在一块儿走着、叫着、嚷着、吵着，去宣布什么消息或发布什么动员，混杂出一种沉稳的节奏和躁动不安的情绪……这才想起，泼水节快到了。

借着最后的天光，桦正盯着回廊柱子上的一个齐眉处看。"这儿有一首诗"，他说，好像是用指甲刻上去的，浅白印痕，字也歪歪扭扭，没有署名。诗云：

    月圆人孤独，
    清酒不知味。

> 今宵虽沉醉,
>
> 明日还伤悲。

"清酒",桦说,瞧这个词用得多雅。

我说当然,"酒是大自然的血清"。这话不是我发明的,是老诗人绿原的一句神释。

女士们却认为,月圆的孤独不是月的圆满,而正是孤独的圆满。

禅乎?警世恒言乎?醉话乎?失恋青年之颓语乎?雪泥鸿爪,题空留白;暮色天光,人去廊空;不谐韵律,决非书法,藏之名山,刻于朽柱;心有灵犀,望之悚然。

这光景,几个人已经觉得与这座太保山"神遇"了。

那么武侯祠还去不去?大家说:去!又不远。结果一看,亏是去了。

光那坐守着红门的老头就不一般,长得和古人一模一样,那份气象,不是城市里看自行车的老头们所能比的。里边那才叫幽静,没有一个游人,只有我们。暗香浮动月黄昏,保山城外柏森森;鹦鹉架上闻人语,金鱼缸里游灵神。彼景俨然员外宅,此刻恍惚聊斋身;若是孔明真有义,漫拨瑶琴论古今。一步一步,听着自己的足音走进去,我几乎可以酿出这样一首律诗来,因为这地方只有古诗才堪相配。生着绿苔的铜炉,月下黝黑波亮的池水,题着杜诗的古色古香的墙壁,还有厚重的高门槛,镶着石子的小径和满园的奇花异草、古木苍枝……它整个儿酿成一个氛围,造就出一种文化,这就是中国古代文化独有的气味儿,它超越了孔明个人的意义,而是,重现一角缩影。

我不由感叹道:"所有的这类高级大庙,都有一种深藏的境界,没有学识阅历读不懂!"

"什么?高级大庙?"桦盯着我笑起来:"你还真会用词,能当'超级市场'那么管这叫'高级大庙'吗?这是祠,不是庙,还不是庵,也不是观,懂吗?"

"这谁不懂。"说完,我也哈哈大笑起来。

"转了一大圈儿,能管人家叫'高级大庙',真行,真行……"桦一路摇着头,自言自语。

下山时,全黑了。在森森的树、黝黝的山里穿行,很有情调。至山腰处,兀然现出一片城郭、万家灯火,正平展展地摊撒在眼下脚底。近在眼前,却和我们身处的山林形成鲜明的反衬,仿佛两个世界。

"尘世……"心里蓦地蹦上这两个字来。

大家都站定,看着眼下的灯火。一片星光垂落的灯海,霎时感到陌生了。

可是,它正在无声地招回我们。

不 去

因为是五月一日吧，索溪峪通往西海的山道上，人可真够多。无论如何你得佩服、你得惊讶人对名山胜水的这种热情。

沿途景致倒是青翠而突兀，青翠的是高树丛竹，突兀的是一柱又一柱的石峰。不过说到底，也只是山和植物和涧水的组合而已。

清晨出发，十数人，虽然都是长年伏案之人，行不足二里地，已经显出同类人中隐含着的巨大差距。大黄与玲等七八人进山，如饥羊见草情致大发，高唱《红高粱》之野蛮插曲熊爬羚跃而去，遥闻半山，蛮歌回荡。几位老者拄杖缓行，正精密计算着双腿逐渐增长的酸度和需待踏上的石阶数之间的比价。惟有小尹与鄙人，坐在石阶上犹疑了。

一切动摇分子都具有共同的眼神，彼此一望，便可会意。我们先像两个接头的特务那样接火点着了香烟，就从实质问题的外围——天气的闷热、山里人对山道长度估计的可疑性、人们凑热闹般的这种爬山的盲目性等等方面试探、求同，然后两个人的只有一半的犹疑之心合二为一，变成了一个完全坚定的决心了，不去。

是嘛，我们为什么就不可以不去呢？谁又下了命令说过不准我们不去呢？有一种力量在无形地带动我们，那就是"大家都去"，我们若是"不去"，就有点扫大伙的兴；而若是勉强去了，就要扫自己内心深处的兴。我们两个毅然决然地选择了当逃兵，这是因为我们两个同样都具备这几种素质：明澈的自我爱护精神，日渐增长的某种厌世态度，整体的悲观主义情绪和心态的失落感。当我们从不足二里地的地点开始往回退却的时候，听到从树木遮掩的半山崖壁上传来了集体呼唤我们名字的悲壮声音。那声音使树叶飒飒，空谷有回声。这是一种渗透着强烈的阶级友爱和集体荣誉感的呼声，也是很容易给落伍者以力量、给叛逃者以良知的声音，它很能使人幡然悔悟、奋然前行。

但是我们俩却是不可救药的逃兵、铁了心的叛徒。我们叼着烟卷、甩着外衣，以幸灾乐祸的心情听他们在山腰呼喊，一步比一步懒洋洋地下着石阶，朝那幢幽静阴凉有红漆地板的美丽住所走去。

不去，说明我们抵住了西海风光的诱惑和同伴们的呼喊。我们千里迢迢来到索溪峪而未登西海，行百里而废九十，不遗憾么？他们登山归来必会加倍鼓吹风光如何奇绝，我们呢，只需傍晚时分到门外迎候，一杯酽酽的凉茶在手，足够。

他们是我们的悬念，同样，我们也是他们的悬念。他们越累越使我们品味安逸，他们越渴越使我们感触荫凉。好吧，懒惰和勤奋较量。入世与超脱、奋争与放弃、"巡天遥看一千河"和"坐地日行八万里"，两种态度各有滋味。

归途行未及半，迎面遇数批登山者，皆爱问："山上究竟如何？"答曰："极美，值得一去。"又问，"怎么这么快就下来了？"笑而答："夜半便去，故晨归。"众皆惊叹。

两"逃兵"哈哈大笑，得意而前仰后合，相互重新打量，深感彼此都像登山英雄了。至住所，乌龙茶泡之，"红塔山"吸之，跌跌撞撞懒懒散散沙发床仰之，足尖犹挂一拖鞋。真真美极！遥想诸兄正大汗淋漓于骄阳之下，刻苦登攀于累石之中，不胜同情。至午，饱餐一顿蛋饼，洗得一番温水澡，便以逸待劳痛睡起来。

两小时之后，不唤自醒。

各端酽酽的浓茶一杯，相互登门探望。两人一见，难免掩口而笑。

夕阳在山而余热散，秧鸡在田而鸣声起。树林已成乌翠色，山径犹不见归人。遮眉而望，暝色茫茫，久候不归，只好先去吃晚餐。餐毕出来散步，见几位狼狈者蹒跚走来，及近，竟是同伙中之一部分。一个个饥渴不堪，面呈酱红色，衣冠十分凌乱。上前慰问之，均已无答话之力，只说是"多走了三十余里山路"。

其余诸位呢？

摆摆头答道："躺到床上了。"

后来才知道，大黄和玲等七八条男女好汉早在半山呼喊时就对我们两位"逃兵"义愤填膺，为了证明他们这一天累得不冤枉，也为了气气我们和显示一下他们的精神力量，曾商量好了，在归至住所时齐声大唱"打靶归来红霞飞"。因为他们料定我俩必在门前以幸灾乐祸的态度等候，那样，势必使我俩在雄壮的歌声中自惭形秽。

结果，唱是唱了，而我俩却恰好在那时去了餐厅，没听见。

最后鼓起来的气一泄，是很使人颓丧的。

读 童 话

惭愧什么呀。我已经到了这么一把年纪了，还爱读童话。现在我最爱读的两本童话是：卡尔维诺编的《意大利童话》和《格林童话集》。

当初买这两本书的时候，我是为孩子买的。安徒生已经被她们弄得滚瓜烂熟，意犹未尽，我就为她们买新的。不料，翻开第一篇，《勇敢的小约翰》先就把我给吸引住了。小约翰天不怕地不怕鬼神也不怕，最后他终于有了成罐成罐的金子，吃不完的香肠和啤酒。什么都有了，结果呢，有一天他突然发现了自己的影子，害怕极了。

"他被自己的影子吓死了。"结尾这么说。

我直到今天也描绘不出当初读这些童话的心情，我几乎惊愕了。在这样简单朴素的伟大力量面前，我感到了一种恐怖：我听到人类在孩童时期的简单天真叙述里，竟含有比预言、巫师的咒语、神灵的喻示更神奇也更真实的思想。而这超越时间的思想，是用那样平白、单纯的语气讲述出来的，使天底下所有肤色的孩子都能听懂、都愿意听。或者说，使她们牢牢地记住这些故事，在她们成长的过程中，终于有一天突然悟出其中的深奥。

我后来又读了《格林童话》，同样，第一篇《青蛙王子或铁亨利》的第一句话，就已经是大手笔的诗句。那句话是这样说的——

  在愿望还可以成为现实的古代……

假如我作为一个诗人,而且不曾得了盲目自大的流行病,那么在这一句话面前,我就会拜倒。

像托钵僧遇见了真佛。

就像普希金一八一四年发表第一首诗时训诫过的那样:

　　就是没有你,诗人已经不少。
　　他们的诗刚一发表,就被世人忘掉。

我承认,我至今没有能够写出这样自然而且具有永恒现实意义的诗句,别人也没有。那我们还有什么权利故弄玄虚,冒充现代,把诗拖进晦暗的老鼠洞穴津津有味地独自咀嚼呢?——在童话面前,在孩童天真的智力面前。

我们读了很多书,很多很多。如同一只老鼠啃啮了大量搬进洞里的杂粮五谷、破皮鞋烂网套,然而牙依然没磨短,只是变得更讨厌,更鬼鬼祟祟,更自私。对有些人来说,书已经成了类似牧牛人手里的甩石器,他们用它扔出坚硬的石子,准确地击中那些不听吆喝的牛。对另外一些人来说,书是衣服、鞋、帽子和尼龙袜子。对还有一些人来说,书不是人,而仅仅是书。

他们把书读到自己可以写书的地步了,就在书架前照一张相,然后把像印在他书的扉页上,谦虚而又自足。

或者他们因为善于使用书里的词句,显得比别人高明。用不同的书对付不同的人,效果极好,受到了上司的赏识和重用,被称作了"人才"。他们终于坐过了卧车,就在自己坐过但不是自己的卧车前照一张相,也把像印在扉页上,憨笑而又骄傲。

而且他们什么书都读过,什么没见过面素不相识的古怪名字都脱口而出，好像说起一位老相识的名字那么随便、亲切；他们用这些东西当通行证，到自己根本摸不出深浅的场合夸夸其谈，向陌生人借钱，和名人照相，最后一定把这些像给某个女子看，深奥而又急切。

是的，他们读了很多书，很多很多，惟独没有读童话。也许从前读过，现在忘了。你如果告诉他们正在读童话，他们会轻轻地淡漠地笑一下，用鼻孔说："我可惜已经过了那个可爱的年纪啦。"他似乎带着伤感，但你能听出他其实非常自豪。

他太喜欢读深奥复杂的书啦，虽然他自己一点也不深奥。

他觉得如果比别人少读了一本重要的书，就像比别人少了一级工资那么痛苦，他会觉得自己白活了。

他因为读了许多书而经常想到自杀，好在他不认死理，所以他一次也没有试验过。

结果后来，他们变得越来越不像自己，言谈、举止、处事越来越造作。他们都很聪明但是惹人讨厌，知识渊博却生活得空洞无力。书把他们变成那样了，还是他们自己把自己变成那样了？很难说清，反正他们再也回不到自己原来的模样了。他们结结实实地崇拜了书，最后自己变成了铅字。

所以我才说，有必要读读童话。

在《意大利童话》里，讲述过一个倔强的农夫的故事。那个农夫有一天急急地走在旷野里，天正下雨，他要去……比方是巴勒莫吧，办急事，迎面走来一个人，那个人是上帝。

那人说："你好。"

农夫回答说："你好。"

那人说："你起码还应该说，'愿上帝保佑你'。"

农夫说："好吧，'愿上帝保佑我'。不过不保佑也没什么，我要去巴勒莫。"

　　上帝把他变成了一只青蛙，跳进池塘里一蹲就是七年。七年后，农夫恢复人形，接着向巴勒莫走。迎面又走来了上帝，重复了前面的问候和对话。那个人告诉农夫他是上帝，要农夫收回最后那句不敬的话。

　　农夫说："我知道你是上帝。"说完掉头就朝池塘走去。

　　上帝说："你干什么去？"

　　"再变成青蛙。"农夫说。

　　假如今天的人们已经在最基本的也是最简单的问题上被扭曲、被蒙蔽、被丑化，那么怎能指望他在深奥复杂问题的研究中得到解脱或返璞归真呢？

　　假面舞会已经跳得时间太久了。

　　不管你戴什么样儿的脸谱出场登台，也不管有多少人为你欢呼喝彩，我都坐在旁边一动不动。我知道这一套人类惯用的把戏，是真是假一目了然。

　　不是我吓唬你，只是提醒你，注意点分寸。不然，我可能会借用我一个朋友的话说："宰了你这号病羊羔子！"

　　我为什么这样？

　　因为我正在读童话。

　　读人生识字的第一堂课，那里开篇就讲了全部人生的含义。年轻漂亮的女老师以悦耳而迷人的声音朗朗念道："狼和小羊……"

　　那不是童话！

1988 年 7 月 30 日

出 新 书

——幸福瞬间之三

我这样一个人,究竟是为什么、从什么时候起对出书这种事发生了兴趣的呢?祖辈的宅子里没有书香气而只有牛粪味,而我也是从小生在兵营里,长大些也好动不读书的一类。记得小时候大人问我长大干什么,那回答是响亮而早就等好的,"当骑兵!"

及长,知道了兵是不好久当的,那么当将军。我们那时幼稚的一群中,没有人怀疑自己会当到上将以下的,有一个才小学三年级,已经把全国上将以上的人物从军衔到职务倒背如流了。我们那时候是多么天真啊,都认定自己是天生的将帅之才。

没有想到过作"书生",我们受的是兵文化的熏陶,军衣和长剑、哥萨克骑兵和顿河马是我崇拜的偶像,我没有想过一生将与诗书为伴。

不知从什么时候起,我轻而率之地丢弃了少年不知愁滋味的将军梦,仿佛丢弃一件不合身的过时衣服。我以一个补考生的身份对文学发生了兴趣,我发现,这是一个可以长久为之奋斗的、极其深奥有趣、并能使人迷醉的事物。

大约十五岁时,我梦见自己出了一本诗。那本诗集,是很薄的,封面上有几根大烟囱,烟雾均匀地弥散在封面上,像银灰色的粉末和砂粒。

我记得那本在梦里出版过的诗集题名为《烟》。我在梦中翻开它的时候,看到的诗全是陌生的,情调低沉、诗句飘忽,是我从来没有想到过的东西，但我记住了这个梦。

　　这个古怪的梦恐怕是弗洛伊德也无法阐释的，但是它却应了桑德堡的一句名言："一切事情开始时都是梦。"

　　二十多年的岁月过去了。当年"季子正年少，匹马黑貂裘"，现在只能是"老夫聊发少年狂"了。我写了诗，写了散文，我用一支笔贯穿了时间，我觉得这种生活是有趣的。我甚至有时会莫名其妙地对世界产生感恩的心理，我多么感动于这个世界容纳了我这样的人，它创造出了"作家"这样一种职业，使我不耕而食，不劳而获。那么多人都在为衣食而奔忙，为劳作而辛苦，惟有我，拥有大块自由的时间，任我飘浮思索，由着我的性子去干我感兴趣的事！

　　有多少人用他们的工作在为我服务啊！他们当中有些人并不读书，而且更不读我的书，但是他们所干的工作是时时为我需要的，由他们所组成的现实社会是我生存的温床。这怎么能不让我感恩呢？

　　有时候人们告诉我说：你在写书，你在做更艰辛的劳动。我听了以后，就在心里笑了。我干的这件事也能算作是"工作"或"劳动"吗？我其实不过是在玩，就像小孩子垒积木，大孩子打篮球一样的，完全是兴趣的驱使、天性的陶醉，没有谁要求我必须这样做，做的当儿也完全不考虑有多少价值，能换多少钱。我凭一己的兴趣而玩的结果，却被人们认可为庄严的劳动，我为此而感恩。

　　当我的书出版的时候，人家给我寄来了稿费。也许多一点，也许少一点，我都有点不好意思，仿佛拿了什么不劳而获的东西。人家因为我玩而给我钱，我觉得暗自好笑而沾沾自喜。

　　就这样，一本书又一本书从岁月中诞生出来，像一只又一只鸭子浮出水面。它们是好玩的，同时又是亲切陌生的；它们的产生和我有直接关系，但是它们长得不像我。

这些小鸭子！

它们仿佛排着队，摇摇晃晃、鹅行鸭步、嘎嘎直叫，几分怪相、几分庄严，这就显得更滑稽可笑。它们有的像唐老鸭，有的像丑小鸭，在陆地上蹒跚而行，非常笨拙，但是遇到一个池塘、一条小河、一汪水或一个大海，嗬！全变得灵活自如、从容不迫了！

我的这些鸭子也一样，它需要遇到那些藏在人心里的池塘水域，否则它将是笨拙的。它无法在陆地上和鸡们比美。

当我的第十四本"鸭子"孵出来的时候，我给它的命名是《周涛自选集》，它是精美的，厚重的，我觉得它长得比我英俊多了。它的精装有"马列"感，环套有"童话"感；那样一种晴朗夜空般的宝蓝为封面的底色，上面落定了一个四岁儿童画的灿烂小女孩的精灵！还有，扉页上的我的那张照片是印得挺好的，那是一张具有中国特色的阿兰德隆式的头像，他公然在那里向读者证明：认为作家都是丑的这种看法显然是错误的，这位划时代的美男子正是一位作家，他显然在才华和容貌上都超过了那位风流倜傥的前辈诗人徐志摩！

我久久地凝视着照片上的自己，我被我所征服。我打开自己写的书，一篇一篇地翻过去，以一个陌生读者的角度重新审视、品味着它们，我设法挑剔而又无从挑剔，我承认，它们是散发出光辉的。在这样一个边远黯淡的环境里，我竟然生长得如此光芒万丈而又不为人知……我被我所感动。

我久久地抚摸着它。从十五岁的梦境到今天的现实，我用了三十年的时间。三十年，我磨出了一柄真正的长剑，那可是用我的生

2001 年冬于书房

2001年春节，在新疆党校与妻女全家合影命蘸着心血磨出来的。它虽然只印了三千册,但那是我的三千虎贲!这时候,我承认我所迷醉并沉浮其中的这件事,不仅配得上是工作,而且称得起是劳动和战斗。不管市场上充斥的书有多少,我的都不是伪劣品,而是真正意义的书!

我的绒毛小鸭子正在变成天鹅,鸣叫着,盘旋着,寻找属于它的精神湖泊。

瞧!人们需要它——

"你是一个自然与历史及人类心灵史、思想史的卓越游牧者,一个豪迈而意志坚定、头脑清醒睿智的孤独旅行家。在世纪末世纪初交会的地平线上,你正苦苦地找寻更多更丰富属于你最辉煌的思想和情感,馈赠给饥饿的人们。

"未曾谋面的朋友啊,我愿长久地读你,伫望你。"

还有,人们告诉我——

"它现在就放在我的包里,任何一个环境,任何一种心境下翻开任何一页都能深深地往下读。我惊叹这本书中那种神秘的力量。如今我只想告诉你,也许你不会像有些作者那样拥有无数盲目无聊的追随者,但是你,你拥有最好的一切。"

瞧,这就是我的小鸭子变的天鹅找到的水域,古典时期把这种地方叫作"天鹅湖"。我是为他(她)们写作的,我愿意在即将属于他们的那些书上题写这样一些话语:

  秋风铁马大散关,
  冰河入梦小文坛。

——这是写给一位老兵的。

谁的明天都是不可预料的。

——这是写给一位青年作者的。

我甚至还给一位熟悉我的醉态的朋友题写了一首不合平仄的即兴打油诗,当然是按七律仿制的:

千金买醉口哨吹,
平生不把谁当谁。
武松斗酒快活林,
太白吸虹黄河水;
三巡已经壮武胆,
一壶方可开诗扉;
酒在瓶中为静物,
倒进腹内变魔鬼!

我意识到,我在利用这样一些机会——题赠啦,签名啦,盖章啦,延长着我对一部新书出版乐趣的享受,这是中国文人诗书画艺术的一种传统,是一种创造者和欣赏者之间的平等交流,是一种巧妙的方式,是一种费时不长而历久弥香的留念,是一种玩的境界。这就叫"把玩不已"。

我体味着幸福。

这是只有作家才能拥有的独特的幸福。

一个指挥战役的将军,当他以惊人的才略赢得胜利的时候,他或许不是幸福的,因为随着胜利呈现出来的是遍布战场的尸体,他马上由原来焦灼忧虑的心情迅速转化为痛苦伤心,中间没有给幸福留下空隙。

我很早就放弃了当将军的梦想而紧紧地抓住了书,说明我是明智的。我没有那样的勇气和胆量面对现实,我过于珍惜幸福。

不仅珍惜,而且品味。

我就是这么一个人,不是英雄但并不反对真正的英雄,生活平凡却决不躲避伟大的崇高;我是坚强的,同时也很脆弱;我非常灵活,但难免在我认为最重要的事情上固执原则;我就是这么一个人。

"咬紧牙关,我就是我。"

我赞成冯玉祥将军的这句话。

1993年2月17日写于乌鲁木齐

谈 友 谊

你终于不得不承认，在走过相当长的一段人生岁月之后，你才开始对人们习以为常的某些公认了含义的字眼，有了怀疑。

特别是那些美好的字眼，由于它们对于人生的重要支撑作用，你就对它们格外虔诚、信赖，当然，那时候你一定还比较幼稚。

记得对我印象很深的一件事就是，"文化大革命"当中我的父亲很需要帮助也很孤立的时候，我埋怨他而且无法理解："您为什么革命这么多年竟然没有一个朋友？"

"朋友？"父亲大概觉得我的问题很可笑，"我年轻时交的朋友比你现在多得多，还都是金兰换帖的呐。唉，你懂得什么叫朋友……"我的父亲不是哲学家，但他那时用他极其成年人的眼神、表情、语气，给了我一个疑问，一个有关人生的哲学式的问题。后来，我用眼见的和身验的两种办法，感受并思考它。我得承认，没有阅历很难对它作出自己的判断。

你肯定早就已经发现，小孩对友谊的需求是十分迫切的，同时他们对反目的愈合能力也强。那是因为它们的独立性和自我意识还没建立起来，仅仅是个很嫩的芽。

早熟的青年人喜欢独自沉思默想了，但一般青年人则容易呼朋引类、结伴成群。他们在这种过程中求得自己在人群中的位置，并且进入陌生的家庭了解社会，在进入社会之前进行演习。

中年以后，人们嘴里就不大轻易使用"友谊"这个字眼了。因为他们发现能够配得上用这个字眼的人际关系寥寥无几，甚至几乎没有。他们中的某些人虽然到处都是"朋友",其实却是一个朋友也没有,因为到处都是利益。如果说他们一个朋友也没有也不对,利益是他们惟一而永久的朋友。

人就是这样交上了朋友的。

他们把内心深处的那位真正的朋友隐藏起来,却把达到利益的各种途径称为"朋友"。他们拍着那些途径的肩膀说"哥们儿!"久而久之,连他们自己也以为那些途径真是他们的朋友了。

但是,他们至死也不会忘了那位惟一的朋友,这你决不要怀疑。只有在和这位朋友的友谊遭到挫折或彻底完蛋的时候,他们才会感到痛苦,觉得这世界是那么不可靠。他们会想:这人世间果真有"友谊"么?如果有,那么它到底是什么?

应该揭开这个高尚字眼的迷人盖头,看一看藏在里面的那张脸。假如利益是一具骷髅的话,就显得十分可怕;所以绝大多数人宁愿相信里面是一副花容月貌,不去揭开它。就这样想象它挺好,一直到死。只有少数人总喜欢翻底牌。

友谊的确是每个人的生存利益的需要,所不同的是,不同的人所看重的利益不一样。小人也好,君子也好,并没有为友谊而友谊的。个人如此,国家也不例外,看看我们那些"友谊万古长青"的国际朋友反目得有多快就知道了,再看看我们和"野心狼"握手言欢的多么不计前嫌就更容易理解了。除了利益,没有任何东西可以如此有力地迅速扭转人们海誓山盟的感情。

感情是动人的,但它却这么脆弱!

没有人在友谊这件事上不曾遭受过痛苦,除非他没活过;可是也没有人真实地告诉过我友谊最本质的含义,包括一些伟大的哲人。

我不得不想这件事，用我并不巨大宏伟的小脑袋去思考它，从大量平庸的、琐碎的、枝蔓交错的那些"友谊"留下的尘埃和垃圾中，去认识它。

首先，人是利己的，一切生命本质上都是利己的。不管自然多么丰富，社会多么庞大严谨，每一个人或生命，都必然是以自我为中心的。对个体来说，一旦它失去了感知，客观世界也就不存在了。尽管由于社会和自然的规律和压迫，个体生命必须做出相应的屈从，但这种屈从或表面显出的对个体否定的承认，也是利己的——为了自己的生存做出的必要让步。"人不利己，天诛地灭"这句屡遭批判的老话，其实显示了我们民族洞彻自己的智慧。

人既然是利己的，友谊的本质是什么就用不着再说明了。顾炎武对公和私有一段妙论："大公者，集天下之私。"这就是说，真正的公是照顾到社会中每个人的生存利益。而"大公无私"却是荒唐的谬论，这最容易导致的就是集天下之私为己私。多少年来，我们害怕谈利益，更害怕谈个人利益；多少年来，什么"大公"呀，什么"友谊"呀等等堂皇的美字眼儿，遮盖住这个被某些人视为洪水猛兽的东西，惟恐它露出本相。因此，每个人基本的生存权利受到了史无前例的践踏。

为什么要害怕和每个人生存息息相关的利益？如果每个人的生存利益都被压缩到了最低限度，结果会意味着什么？

你知道并记得几十年前，一位先驱对一位仁人题写过这句话："人生得一知己足矣。"这是一句叹息，一句对友谊发出的惨痛至深的最后的哀叹。只需一个已经足够，然而前提必须是：知己。己者，我个人也；知我的要求，先驱伟人所渴求的精神利益也。寻求个人精神利益的最后立足点，非但不低下，反而体现了真正的高尚。

大可不必"耻于谈利",因为人们所追求的切身利益本来就大相径庭。

因为利益的不同,友谊破裂;

因为人生目的(最终利益)的相左,分道扬镳。

于是尘世间有了分赃不均后的反目;有了皇子争位时的血亲仇杀;有了革命党里的告密者和叛徒;甚至有了汉奸,它连对祖国的友谊也顾不得了;连最文雅、最清淡的笔墨之谊当中,也免不了龃龉。当然有些低下的纠纷是为了名,利如果是雨的话,名往往是雨前的风……

纷纷攘攘,何物作怪?利益也。

但是那些优秀的人却并不是为了这些,他们也为了利益,但他们的个人利益或精神利益已经超过了自己,在相当广阔的意义上接近、代表了人们共同的利益——真理。在追求真理的斗争中,撕破了友谊的面纱承受了感情的痛苦的人,是伟大的人。我们之所以尊重他所追求的利益,是因为他在追求我们共同的利益。

利益是一切人们所追求的目的。

但是有渺小的、自私可怜的,也有高尚的、胸怀博大的;有切近而短见的,也有风物长宜放眼量的;有贪婪的,有恬淡的;有金钱和权位的奴仆,也有生命真正的主人……

道之不同,友之不存。

因而,一切有希望真实握住自己生命的人,总是走在一条最终通向孤立的路。当你摆脱了世俗的诱惑,看穿了社会的诱饵,一天天地成熟起来,寻求你自己的精神利益时,你不可能不是孤独的旅人。你觉得虚假的友谊是可耻的。

虚假的友谊是可耻的。

当你被一些人利用为一个招牌；当你被某些想利用你的人亲热地称为"老师"；当你必须比你的"朋友"更强大才能成为朋友否则他就要找更有利的朋友；当你发现你过去的朋友思想还停留在十五年以前，他满面留下岁月刻下的疲惫皱纹而眼睛里没有一丝成熟生命的光芒……

这样的友谊还有必要维持下去么？

你应该轻装。没有什么比你精神上寻求的至高利益更重要的东西。但是，你一定要再问一问自己：

你怕孤独吗？

（"人没有什么好或坏，只有清澈的人和浑浊的人。"这句话说得真好。）

人钱小事

最近，钱成了一种很伟大的东西了。有多伟大呢？起码比制造它的人还要伟大。但是过去它没这么伟大，过去是毛主席伟大，据说是毛主席手不沾钱。

即便在钱还不太伟大的六七十年代，钱也存在着，而且照样成为人际关系当中仅次于政治的"二大爷"。这也不含糊。往往因为钱的缘故，人际关系中的一些微不足道的小人物、小事情，变得重要了，储存在我的记忆的小银行里了。

那时候我还年轻，年轻时代是一个人向社会疏散银两的阶段。年轻人为了被社会接纳，本性近于豪爽。我也不例外，自然容易信奉李太白那些"千金散尽还复来"之类的洒脱话儿；现在不行了，现在我格外吝啬，我不愿意用自己的笔墨钱和别人的公款比高低。前一段，有一家刊物搞了个栏目，叫"人生十问"，其中有一问是"你最喜欢的一句人生格言是什么？"

我的回答是：不要把钱借给朋友。

这句话似乎是从培根或者莎士比亚的书中看来的，算不上是格言，但是非常实用。这种人生经验并不取悦于耳目，只是有用于心计，不像有些什么"爱的玫瑰"呀之类的甜言蜜语，华词丽藻，不但无用，还有相当大的欺骗性。人到了一定的年龄之后，才能从这一系列的欺骗性中醒悟过来，犹如秋虫明白了夏日繁花是为了自身的繁殖传播而造成的迷惑。

这句话设若翻译成古汉语就是，己所不用，勿借于人。的确，再没有比把钱借给别人更愚蠢的行为了。为了片刻的感激恭维之词丧失对自己的财物的长时间的主动权,为了一时的同情心付出昂贵的代价,为了帮助别人而招致被帮助者的怨恨,为了索要自己的钱而欲言又止、吞吞吐吐,把自己弄得比乞丐还狼狈,为了轻信使自己蒙受损失……须知,所谓"朋友",就是那些自认为有权和你共同享用你的东西的那类人。

所以,吝啬自己的东西并不算什么可耻的恶德,甚至是一种美德。吝啬的另一面即是"珍惜"。吝啬之所以长期为人嘲讽,是因为它堵塞了那些妄图分享别人果实的人的道路,因此,"吝啬"这个词必产生于忌恨者的口。

我这么说,似乎是把人都看得太坏了,其实是,人一般在平常都是好的,只有到了涉及利益的时候,才坏。所以在涉及财物时,人坏一些也无可指责,关键在于自己不要太愚蠢。你自己那么轻信,能怪别人不守信吗?你自己仗义得那么古典,能怪别人不仗义得这么现代吗?因而,除了放高利贷,我是不同意把钱借给别人的——特别是朋友。

我是在过了不惑之年才逐渐变得吝啬起来的,也是缴了数千元的学费以后才学精的。我承认,在这方面我比较晚熟,虽然我本质上是山西人。在吝啬这方面,我见到过一位真正的"天才"或集大成者,他的一丝不苟的态度和间不容发的无情,他的在钱的问题上绝不妥协的精神,他的早在商品经济大潮之前二十多年就独自坚守必行、虽遭我辈百般嘲弄而不悔的经济意识和逆潮流品格,至今令我叹为观止,我认为,他是商品价值观念上的一位先驱。

此人名金旺,南方人氏,数学系毕业。

其人面皮白嫩而无表情,五官端正而不英俊,衣衫整洁而无风采，望之如江南某乡镇之公社采购员或民办教师。时为七十年代初叶，他在大学生接受再教育之部队农场。

金旺平时不苟言笑，按部就班，一本正经。别人不问，决不先说话；别人有问，决不多回答；而且要看问话的人是谁，不能不答的才答，一般的人只装作没听见。

据同室者告云，金旺吝啬，说话节省。

一日是星期天，金旺获准去河对岸小商店购物，临行，班长让他顺便给捎一瓶墨水回来。金旺听了，颇迟疑，说："墨水是全班九个人用，捎回来账怎么算？"班长笑道，一瓶墨水三角四分钱，算什么账嘛！金旺从门口折回，放下挎包，果断地坐回铺位，"那我今天不去了，改换别人外出，还来得及。"

班长抬头看见金旺果然严肃，扬扬手，你去吧，回来我按人头收钱。金旺见状，这才去了。回来，班长当面向全班八个人收钱，五八四角，多出六分，金旺收了。

那时的大学生中烟民比例大，一个班里足有大半人吸烟。烟酒不分家，又在一个屋顶下吃住，你来我往，扔来扔去。金旺也吸烟，准时、定量，三顿饭后三支烟，多一支不吸，任是谁也不递。他吸的是"大前门"，放在墙上挎包里。需要那一支时，蹭过去，手伸进去摸索一阵，取出一支，从不露盒，然后借火点上，静静地吸。

大家都知道，见惯不怪，谁也不给他递，谁也不跟他要。不巧，一次"弹尽粮绝"，一时又无处买，着急难熬，只好求他。"金旺，行行好吧，把你的烟……给弟兄们，卖一支也行啊！"为了证明合理，大家还引用了语录里"都是来自五湖四海，为了一个共同的革命目标走到一起来了"的话。

金旺说,那怎么卖?班长说,三分钱一支。金旺不说话,走过去,从挎包里摸出一支,收好钱。班长带头,余皆照此办理。我当时与金旺班毗邻,其班长告我此奇闻,我不信,班长说不信你去试试嘛。

我去了,哀告几句,果然。只是金旺收钱时埋怨了一句,"别的班的也来,我又不是卖烟的。"这么一说,反而使我惭愧了一会儿。

照我们看,金某人是够"抠"的了,抠到极处,也是难得。但是在那样一个"士兵式的共产主义"环境里,在那种"破私立公,灵魂深处爆发革命"的时代,金旺敢于吝啬,吝啬得不讲一点共产主义道德,寸利不让,分币必争,也算是冒天下之大不韪,吝得坚决,令人二十余年后想起来,反而生出一点佩服来。真正的吝啬不白占人家便宜,当然也决不给人家占便宜,公私分明,你我两清,其实真不容易做到。

后来分配了工作,我在一个市的宣传组里上班,邻县的一个自称是我的朋友的同学的人,不期突然来访,坐在大办公室里,有一句没一句地说话,时间很久也不走。我刚参加工作,深恐在办公室里闲扯影响不佳,便试问有什么事要我帮助吗?那人连说没事。一直坐到下班,办公室的领导同事纷纷投我以白眼,人都走了,他才说要借五元钱。我被他耽误了一下午,造成了不良印象,原来就为借五元钱!我掏出十元一张,"你早说不就完了吗?""不,我只借五元。"他坚辞不收。我说我送你十元还不行吗?他说我借。我说借十元不是一样吗?他说只借五元。

费好大劲换开,那人才收下五元,临走再三强调,过几天一定寄还。现在已经过了二十几年了,我始终没收到那五元钱,而且我始终也没忘记那五元钱。

我始终想不通的是，为了五元钱值得费那么大心思、笑脸、口舌吗？值得用那么整整一下午的时间吗？特别是能得十元为什么偏要五元呢？如此磨人而固执古怪，令人费解。若是骗钱，不骗多而骗少，是个乏魄力的可怜骗子；若是借钱，君子一诺千金，虽五元而决不可含糊。所以，有时候五元钱也让某些人折腰压扁，让人看不起。

以上都是二十多年前的事了。

当今世界，钱潮汹涌，回首往事，微如芥粒。钱在这十来年间迎风陡长，如神牛吸海，灵驹穿隙，三日不见，当刮目矣！一只"看不见的手"在洗钱这副牌，洗一遍一个花样，再洗一遍又一个花样，洗得众人眼睛越来越大，胃口越来越大，挡不住的诱惑哟——钱中自有颜如玉、黄金屋。钱打败了一个时代的观念，谁说钱不厉害？

还是钱钟书先生说得轻松幽默，"我都姓了一辈子钱了，还想钱么？"

汪曾祺先生也说得干脆："面对商品经济大潮，我无动于衷。"

两位都是大师，且都年逾古稀，这么说自然骨骼清奇，掷地有声。但是如我者难免会这样想，到了那种地位年纪，若也嚅嚅然从唇间挤出"我爱钱"三个字来，岂不哗然天下太掉份子？所以，大师有大师的说法，也只能那么说罢了，别的人也没办法"效颦"。

权位、功名、钱财，都是用来调动人的，调动人的积极性，同时也难免不调动出人的积极性的另一面——不择手段，"我播的是龙种，收获的却是跳蚤！"这大概是永难免除的。只要是人，谁不想生活得好一些呢？这是人的正当要求和权利，于是，有本事的人靠本事，没本事的人靠歪点子，八仙过海，各显神通。没本事的人是社会中的大多数，因而，歪办法总会压倒真正为社会创造财富的，不正之风难以禁止，原因就在这里。

怎么办呢？需要保护那些为社会创造财富的人的利益。但是到了需要保护的时候，也就证明他们立足是何等的弱了。

人钱小事吗？不然，当今人钱之事已是头等大事，事关国计民生、党的存亡。谁能把钱这副牌洗好呢？

1993年9月8日

文章武谈

中国人向来有一种简化思维模式,可以说成是有独特的综合能力,也可以说是懒。许多错综复杂的事物,被这类眼睛看过去,好比用了一把利板斧,一砍,截然断成两半,简单鲜明,一目了然。

阴和阳,雅和俗;

忠与奸,药与酒;

超脱与入世,清流和浊流;

还有人与神,侠与盗,总之砍过的很多。到了京剧里,就概括得更是了不得,东西南北古往今来各色人等简化为生旦净末丑,脸谱归类,全部囊括。

这把板斧就像李逵手里那把板斧一样痛快,一顿斧头劈过去,出一口胸中鸟气,你说厉害不厉害?这么一砍,天下许多的问题就从此可以不必深究了。只可惜,在哲人,这是一种伟大的简化;在常人,却是一种幼稚的简单。

所谓文武之道,一张一弛,崇文宣武,判然两侧。就似今天的左派右派,这个道造就出了文人武人,推演到民间,卖猪肉的为武,卖布的为文,剃头的为武,编筐的为文。其实,事实哪有这么简单?人哪有这么容易类分?谁能说得出毛泽东是文人还是武人?谁又能划明白艾森豪威尔是文总统还是武将军?对于人或人生来说,文武之道缺了哪方面都是不可能的,它是互相渗透、互为基础、相互补益、相互转化的关系,而不是对立的关系。

笔者从事文学创作十数年,就发现这"纯文学"的行当里,暗藏着其实不少的"武略"或"武术",试说几条,供世人参考。

一是有"文胆"。

好文章必有胆识,胆就是勇气。勇气产生于自信、自识、自知、自量时方可称为文胆,不然只能算作不知深浅。逆潮流而动要有文胆,领风气之先要有文胆,摧枯拉朽、推陈出新,从来不是胆小谨慎的产物。

有胆才敢说"黄河之水天上来",不然,最多只能说是"山上来"。"寻寻觅觅凄凄惨惨戚戚",一连串的叠字入词,也是有些胆量才敢写上去的。

文胆能有多大?应该"狗胆"包天才好!郭沫若的诗《天狗》,就是真正的"狗"胆包天!文胆包天,才可能天马行空,独创一格。自古成大器的文人都是有胆的,岂独武将。

二是"行文如用兵,诡奇为上"。

文章面对读者亦如两军对阵。平铺直叙,语不惊人,便是你被读者打败;读未半,弃之如破鞋烂袜,一句"什么狗屁文章",你没听见,也是败了。然而老谋深算,胸有城府,出奇制胜,诱敌深入,杀回马枪,唱空城计,施连环套,布八阵图,读者防不胜防,拍案称绝,流连忘返,口服心服,就算你胜了。

三是"与主题打斗,会躲闪腾挪"。

写一篇文章,总有作者主要想表达的东西,那个东西立在那儿,就是等着你上来打。没有经验的人,总是急于把它弄倒,结果扭打纠缠撕扯抓掐,如泼妇动武,坏发乱形,它没被打倒自己反而狼狈。"直奔主题","紧紧围绕主题",就是这种打法。

文章写好,主题打倒。

要想打倒,就得身手矫健,躲闪腾挪,声东击西,游刃有余。

有如两人比武，对方原是个不倒翁，哪能轻易就范？所以，试探、虚晃、佯攻、探虚实处、找致命点、保持一定距离、拉开打斗圈子。腾挪躲闪，是思维敏捷；来去纵横，是文路宽广。上面看出拳，脚下使绊子，"飞起一脚，将其踢翻"，这是浪子燕青的办法。

四是"找到纹路，锤到石开"。

写文章和敲石头一样，死敲不行。一锤子下去，只砸出一个白点，十几锤下去，石头表皮剥落了一层，里头还是团团一体。敲石头要先看清纹路，摸准纹理，石头虽硬，长势有纹，纹力有结，就势一击，迸然四碎。

文章有文理，死往里写不行，越写越不开展。应该学习采石工，掂量一番，查找一下，揣摩清楚，寻到新鲜、突兀、便于展开的入笔处，然后下笔，左右逢源。

五是"登高察势，反戈一击"。

写诗的人只管自己写诗，不看诗界发展形势，写小说的人只抱住自己的题材，不知已有的小说成就，就是井蛙钻牛角了。写作是一件极有魅力的文字勾当，沉湎进去，也能在尺寸之间把人溺死，无异于酒色。

功夫在诗外就是要有一点了解全局的"战略"眼光，作战要察看地形，革命要宣讲形势，指的是立足自我，认清全局。所谓登高察势，是先跳出三界外，不在五行中，以局外人看风景，以免不识庐山真面目。孙大圣最懂得这一手重要，动不动就"一个斤斗跳上云端"。

大形势一时不可逆转，小潮流吾侪且慢追随。花红易败，潮起必落。别人已经唱好，再唱是跟屁虫，人家正鼓满东风，我须从西风处发难。反戈一击，才是正道。

六是"功夫练十年,杀场一瞬间"。

文章千般修养万卷学问,到头来,比的是纸上功夫——写作时发挥得好。纸上发挥,看起来像是一种契机,一次神遇,佳作不经意而出,妙句未留神而泄,实际上却是一种功夫,是十年磨一剑的功夫,也是百炼钢化为绕指柔的功夫。

文学以文字为表达工具,文字训练的基本功就至关重要。文艺之所以有个"艺"字,说明它含有很大技艺的成分,一切技艺的出神入化,都必须以长年刻苦训练为基础,即便天才也概莫能免。武夫懂得这条经验,叫作"平时多流汗,战时少流血"。有些超天才的年轻人不愿意承认这一点,而更乐意宣称自己是"天生的诗人",结果不久经商去了,不知是不是"天生的"?

文坛固然容易取巧,但终非长久之计。

七是"文明其体魄,野蛮其精神"。

现代社会到了今日,似与本世纪初大不相同。那时是文明精神,野蛮体魄,现在恰好翻了过来。愈是文明发达地区,体魄愈健美,体育愈普及;愈是经济发达地区,精神愈空虚,感情愈苍白。相反,落后贫困地区,精神的原始活力相对积蓄厚重,受到机械文明的损害较轻,历史血脉的自然承继更直接,因此输送给现代都市的时髦艺术,往往源自精神野蛮地区。

这,也许又是当今时代的一个特点,文武错乱,阴阳颠倒。

八是"武侠小说都是文人写的"。

武侠小说,都是文人借尸还魂的把戏,证明"所谓武侠,实是文豪"。武林中人演文坛中事,争地盘的,报世仇的,互不服气的,竞争排位的,全是文人相轻一类。至于武功剑法,秘籍神传,细加揣测,就全是暗指文章甘苦。文也罢,武也罢,无非一行职业、一种方式,说到底都是人。

文武之道,一生一死之道。

生死之道,人世之全过程。

1993 年 4 月 29 日写于乌鲁木齐

追赶自己的鞋子

"我是谁?"

"我在干什么?"

"我的一生出现在这个世界上究竟有什么意义和必要?"

"我因何而来,又为何而去?"

"我会不会只是一个浪费粮食的动物?"

…………

这一类的问题是如此之多,设若穷追不舍地自问下去,至少在数量上可以达到《天问》的水平。在任何一个时代,人类对客观世界和内在心灵的疑问都是同样的多,不会因为科技的进步而稍减。

人在本质上是多疑的。只不过多数人在关注切近的生存利益之下已精疲力尽,没有余力再来关怀这种终极而空洞的问题了。

在"时间就是金钱"的节奏声中,人们忘记了更重要的——时间就是生命。因为生命需要金钱,结果金钱重于生命。因为金钱重于生命,所以有了为了金钱而不惜损害乃至丧失生命的人。人为财死,鸟为食亡,此千古至理。不同时代的崇尚因此蒙上不同的价值取向。"生命诚可贵,爱情价更高;若为自由故,二者皆可抛",这是为自由而不要命的。生命既抛,自由已无意义;抛己之生命而为大众取自由,是谓崇高伟大。

但是为了自由而不要命的,在今天已经不时髦了。今天兴的是为了钱不要命,可谓:生命即时间,时间即金钱;要钱不要命,要命不值钱。

毫无疑问，这是时代的一个不大不小的"进步"。

因为命是未经过自己的任何努力就有了的，所以体现不了价值。在一个生命诞生之前，它既没有愿望，也没有奋斗，得来全不费功夫。以此为资本，开始了人的聚敛财富的一生，这是真正的"无本生意"。

生命是别人给的，金钱是自己挣的。别人给的东西视为必然、应该，自然不会在意；自己挣的东西倍觉来之不易，所以格外珍惜。人是以个体为本位的，这很明显。

因此，对于人生来说，一场追赶自己鞋子的运动由此开始。

人在不断地追赶自己脚上穿的鞋子，却永远也追不上。因为鞋子总是要比脚大一点，脚在鞋中追赶鞋，鞋随脚动，鞋总在前面，诚如一个人追逐自己的影子，影随人动，只要日光在后面，影子是追不到的。

永远追不上，永远又在追，直到脚的运动停止，鞋脱下来，扔在一边。

因为脚而产生了鞋，因为鞋的重要性而使脚忘了自己，最终为了鞋子而丧失了自己，这也是一种忘"我"。

应该珍惜的本来是脚，脚代表生命。但人之所以与兽区别，在于惟有人的脚需要鞋子，鞋代表文明。人的脚被各式各样的鞋弄得越来越娇嫩了，不再能光着脚在石砾、刺丛之上任意奔跑了。脚被鞋保护，也被鞋捂酸捂臭。脚再也离不开鞋，鞋成了脚的一个组成部分。

对脚这个生命来说，鞋不仅仅是金钱，而是整个的人类文明。各式各样的鞋就是各式各样的文明，资产阶级原始资本积累时期的拜金主义和野蛮掠夺啦，欧洲早期空想社会主义啦，资本论的诞生和共产党宣言的出世啦，各个时代的文明，都是人类脚上的鞋。

一部人类文明史，就是由各种各样的鞋组成的历史。

鞋像船一样，停泊于黑夜，启碇于白日，鞋的愿望不仅是保护脚，而且还要运载、超渡脚；

而脚成了船的顾客，它不仅把自己交给鞋，而且还因崇拜而追赶鞋。

追赶自己鞋子的运动是很迫切的，像马拉松长跑一样，人人争先恐后，个个舍命相拼，没有人甘愿退下来坐在路边的草地上，去平静地欣赏周围优美的风景。

谁敢说鞋不是一个上了发条的机器或附了咒语的魔物？谁知道鞋的魔法将把脚引向何处？

有一个童话极有深意，那就是那双有名的"红舞鞋"。鞋的魔力和对于鞋的象征隐喻，在这里得到了彻悟——谁穿上它，谁就疯狂地跳起来，旋转啊，舞啊，精疲力竭却又欲罢不能，直到跳得累死为止。

红舞鞋是美丽的、令所有的人向往。

红舞鞋同时又是可怕的，置脚（生命）于死地。

鞋大于脚，正如一个时期的文明大于人。人正是这样受到文明的保护、制约、驱动的。人正是这样追赶自己的鞋子的，同样欲罢不能，难以超越其局限。

有一个名叫梵·高的红头发的荷兰人，妄图摆脱他那个时代的鞋，他放弃了追赶那双鞋的权利，赤足去寻找真正的生命状态。他死在寻找生命的路上，非常孤独、痛苦。

他死后，变成了一双鞋。

他放弃了鞋而最终变成了鞋。

巨匠啊——巨大的鞋匠啊！对那些创建文明业绩的人，人们正是用感激鞋匠的态度来对待的。

莎士比亚是不是英国人的一位大鞋匠呢？看样子是。

孔夫子是不是中国人精神上总也脱不掉的那双鞋的制造者呢？当然是了。

鞋是多么厉害！

鞋匠是多么伟大！

在这样伟大的鞋匠制造的各种必不可少的鞋里，啊，我们的生命怎么可能是天足而不是"小脚"呢？我们的可怜的小脚又怎么可能不去盲目地追逐这些"自己的鞋子"呢？

生命啊，鞋啊，两难的生存啊。

"反文化"？无非是脚准备抛弃一双旧鞋的时候；"新文明"？也不过就是大批量的新式鞋子上市的时候。鞋和脚相依为命不可分离，脚和鞋如影相随亦步亦趋。

所以，每天早晨人类醒来之后，要做的第一件事，就是：穿上自己的鞋子，然后无休止地追赶它！

人类的包装是越来越精致了，但是人类自身是不是也随之而精致了呢？"在人愈来愈变得萎缩、愈来愈物化为非人的噩梦时代"，鞋子捂得又臭又酸的脚味，被香波遮掩，然后创造出一种比脚臭更恶心的味道——现代味儿和后现代味儿。

对于这个世界来说，小脚是无可避免的。

脚这个生来的劳动者、行动者，这个天生的农夫、猎人、好奇的探寻者，它们无可救药地堕落为老爷和皇上。它沉睡在鞋里和更大的鞋——汽车里，行动者让别人代替它行动，心甘情愿的思想的执行者反过来指挥思想。脚对自身使命的背叛开始了——它只忠实于鞋而不再忠实于思想!

结果是,思想失业了。

一个有思想的人在今天就像一个光着脚在大街上走路的怪物。

今天,思想是生病的根据。

如此这般,还说那些什么"我是谁"干什么?我是一只脚。还问"我在干什么"干什么?我在追赶自己的鞋子。我为鞋而来,为鞋而去。我没什么必要和意义,我的必要和意义就是证明鞋的存在。

至于我是不是浪费了粮食,管它呢。

假如沦为一种动物了,那没准儿恰恰是幸福生活的开始,你千万不要担心。

在追赶自己鞋子的一生中,其乐无穷!

"同志们,冲啊——"

1993年6月4日写于新疆

哈拉沙尔随笔

我希望这是一篇散文而不是游记。游记本身就是散文，这我知道。但我仍然固执地相信它们之间的区别。

我希望这篇散文不至于用浮光掠影的水彩涂抹并败坏了山河的朴素原色。著名的博斯腾湖，盛产肥美大头鱼的开都河，夏季一望无边铺向天际的嫩绿苇子丛，毛色透着那么一股金黄劲儿的焉耆名马……等等，一般说来都是文学旅行家们比较赏识的东西。当美成为大家都能认识和理解的东西时，就应该避开它。

我遵循此训。

最后我需要说明的是：哈拉沙尔，即焉耆。而焉耆，就是那个位居天山南麓，从新疆首府乌鲁木齐出发，经托克逊南行，穿越突兀曲折的卧虎不拉沟和榆树沟而进入的盆地。

北方的嘴唇

天还没亮，我和同行的朋友"黑猫警长"（这是我在焉耆给他起的一个临时绰号）便背起行囊，穿过乌鲁木齐昏暗的街巷匆匆上路，赶往长途车站。

基本上没睡觉，我和黑猫警长就着莫合烟和红葡萄酒聊了一通宵。一走上这昏暗沉寂的街头，马上就产生出一缕几千年的早行客都产生过的"人迹板桥霜"的凄清之感。九月五更风，颇凉。一吹，头脑清醒许多，腿却发软。

早行客是凄凉而又孤独的，尤其在今天这样一个汽车多如虫、我独不得乘的世纪。在家不是千日好，出外却是时时难。惟有在面对崇山峻岭戈壁大漠之时，能使人忘记琐碎的争斗，升起崇高悲壮的美感，在大自然的神力面前宠辱皆忘。

油黑发亮的公路一直蜿蜒伸入远山，周围是空旷戈壁，在太阳下沉默无声。那公路便像一条发着光的黑色河，引诱我们的汽车发疯地向前扑，想捉住它的尽头，但总捉不住。

车子快得像船，有些飘。司机不在乎，腾出手来卷莫合烟，很熟练地用一只手划火柴，一拨，把一簇小火苗空握在掌心里，形成一个炉灶口，低头凑过去，眯着一只眼睛喷出一口蓝烟，其香使之五官挪位。

一驶进卧虎不拉沟，劈面摆在眼前一幅惊心动魄的翻车图，一辆带拖车的满载西瓜的卡车被撞翻在沟底。六个轮子朝天，驾驶舱压扁了，有一轿子车的人围在沟口，不知伤亡如何。只见满地的西瓜被压开，红红的瓜汁血水一样流。一位写诗的朋友把这些跑长途车的司机称为"新疆好汉"，实在不过分。他们虽然粗野得一言不合就能抡起搅把子打架，虽然为了会他的情人能把一车乘客扔在随便哪个荒村野店，但他们太能吃苦，粗野而又豪爽地吃苦，忍受冬天蜷缩在喷灯之下的折磨，夏天大戈壁的烈日烤灼得他们"沟槽子淌汗"，有时候热急了，就在戈壁滩上把裤子脱了，光着屁股对风吹凉，再丑反正没人看见。

这都是些玩命的人，身上有那么一点儿当兵的味儿，但是比一般的兵更随便，因为几千里长途上，全靠自己拿主意，他是驾驶室里的帝王。

到了干沟，车停下，让大伙撒个尿。干沟果然是干，满山都是风化的岩石和晒得发红的土，远看燥红浑黄，逼得人从心里感到焦渴；近了连个坐处也没有，一蹭一身白色的土渣子粉末儿。此乃最佳流放地，在这儿困上一年，没有不精神崩溃的。

解完手上车，我和黑猫警长都发现，撒泡尿的工夫，嘴唇不对劲了。

想抽烟，嘴唇被烟纸粘得疼。

在塔什店吃碗凉皮子，嘴皮子又被醋汁和辣子蜇得疼。

黑猫警长说："瞧你嘴唇皴了。"

"你的嘴也干裂了，红兮兮的。"我说。

悲惨的嘴唇，无水的山沟。在北方，这类山沟到处都是，两山相叠，像两片因干燥而张开的皮肤粗糙的嘴唇。半世纪前，尕司令马仲英的回族兵和禾加·尼牙孜的维吾尔人在这沟里打了一仗，死者上千，尸体横陈沟底，血把干沟染了个红。

现在什么都没有了，连个死人骨头也不见，除了山石泛着仿佛血水染过之后又被烈日晒旧的褐红之外，所有曾经发生过的惊心动魄的往事遗迹都被这干渴的北方之唇给吃光了，骨头渣儿也不剩。

残忍的北方。

没有古迹、墓碑的失去记忆的北方。

北方的嘴唇，就像这条卧虎不拉沟一样，毫无表情也毫不留情地撇着，一副干燥而又麻木、焦渴而又冷漠、愚蠢而又傲慢的样子。

  大地，你吃的是什么？

  你为什么这样渴？

  为什么要喝这样多的眼泪和血？

依稀记起一位外国诗人的名句。

中国的犹太人

在福建省的泉州,这个明代闻名世界的大港,我参观过那里的清真寺和博物馆。我对阿訇抚胸道了一声"萨拉玛里空",使那位头戴白帽颊留长髯的老者惊奇地睁大了眼睛。博物馆陈列着明代巨大的三桅远洋船残骸,摆满刻着阿拉伯文字和诸如依斯麻尔、赛义德之类的氏族墓碑。闻名世界的大航海家郑和的胸像和伟大的思想家李贽的故居都在这里。

我想起了生活在焉耆的这支回族人。

我想象不出他们的祖先是怎么从波斯、从阿拉伯漂洋过海,在泉州登上东方神秘而陌生的大陆;想象不出他们怎样抖开灿烂的宝石袋,换取光滑的瓷器、轻柔如云霞的丝绸和奇迹般的纸张;想象不出商业如何有这么大的力量,使人造出船只去航海,去把自己的大陆和另外的大陆联系起来,去把语言和种族之间、信仰和风尚之间的那个大海沟通……

我还想象不出来,为什么这个名叫"回回"的民族,终于没有返回他的远隔重洋的圣土,却宁静而又忧郁地在中国生息下来,扎下了深根。

尔后,他们终于失去了自己的语言和文字。

再后来,他们异国血统的特征渐渐淡化,需要在他们后代子孙的眉宇间细细分辨,才可以显示出来。

这支由勇敢的商业家和航海家组成的民族,在东方古国的人海里挣扎,以防沉没。他们用惟一的一条船保证自己的种族在历史中向前航行，这条船就是：伊斯兰教。

离开土地就会失丢语言。这是对无畏的航海者和冒险商人的惩罚吗？真主穆罕默德。

丧失信仰就会彻底消失。这是对没有了土地和语言的人们的保佑吗？真主穆罕默德。

在这样的民族当中，出现七下西洋的伟大航海家是正常的；产生离经叛道的卓越思想家是正常的；诞生一代代强悍善战的军事统帅人物也是正常的。一个民族最基本的生活方式形成了他的素质，而这种素质会穿越各种时代，体现在他的后代身上。

我想起了生活在焉耆的这支回族人。

真正的孤独啊……

隐忍、沉默的后面藏着可怕的强悍；怀疑、狡黠的不信任的目光后面有着最真诚的诺言和舍命相陪的友谊；屈辱的自卑感和深藏于心的强大自尊心的矛盾造成的痛苦；不被理解却又顽强地要保存自己所形成的隔阂；边远、贫困的落后生活方式与心比天高的自信力之间的大反差所导致的悲哀和固执心理，就造成了这种百年孤独。

百年孤独不是人人都能感到的，也不是每个民族都能感到的。

妄谈马尔克斯的人在当今已成为一种时髦，但是我敢断言，他们之中的绝大多数人把自己片刻的寂寞当成了伟大的孤独，并且把它拿在手上，像拿着一柄檀香扇那样招摇过市。

一个真正忍受过百年孤独的民族正默默无言。他们并不知道加西亚·马尔克斯这个名字。

于是我又想起了焉耆，想起了形成今天这个模样的哈拉沙尔百年史。

穿过卧虎不拉沟,来到焉耆丰沃湿润的盆地,尤其是浏览了形形色色的保留了极古朴风味的焉耆城之后,漫步开都河老桥和新桥之间的长满高大柳树的堤岸,难得不使人产生一种怅惘的感喟:这一切都是最后的了。最后的一幕。

手摇着萨巴依坐在街头唱歌乞钱的妇人是最后的了;把坐骑拴在木桩上走过去到挂着鲜红羊后腿的主人正大声吆喝的凉面铺吃面的农民是最后的了;四五个面留典型哲赫仁耶教派的胡须的老人正站在一车白杨木旁低声交谈的样子是最后的了;一位风尘仆仆然而充满幽默感和自信心的维吾尔老头,他头戴地道的喀什式巴旦木花帽,身穿黑裕袢,足蹬有套鞋的靴子,肩背褡裢从人群中独自走出来并四下张望,这个喀什人来到这南疆的门户时的装束,也是最后的了……

时间在改变着一切,包括文化和风俗,包括文化和风俗中最有味的东西。

而这些,只有在焉耆还保留着一部分,虽然也只是最后的一部分了。

是的,抚回庄已经变成了永宁公社,木架老桥已经变成钢筋水泥结构的新桥,骑着著名焉耆马的上城人已经变成戴头盔穿牛仔裤的骑摩托者,开都河挖沙子的马车夫已经变成汽车司机,沿堤而栽的百年垂柳已经作了建筑材料,河里已经很难钓到大头鱼,阿訇的儿子正在为考大学准备外语教材……

但是,哈拉沙尔一百年来的记忆是不会改变的,这记忆是被太多的鲜血浸泡着的一种胚胎,它深藏在这些人的胸腔里,不会变味,不会腐烂,它远比保存在福尔马林液里的标本有价值、有生命力。因此,仅只站在开都河老桥上欣赏河中孤岛上夕阳落照中牧马伸直的颈背是可笑的，匆匆来去的歌唱博斯腾湖连天绿浪和翻飞水鸟的旅游诗人是可笑的。

有一种更伟大的东西，正深藏在人们的缄默里。叩问它，是一件困难的事，就像要了解父亲最悲惨的往事和母亲受过的凌辱那样。既要获得信任，也须等待时机。

生活在焉耆的这支回族人啊……

失去了故土的、流洒了热血的人们哪，你们，哲赫仁耶教派的也好，虎夫耶教派的也好，告诉我，你们，中国的犹太人——

你们是怎样失去了家园的?

你们是怎样来到哈拉沙尔的?

你们的内心隐藏着的、眼神里躲闪着的，是一部什么样的真实传说和悲惨史诗呢?

告诉我，因为老人一旦死绝，传说就会失传；告诉我，因为我是你们忠实的朋友，我不是别人，而是一切民族的史诗的崇拜者……

拜访师父

少年时，我曾有过一位名叫依斯迈尔的回族朋友，那年秋天，我们全家刚刚从北京搬到乌鲁木齐，怀着满肚子的新鲜劲儿窜到机关院子里东张西望的时候，第一眼就发现了这个同龄少年。

他几乎穿了一身苏式小军装，黄呢马裤下，有一双黑色的翻毛骑兵马靴，当时这就使我羡慕到了极点。何况他长得又漂亮，又神气，精通维汉两种语言，活像电影里的人物。我俩像两只陌生的小狗那样谨慎小心地互相打量、试探之后，很快就熟悉起来。他主动教给我维吾尔语，把最常用的骂人话教成"你好"，并怂恿我对迎面走来的维族人讲，其结果当然非常狼狈。

后来到十二三岁上初中的时候，他便主动向我透露早熟少年的秘密，他告诉我他曾在他舅舅新婚之日爬在房顶的小天窗上偷看了全过程，还曾乘停电的时候亲吻过一个女孩子等等。这种在我看来大逆不道、听来恐慌羞愧的事，依斯迈尔毫不在乎，谈得津津有味。现在我渐渐明白，在性的启蒙中，不同的民族在观念上有相当大的差异。在之后数年的交往中，我和依斯迈尔的外交关系时好时坏，有战有和。和的时候他又会告诉我一些新秘密，战的时候各自拉起人马打个鼻青脸肿。最能让他沮丧的是我方全体人马齐唱一支破坏民族团结的歌谣："回回娃，喝奶茶，一口咬了个……"这恐怕是对穆斯林最大的侮辱。

当时不懂，现在想来真对不起依斯迈尔。初中二年级的时候，他随父母去了伊犁，就再没有见到。

一晃将近三十年过去了，我带着这么一点对回族人的偏见和肤浅的了解，陪同一位回族作家来到回族聚居的哈拉沙尔，而我对伊斯兰教和回民风习又知之甚少，所以当我坐在黑猫警长的自行车后挡架上向他讲述这段往事的时候，黑猫警长扭过他头发蓬散的大脑袋，以纯种回族人的身份向我发出警告了：

"把你的烂顺口溜藏起来，千万不敢露出半句！"

"到了师父家，决不要抽烟！"

"对师父只能称师父，不能直呼姓名！"

好、好、好。这三戒弄得人很紧张，如同一个驻外武官初次拜见人家的总统。这师父，不是一般北京人、上海人所常用的师傅，这两个字的权威和含义是伊斯兰教之外的人所不理解的。师父和师爷,都是一方或一系教派的领袖人物,而且是世袭的。

待到穿过郊外的街巷、树林、菜地,到了师父马洪武家的时候,才感到果然名不虚传。

师父不在。师娘很有礼貌也很有分寸地把我们让进庭院。看那师娘,五十上下,衣饰整洁,和眉笑目甚有福相。问明我们身份、来意,便让进家中,泡上糖茶,端来蛋糕、点心招待。师娘的举止态度,使人觉得好似她把农家主妇的谦恭朴实和贵夫人的礼仪庄重巧妙地融合在自己身上。她不像一般有点权势人家的主妇,对没什么用处的客人冷慢,对关系实际利益的人又显出过分的热情,同时还时时处处提醒你别忘了她的地位。比较起来,她在那种本分农妇的朴实后面,还真有那么一点丝毫也不夸耀、却让人不能不感到的贵气。

一排整齐的砖房相连,顶头横出一间大客厅,陈设不在县委小会议室之下。家里非常洁净,电扇冰箱均有,沙发躺椅旁,是每个回族人家都有的大炕,上面铺着一幅图饰典雅的和田大地毯。

那庭院里,就更是震人。

不下几十种各色繁花开得让人不敢置信,挤满了半个庭院。有栽在地上的,有栽在花盆里的,还有的栽在木板箍成的大桶里。几株高大得像树一样的红蓖麻,给人造成一种特殊的异国情调,美极了!想不到在这偏僻小城郊柳菜畦之后,竟有如此极富生趣的田园仙境!

爱整洁,爱花。回族人即使是被追杀得十之不剩一二,从他们的故乡河州、湟水历尽艰辛、受尽冤苦来在这焉耆,也不肯苟且地生、肮脏地活……这是一支怎样顽强地热爱生活的人们哪!血一样鲜艳的红花灿烂盛开在每一家回民的庭院时,花便不是一件仅供观赏的玩物，而成了一种精神，一种不屈不挠、令人钦佩的生活态度！

遗憾的是，师父马洪武不在家。征得师娘同意，凑近观看了压在玻璃板下的照片。这些照片，均系现任宁夏政府副主席的师爷马腾霭参加昌吉回族自治州三十年大庆时来焉耆与师父的合影。其中有一张，望之令人肃然。

在秋草枯黄的哈拉沙尔草原上，两位老者头戴黑色六角帽，足蹬黑面开口纳底布鞋，各骑一匹焉耆神骏——一匹黄骠马、一匹青鬃马，勒马迎风而立。马如龙，人如虎，其凝重威严风采实为罕见，直叫人想起百年前"河湟事变"时率十万回民与左宗棠的清廷官兵血战的统帅人物……

师爷马腾霭，身材匀称魁伟，面容英武；

师父马洪武，身躯矮壮，浓眉大眼豹头；

两人均有古人相，这是在常人中少见的。

"他到寺里去了，你们屋儿里头坐坐，他一阵儿就回来咧。"师娘让我们等。

再等就是等吃饭了，不好。起身告辞，说声"我们下回还来呢"，被师娘送至大门。

师父没寻见，但是情绪变得十分兴奋，和黑猫警长边走边谈论，陪我们来的回族青年小马脸上有一点矜持着的笑意。

正走到街面上，突然小马低声叫了一句："那不是师父来了吗！"他随声手臂一扬。

远远的寺门外，容易起尘的街面上，有一个老者缓缓行来，头戴一顶遮阳草帽。

左宗棠的后代

只要是能有机会倾听阅世极深而精神不颓的老人大讲掌故,那就算有福了。你听着听着,很容易就会发现,历史本身比所有的小说更具有绝妙的情节和矛盾冲突。而这些传奇式的故事不是谁编织构思的,它是真实存在过的。

那天晚上,当我们在回族青年小马的引荐下来到工程师苏老的家里,听他一边吃着汤揪片子、一边滔滔不绝地讲述焉耆往事的时候,我脑子里就闪出了上面的想法。

　　大将西征尚未还,
　　湖湘子弟满天山;
　　遍栽杨柳三千里,
　　未因春风度玉关。

这是左宗棠督师新疆时留下的著名诗篇。左宗棠不仅留下了古老苍劲的"左公柳",同时也因剿杀回民起义和打击准噶尔部在新疆结冤。前人功过是非不好妄评,有趣的是一则旧事,这是苏老在谈到国民党在焉耆的吏治时告诉我们的。

国民党时期,焉耆一任专员竟是左宗棠的四世孙,名叫左庶平。此公一上任,轻骑简从去了当时焉耆最穷最边远的若羌县,到了那里便要去访当地年事最高的老人。县衙门一查,最老的当属一个看坟地的维吾尔孤老头,九十余岁,无儿无女,晚景凄凉。

这位左大专员当真去了,钻进黑乎乎、冷冰冰的破窑洞里,找见那位维吾尔高龄人。那老人站起身来，竟然足有两米之高！老人不知有专员，只知有道台，感激之下，不明来历竟脱口说出"我是当年和左宗棠打过仗的！"随从的人一听，这下糟了，左宗棠的四世孙访着了一个和他先人打过仗的维族人，那还有你的好呀？

不料这位左公后裔把大拇指一伸，大声夸赞道："好！敢和我祖爷爷打仗的人是好样的，是巴特尔（维语：英雄）！"

接着他又说："过去的事已经过去了，不提它了。我爷爷那时候杀过你们的人，现在我来还欠下你们的情来啦！"说罢，命令左右为这老人盖三间新房，每月送柴、送米，每年置买衣服，所需银两，从专员公署拨给。

此事传开，左宗棠的孙子如何胸怀大度、体恤民生的传闻便遍及焉耆各地，使不少人感激涕零。

这叫变不利因素为有利因素，也可以叫作"抓典型"。只不过在万千饥民中安抚了一个，却一下蒙蔽了所有的人，赢得少数民族的信任。仅此一招，不能不承认这位左公后裔有统治术，懂得一点做政治思想工作的诀窍。不然，哈拉沙尔遍地都是他的世仇，他怎么能立足做官呢？

不管怎么说，乃祖左宗棠是一位雄才大略的历史人物，他作为清朝的大吏而力保清朝的江山总算不是吃谁的饭砸谁的锅，东边的水灾刚堵住，又去西边灭火，为千疮百孔、摇摇欲坠的朝廷忙得不可开交。尔后，竟以七十高龄督师新疆，抬棺而战，平阿古柏叛乱，收复伊犁，即使我们今天想起来，也深知其不易。当然他也镇压了太平军，残酷围杀了白彦虎领导的回民起义和"河湟事变"的十数万英勇不屈的回民……而这两支人马，就是今天焉耆回民的来历。

这就又让人想起历史……是谁创造的？

人民——这当然没错。但是在"人民"这一极其富有概括力的概念中，包不包括岳飞、文天祥、海瑞、王安石这些官呢？包不包括唱《大风歌》的汉高祖、被誉为"天可汗"的唐太宗、统一中国的秦始皇、"一代天骄"成吉思汗和爱新觉罗·玄烨以及"始为僧继为王终为帝"的明太祖呢？

中华民族的历史不仅仅是汉族的历史，历代帝王、名臣、保国有功的武将中就不知有多少是少数民族。因而，把"异族统治"看作是耻辱，其实只是一种狭隘的观点。

中华民族的历史也不仅仅是被压迫者的历史，不管那上面写着的是光荣还是耻辱，是灿烂的文化还是腐败的政治，是荒谬的千古之谜还是坦荡的正气歌，历史都是不容修改的。她应该是矛盾的双方或多方在斗争中共同创造的。历史是黄河，鱼龙混杂泥沙俱下，灌溉土地淹没村庄，雄雄浑浑曲曲折折地流过无数年代……

在这条永不衰竭的伟大河流中，每一朵黄色的浪花——每个普通的人，都在其中随之腾跃、浮沉，以一瞬间的短暂生命去挣扎、去表演、去构成她滔滔不绝的永恒。善也罢，恶也罢；美也罢，丑也罢；真也罢，假也罢；不善不恶亦美亦丑半真半假的货色也罢，谁能否认它们曾经是这条河流中的一部分呢？而谁又能保证它们将来就不在这河流中继续翻腾呢？

哦，黄河！你这条混浊的不清不白的、你这条曲折的多灾多难的，但是却咆哮威严、浑厚朴实、奔腾有力的伟大之河啊，谁要是不理解你的浑浊、你的泥沙、你的羊粪蛋儿和草棍棍，谁就永远也不能理解你……

那天晚上，我们在苏老家听得精神抖擞，两目生光。而这位剃着光头、长着雄马般粗壮脖颈的回族老人也仿佛如遇忘年交，他简直是滔滔不绝，神采焕发，就连他作的手势，也完全不像一个老人而像一个壮汉那么强烈有力。他一会像个说书人，巧设悬念，直视听众，猛然以掌击案，说出一个意料之外的结局，使人魂魄为之震动！一会儿又俨然是位胸怀韬略的隐士，分析天下时局，俯看人间剧变，指点评论新疆半世纪的历史事件和风云人物，常有独到之见。特别是讲起他自己一生的经历，不矜不夸，不悔不怨，对自己的得意时和伤心处，均以"黑色幽默"的态度对之，显示出一个历尽沧桑的老人超然的眼光。

这种老人可算是没有空到人世来一趟了。吃了不少苦，受了不少罪，到老，悟出了不少人生的道理。这些道理不是从哪本教科书上抄来的，也不是从哪篇社论里背来的，是他人生的宝贵经验和惨痛教训，是直面自己的生活琢磨出来的。这就不得了，因为多少老人到死，也终于没学会用自己的脑袋去想透一个道理。相比之下，那些人不是太可悲了吗？同样，和一些读了不少书便狂妄得"登泰山而天下小"的年轻人相比，他的道理虽不时髦，也不深奥炫目，却是像枝干一样是从树的身躯上生长出来的，而不少年轻人的理论，却是时装，今天可以穿在身上，明天可以脱了换另一件……

普普通通"无官一身轻"的人们哪，你们当中可真有一些隐士、豪杰、智者、高人呢！飘洒度日月，耕织过人生。无冠无冕、大彻大悟，无车无鱼、不哀不怨。庸庸众生中有不庸俗之辈，平平日月中有非寻常之人。为官者，且莫傲慢轻松！须知，治下可是真有远比尔等高明的人物呀……

抚回庄小住

从乌鲁木齐出发前的那天晚上，黑猫警长就和我商定，到了焉耆，把在县城里该办的事情办完之后，就一头扎到某个回族老乡家里。他已经在甘肃、宁夏的回族农民家里住过，感受极深，而且建立了很深的感情。他事先一再提醒我，"准备好了吃苦吧。"

征求了县委的意见和安排，我们住进了永宁公社抚回庄一位姓沈的回族老人家里。

沈老与苏老又不一样了。苏老有慷慨激昂、年既老而不衰的热血气质，沈老却飘逸、恬淡，有那么点仙风道骨。他高高瘦瘦的，面容清峻得很，颊边留着梳理得很干净的胡子，衣服也整洁，看得出，年轻时是个整齐人物。儿子成家，女儿工作，家中只有他和老伴，极是清净。

那天县委送我们的车子驶进弯弯绕绕的农庄土路，停在他家苇墙外的时候，一眼瞥进庭院，头一个印象就是到了个好去处。进门就见又是满院鲜花，又是几簇高大如树的红蓖麻，庭院地铺白沙，井口锁着木盖；四间大房成丁字形，白墙蓝窗框，一尘不染。院中鸡窝旁养了一只半大小黑狗，装模作样还在那儿假积极地乱扑乱叫，沈老回头淡淡一笑，找了个木桩，拿了个榔头，把狗链子解开，那狗便稀里糊涂钻在他腿巴子中间被牵到院尽头菜地边，木桩子一钉，狗链子一拴，那年轻幼稚的黑狗便因得罪了我们而搬了家，很沮丧地卧在那里。

在沈老家这么一住，就像进了世外桃源。

这才发现，世界原本是这么宁静，静得常能听见自己耳鸣的声音。同时也才感到，夜晚原来是这么黑，黑得不拿电筒就无法出门。雪白的墙壁在电灯光下组成一种很有幸福意味的氛围，被屋外无边的浓重的黑夜包围，像海水中一个仅容灯塔的小岛。

　　黑猫警长说："唰地一下，我的心就全静下来了。"

　　而我体会最深的是早晨。早晨起了床，在南瓜架下刷牙，不小心总会头撞上某个南瓜；然后去屋后种满了白杨树的苗圃解手，一路走过去，牵肠动肺的喷嚏就响亮地打个没完。让人纳闷，怎么搞的？又没感冒。后来才明白，空气太清新了，像一股清冽洁净的泉水那样，使长期在城市呼吸沉闷污浊空气的肺和鼻腔受了强刺激。

　　"真美啊！真是美透啦！"

　　我和黑猫警长不断异口同声发出感叹。我们几乎忘了到这儿来干什么了，每天被沈老弄得晕晕乎乎，一只羊挂在厨房里，三顿饭变着花样地吃，顿顿填到嗓子眼儿上；接着就是一托盘切好的西瓜，然后一杯酽酽的糖茶。只三天，晚上睡觉就觉出肚皮上积了肉，本来睡觉挺平稳的，现在也打起呼噜来了。"这才叫过日子呐！"我们就这么每天中午把躺椅搬出去，在阳光媚人的花丛中读书，读《文史资料》中的马仲英，读包尔汉的《新疆五十年》；有时陪沈老出外散步，陪一位白帽蓝衫布鞋、步态风姿潇洒的老人漫步抚回庄，听他讲古，讲庄园人家，讲坟头衰草，这滋味儿，别有一番神气贯于心、悠然通于步的感觉。这和在都市汽车的挤压间紧张匆忙地去上班，完全是两种境界了。

　　沈老腾给我们一间最大的房间，中堂悬着一幅意为"阿里的宝剑"的阿拉伯文书法。晚上我们三个常常漫无边际地聊到深夜，聊的不外是"河湟事变"时的那些惊心动魄的往事，不外是战将刘四，师父马林，义军首领白彦虎，尕司令马仲英的传奇故事；乾隆四十六年，光绪三年，光绪二十三年是他们忘不了的年号；走敦煌，进昌马儿山，转辗罗布淖尔，会战红柳峡，是他们一代一代清晰记得的地名和路线。

起义是何等悲壮，迁徙是多么艰险，失败又是怎样冤苦……

那因金积堡被一箭射杀的左宗棠的勇将刘崧山而遭城破之屠戮的，岂止是马化隆一家百口；红柳峡一役战败，首领被悬杆刀剐之时，数千回民伏地恸哭的声音，岂止声传了十里山关；而那位被发配伊犁将军府为奴的道祖奶奶，竟手刃其全家十余口，投案自首，令县官也不能不钦佩她的勇气，沉吟良久，叹曰："真烈妇人也。斩之……"

难怪范长江在《中国的西北角》一书中，屡次提到回民的强悍。他到凉州时有这么一段描写："惟人事方面，则汉人十九身体孱弱，衣服褴褛，鸦片烟残害后的苍黄瘦脸，挂在多半的汉人头上！凡是身体壮实，衣服整齐，骑高骡大马者，都是回回！"

范长江是汉族人。我想他写这些文字的时候，内心一定是很哀痛的。一个孱弱的被鸦片麻醉的民族，一个松散的没有凝聚力的民族，一个彼此争斗不息却木然地忍受外侮的民族，在那个列强分割世界的时代，怎能不令人哀恨呢？

而焉耆回民，以十万之众被戮杀得只剩几千妇孺，安抚在尉犁蒲昌，后转辗千里，终于又迁至开都河南岸，命名为抚回庄的地方。这不由人不想起那支匈奴人唱过的悲歌："失我焉支山，使我妇女无颜色！失我祁连山，使我六畜不繁息。"

无论历史的功过如何评价，一支流血抗争、被迫迁徙的民族，他们百年不绝的痛苦记忆是令人闻之落泪的，何况这又是一个那样能够忍耐的民族呢！

后来我们谈的更多、更轻松的话题是马仲英，这个回族兵的尕司令，民国以来把个盛世才统治的新疆搅扰得天昏地暗，不是当时苏联帮忙，真要把盛世才的天下给夺了。

马仲英是个传奇人物，也是个今天看来很滑稽的角色。听听传闻，你简直弄不清他究竟是怎么回事。"骑大马来背钢枪，富户门前要粮饷，大姑娘捎在马上。"你要听他这军中歌谣，就以为是群土匪或绿林好汉；可他是新编三十六师师长，是尕司令，自称回族青年领袖。有的老人背得出他当年录在唱片上的训话，虽然所有的转折语都一律用的是"而且"，但那话语间常跳出的词汇却是"同志们"、"革命"、"打倒军阀"、"向着世界新潮流"等等的进步名堂。他和冯玉祥打仗的时候，给他的部队起了个十分可笑的名字，叫"黑虎吸冯军"。黑虎，而且——吸，这简直不伦不类古色古香到了极点，而且冠以军名，足见这位尕司令的天真有趣一面！

马仲英年轻，会打仗，与冯玉祥作战，战则必胜。后来冯军调来了吉鸿昌部，这个抗日名将武器装备比他好，马仲英激战后失败，才引兵来夺盛世才的新疆。盛世才给他南疆司令，他不干，要全新疆，于是两军会战紫泥泉。天公不让少年气盛的马仲英，七月飞雪，马军无寒衣，冻不能战，结果兵败。尔后重振旗鼓兵逼城下，却又遭了苏联人的飞机轰炸，回族骑兵没见过空军，只好退兵南疆。马仲英对飞机这玩艺儿从此佩服得要命，竟带了一帮子军官去了苏联，亲自学习开飞机……

这都是马仲英的故事。听来听去，我脑子里不知怎么就叠出了《三国演义》里五虎上将西凉马超的样子。老觉得马超也是个回族，而且是马仲英的祖先。一脉相承的少年气盛，勇不可挡！一脉相承的有勇无谋，顽蛮可爱！他代表的政治力量也许是反动的，或者说是糊涂的，但他作为一个军人，作为一个人，却十分有个性……

后来，黑猫警长去了他的老家，访着了马仲英的结发妻。那妇人年近七十，一举一动犹有风姿。墙上贴着马仲英的照片，观者无不赞叹为盖世美男子！

马仲英走时留下的遗腹子已经五十岁了，都说马仲英死在苏联，那妇人偏不信，守寡五十年，坚等其必归。若是仅说爱情，这种坚贞的信念也算罕见的了；而能使一美妇人苦等半个世纪，那男子的魅力是可以想象到了何种程度。

但是马仲英看来是不会转回来了，可怜的却又让人佩服的妇人！她的苦等不幸应了沈老有一天偶尔唱给我们的俚谣，那是唱的一笔不可能还的钱——

  要想还你的钱，等到那一年：

  哪一年，那(音内)一年，山里的黄蒿长成林，解成板，钉成船，打到江里游几年；哪一年，那一年，船烂了，拆钉子，拆下钉子打弯镰，打下弯镰割黄刺，割下黄刺罩路边，罩在路边挂羊毛，挂下羊毛捻毛线，织毛毯。走云南，下四川，卖了毛毯再还你的钱！

这显然是没指望的事。在时代的大潮流面前，个人的某种品格，有时候会显得多么无力！这就像滔滔大浪之旁，岸上的一粒砂石等待急流漩涡中的某片草叶那么无望……但是除此之外，那妇人还能有什么比这更好、更令人感动的选择呢？在一个肉欲横流而转眼便被遗忘的世界上，倘使果然还有所谓"真正的爱情"，那么我以为，此为一例。

师父和中坊寺

……远远的寺门外，容易起尘的街面上，有一位老者缓缓行来，头戴一顶遮阳草帽。

那就是师父马洪武。

和在他家照片上看到的那位骑黄骠马的、身躯矮壮、浓眉大眼豹头的样子不差分毫，只是在现实生活中，他显得真实了。若是不细致观察注意，他像街面上行过的一个形象特殊、举止高贵的农民；但是和他一接触，就感到他身上有某种内在的魅力，有一种含而不露、分寸得当的权威感。

这种权威感不是装出来的，因为他穿得很朴素，身后又没有随从。这是一种对自身使命非常理解而笃信的人才有的庄严气派。我见过不少自以为很权威的人装出的权威相，虽然他们有时从地位标志很明显的小卧车里走出来，故意目不旁视，背起手，但总不成功。因为除了很不自在之外，最不幸的是在他们的眼神和举措中，缺乏使命感，而且流露着一种小人得志的庸人气味。

那天在街面上曾和师父约定，三天后他将在中坊寺请几位乡老和我们座谈，为我们的回族迁徙历史调查提供资料。过了两天，他专门让回族青年小马骑自行车到抚回庄沈老家通知我们，座谈会推后，改在他家。因为有家教民死了人，他得去作乃麻子。这是完全可以理解的急办之事，但他还是没忘记事先通知我们，足见师父办事认真、守信用。

开座谈会那天，到了师父家，他那间大客厅里已经坐了不少人。有已经退休的县政府科部长，有对老辈子人的事知道比较多的老年人，还有不少中坊寺里的阿訇和帮忙的人。

我们的房东沈老和我们一起来了，他曾任过若羌县解放后第一任县长，退休后，也常在中坊寺里帮个忙什么的。他是穆斯林。这天他显得格外兴奋和忙碌，因为我们两个是住在他家里的，他便像半个主人似的，忙着给大家端茶倒水。

一切场面应付，都是黑猫警长的事。他是著名的回族作家，来专程了解回族人的事，师父如此礼遇，当然有很大成分是缘于对本民族知识分子的感情。而我，就乘机可以毫无负担地观察在座的人，使我略感奇怪的是，来的虽然都是年过五旬的人，却大都虎背熊腰，体魄粗壮。他们有的显得拘束不安，把夹在两腿间的粗大手掌搓来搓去；有的老练些，坐在沙发上沉默着，用目光不时地打量我们，仿佛要从我们脸上找出答案，弄清这两个人到底是来干什么的。

黑猫警长深通本民族心理。他的发言诚恳、朴实，丝毫不去夸耀自己的作家本钱，而是作为小学生。在讲明此番来意的过程中，也稍稍表露出一点自己对西北回民历史及现状的关心和了解。总之，看来他很快就取得了信任。有些东西，是外人一下弄不懂的，那么多人名、地名、事件，横跨西北几个省、贯穿前后百余年，还有一些宗教术语、特殊风习，作为一门学问来研究都足以耗费人一生的时间。所以我只能通过一种氛围，通过人们脸上微妙的变化，通过讲话人低沉的语调，去想象和理解那些复杂而又凄凉的往事，去把多少天来断断续续听到的一些历史的片断，对接、黏合在一起，以便努力使之形成一部完整的长卷。

我渐渐弄清了一些点滴的关系：

攻金积堡时战死的左宗棠麾下勇将刘崧山，原来就是以后代左宗棠治理新疆的名将刘锦棠之父。其父战死，所以有了金积堡屠戮。湖湘子弟虽然扮演了清政府灭火队的不光彩角色，但毕竟属于汉民族中的强悍分子。杀来杀去，把中华民族各族中有血性、敢拼命的好男儿都消耗掉了，留下一些庸人执掌朝纲……真是让人扼腕惋惜！

"河湟事变"的领导人之一师父马林，原来就是坐在我们面前的师父马洪武的爷爷。难怪从他骑黄骠马的照片上，很容易让人联想到统帅十万回民起事的人物呢！这阵子，师父马洪武正讲述并回忆那段他听父辈讲过的往事，他的眉毛浓黑而奇长，语调渐渐有一点哽咽，"听我们爸爸说，那时候我们爷爷带着人马……"

他不会说官场套话，讲着讲着，就动了感情。他停顿下来，控制住了自己，然后粲然一笑。

他的眉毛浓黑而奇长，我很惊异他这种异人之相。眉毛不是头发，不会有人理掉，大家都是任凭它去长。可是为什么只有他的眉毛，能够长得那么浓密黑长呢？我很奇怪。

会开的不长，大概是因为那是一段不愿提起的往事。会后，师父请我们在座的人吃了一顿极丰盛的午餐，充满了伊斯兰风味，一托盘一托盘的抓饭、烤肉、烤包子、葡萄、甜瓜，能让人吃出豪情来。很难忘。

师父的款待和友情，像无形的通行证，使我们处处受到优待。临别那天，我们专去中坊寺告别，寺里的虎背熊腰人物竟背来一麻袋甜瓜，几个桌子摆在一起，不管吃了吃不了，全部切开。"吃！好好吃！"这些壮汉就只用这句话表示信任和好感。那场面，令库尔勒军分区来接我们的宣传干事大为妒羡，他说，在新疆快十年了，没见过吃瓜这么威风……

中坊寺就坐落在公路边，一弯新月高悬，寺前种满了鲜艳的花，我们在花间合影。凝视那花时，恰有微风拂动，枝叶在摇，花朵在摇，摇得人直觉得那花儿们似乎有了灵气，有了表情和声音……

这么通人性的花，从来没见过。

开都河边

在焉耆的那些日子，我们几乎每天或隔两天总要到开都河边上去走走。焉耆这地方很集中，几乎是沿着开都河这段宽阔的水域而形成的，县城也好，抚回庄也好，都离这条河很近，它们彼此隔河相望。在开都河那边岸上走，可以听见隐隐叫卖的声音，汽车喇叭的声音和匆匆来去的人们的脚步声、自行车铃声、摩托车突突声，而且随便穿过哪条居民区，很快就可以直接出现在大街上。在抚回庄那边岸上走，就显得有点田园诗味儿，长长的鸡鸣，冷不丁儿的犬吠，赶毛驴车的老头，骑在横斜柳树枝干上的小孩等等。

仅只一河之隔，两边离得很近。

河流无疑会给在土地上生息的人们一种流畅贯通的灵气，这也许不是人们明确觉察到的，但没有河流的地方和有河流的地方不一样，只有一条小河的地方和有大河贯穿的地方不一样，河流不仅养育人们浇灌庄稼，同时还养育文化和风俗。我们来到哈拉沙尔的第一天，就感觉到这种东西，感觉到河流——开都河对这里的人们产生的影响。

我觉得开都河平稳而宽阔的水流给了焉耆人一种安居乐业的稳定和自足的心理，使他们从每天都要看到的这种波纹中获得悠然打发岁月的旋律和不慌不忙、安之若素的平稳状态。因而，这里有某种十分古朴的、不易为现实影响左右的氛围。这里有相当多的人，你简直弄不清他们活着究竟还有什么非追求不可的东西，他们有这条河，有了这个赖以安身立命的丰饶盆地，充分地享受它，这就够了。

开都河当然也给了焉耆人一种情趣，一种点缀人生的回忆。这体现在很多小孩聚在河边垂钓，在玻璃瓶里装满了小手指头大小的鱼崽子，这和没有这样一条河的孩子们玩耍的名堂比较起来，就大不一样了。至于在河边洗衣的妇人们，在垂柳下读书的女学生们，在深秋的河滩上只穿一条裤衩拉网捕鱼的小青年们，就更让人感到生趣盎然。她们是不是非到河里才能洗衣服？她们是否非在河边柳荫下才好读书温课？他们是否非得捕出一网大头鱼才能养家糊口？看那样子不像。河流给了一群普通家庭妇女以洗衣唠话的乐趣，以把手臂伸在流动的水波中的快感，以把每天繁琐生活中积郁的自哀自怜之情冲走的莫名的欢欣⋯⋯河流也让那些似乎在读书的女孩儿们望着书本发呆，痴痴地望着，耳边是轻柔如低语的流水声，这暗暗地注入她们灵魂里一种神秘的向往，一种对岁月流逝和未来生活的忧郁。而那些用网捕鱼的年轻人，他们或许网中并没捕捞到什么像样的鱼，但是却找到了将自己的身体沉浸在温柔宽阔的流水中的借口⋯⋯

在老桥和新桥之间，我们还是更愿意在老桥上散步。老桥是木架的，两头都设置了铁的路障，禁止车辆通行，连毛驴车也禁止。只容摩托车、自行车、骑马的人和步行者，即便如此，行于桥上时，只要有摩托车驶过，就会明显地感到桥身震颤。所以散步在老桥上是一种享受，你明明知道这桥快完蛋了，颤颤悠悠了，走在桥上才有了对它的珍惜心理，一股从今以后再不能这么走了的留恋之心，一种对完成使命的旧事物怅然怀念的情绪。何况站在这老桥上，可以充分感受到前人用较原始的建筑方式在这条大河上架桥的不易，也可以像站在某个遗迹旁那样，眺望远处的落日，近处的河滩，长满杂草灌丛的淤泥积沙形成的孤岛……这就是说，新桥虽然更适用，更符合时代需求，但它的实用意义正远超过审美价值；而老桥，实用意义逐渐丧失的过程中，审美价值却开始凸现出来了。

可惜我们已经听说，老桥即将被拆除，在它的位置上，预备再造一座新桥。这……只能让人毫无办法！近切的功利使很多人变得目光短浅，对付开都河的洪水季节也一样，把沿岸固堤的大量垂柳砍伐了，却年年向河里丢下大量的水泥、铁丝网住的石块，年年在岸上堆土，使原来非常幽雅的河岸燥土飞尘，河边不时露出一截粗铁丝，凶险地刺出水面，仿佛是个埋着水雷的危险水域，把河流的美感破坏殆尽。这大概要比"清流濯足"、"松下喝道"更为煞风景吧？

一日与沈老、黑猫警长漫行老桥桥头，见桥头有一屋院，院中有一位老头正独自卸毛驴车，其表情怪异。沈老便说："这个看桥的老汉，倒霉得很。"

我们好奇，便问。沈老慢悠悠边走边说。

原来这老汉孤独一人，一辈子省吃俭用，积了几千块钱。人一有了钱，便动了心，老了老了却不知怎么谈上个年轻漂亮寡妇。那寡妇带着两个孩子嫁了他，有孩子也没什么，好好过日子吧，也算不错。谁知人家年轻女人早有相好，嫁他是一着棋，骗他呢！不上几天，人家跟上相好的男人私奔了，几千块钱全拿走了，可把两个娃娃给老汉扔下了。那女人也算把老汉的厚道肠肚看透了，敢把亲生亲养的两个娃娃扔给他。这不是,老汉把钱丢了,老婆跑了,白捡了两个人家的娃娃,只好当自己的养上,这就又才撅着老沟子干开活了。

沈老边走边说,边说边摇头。

我却不禁扭回头,又重新看了一眼那老汉和他的屋院,仿佛是看见了《醒世恒言》里的活了的人物,在这老桥边重演那出善恶、美丑、真假的永恒故事……

后来,我们终于又走到这座颤颤悠悠的桥上,站定,三个人默默无言浴在河尽头灿然的晚照里,各怀心思似的临桥俯视身下的河水,那河水,此时反而毫无声息地流过去,从夕阳里流出来,若血一般红;待流至近处,又灰白如乳浆。然后静悄悄地从桥下滑过去,像滑过一个界限、一座衰老的木头大门,连浪花也不溅起一个,就消失在远方了。

"逝者如斯夫……"我只有拣起这句老话,用以表达这时复杂的瞬间感受。

"是呀。多少人凝望过河水,写过河流,但是几千年过去了,你还是不得不佩服那位孔大圣人,他用五个字,把河给概括了!"

黑猫警长俯身河水,发出一声长叹。

我知道他为什么叹息,因为他写过《北方的河》。

1985 年 12 月 6 日写于乌鲁木齐北山坡

吉木萨尔纪事

自我跨过了四十岁这个人生刻度以后,外貌上的变化非但没能使我悲哀,反而常使我暗自庆幸。我从小眉发混沌不清,绝非智者之相,这不免使我沮丧;不料,中年秃顶竟使我额角初开天庭饱满起来,每每镜中端详自我,总觉那片茅草初开的旷地如白岩石一般醒目,反射出银子似的太阳的光芒……故尔有时被女诗人赞为"智慧的白岩石"时,自觉也比从前聪明了好几倍。

但是,外貌的现代化并没有能够遏止住内心退往洪荒世界的步伐。我在精神上是衰老了,我不得不承认且哀叹的是,在岁月无始无终的攻击侵掠之下,我精神的柱子倍遭侵蚀。或许是这样:在时间面前人人平等,女人丧失的仅仅是容貌,而男人,衰老的则是内心。最近我忽然发觉,青年时期经常占据我内心的诸如梦想、憧憬等诱惑我朝前走的那些念头,全不见了。我还记得那些念头,花儿一样明媚、鲜亮,盛开在路的前头,看它们一眼就有浑身的劲头。那全是些有毒的罂粟花,火红灿烂,像血光一片。

现在我只有一种蓝色的花,在内心里平静。这种花的名字就叫,回忆。我已经没有什么梦想和憧憬了,这很可悲,然而并不可耻。因为假如这个世界在你四十岁的时候就已经对你失去了魅力,那这决不是你的过错。我的朋友杨牧已经先我去做,他可能是比我衰老得还要快。他已经写了一本回忆录了。我读着这本长满了蓝花的棘草丛生的东西,就感到一股人生的荒凉。无论是对苦难的回忆还是对苦难的达观,苦难都是苦的。它那根本的苦味儿并没有改变。但是在回忆过去最不顺心的日子时，我想也并不是没有生趣和可爱的东西。

我讨厌那些白白胖胖却成天把痛苦挂在嘴边的家伙，好像连感觉不到痛苦也是让他们吃了多大的亏似的。他们永远不会吃亏了，他们不仅在现实中占有了幸福，也在精神上占有了痛苦，双料的占有使他们永远立于不败之地！

为此，我决计在写这篇散文时避开一切可能让读者感到晦气和压抑的东西，剥掉笼罩在那段回忆之上的政治气候的乌云，去还原生活本身蕴存着的情致、生机。

请读者相信我曾经有过的乐观天性！

黄土大道

那天，有一个人从长途班车上下来，穿过肮脏丑陋的吉木萨尔县城。他东张张，西望望，垂头丧气，两眼怅惘。然后，他走向一个陌生人，问了问路，就照直朝着那条通往乡村的黄土大道走去。

那个人就是十六年前的我。现在我还记得当时问路的两句对话。我说，"请问到国庆公社的路怎么走？"那位陌生的吉木萨尔人瞄了我一眼，伸手指着黄土大道说，"一个牛吃水端直子你就往下下吧。"我道了谢，于是就像老牛饮水一样不抬头地照直往下走了。

在十六年后的我看来，十六年前的我出现在早春的黄土大道上蹒跚而行有一种意境，有一种辉煌。很像现在时兴的某种现代画所要极力表达的意味：一个孤独的旅人带着自己被歪曲的灵魂，在空旷无垠的荒野上低头而行。黄土的道路蜿蜒曲折，迷蒙的太阳温暖淡黄……这可以是一幅黑白木刻，因而太阳就是一个黑洞，一只神秘的独眼。荒野以原始的线条粗犷地展开，那个孤独的人正置身洪荒，手足无措。

但是十六年前的我却并没有感觉到这样一幅画面。他只看到，道上留着各式各样的深浅不一的辙迹、脚印，被貌似温暖的太阳之下的寒气冻得硬邦邦的，就像一些车辙和鞋底的复印件。他一步一步地走过去，脚冻得有些痛，但并不感到孤独。田野被翻耕过，露着黑壤和积雪。天暖了，地还冷，周围还显得非常空寂。

那时我正好二十六岁，正好刚刚丢失了一个装满无价之宝的皮箱，我两手空空去探望已经分别两年的父母——他们已经被开除党籍下放在这儿当了两年农民。真不知道这两年他们是怎么过的。我满心疑虑地往前走，想念和悲凉把我的心情搞得沉甸甸的，怎么也快活不起来。

土路真长。在大地的这条裸露出黄色筋肉的弯曲伤口上，除了足迹的践踏，绝无植被和生物。这就是人类行为留下的走向——车辙印破坏和蹂躏的土路，它正冷冷清清地伸向远处的灰蒙蒙的树霭，根本没有尽头。

我又回到这黄土大道上来了，很好。

"很好。"十六年前的我像是和一个什么巨大的东西赌气似的，恶狠狠地冷笑着。心里反而产生了一股很充实、很坚硬的力量。他顺着黄土道路来寻找他陌生的家，这是人间留给他的最后枝桠，他对抗生活的最后堡垒。因此他就知道了，为什么只有在黄土大道上艰难行走着的人们才特别珍惜血亲关系和氏族力量。人间的空旷和艰难，惟有他们体验最深。他们没有社会。

他一个小时又一个小时地在这条路上走，一边走一边想着自己,想着母亲,想着这条极有人生象征意味的辉煌土路。土路的确辉煌,尤其是这吉木萨尔的土路,初春的土路。这么一条不起微尘的,纯铜一般坚硬细腻质地纯朴而且泛红的土路。积雪还在给它镶着边儿,衬出一点冷峻和凄凉;灰蒙蒙的太阳的光芒往上再一泼,那生硬的土路就仿佛要扭动起来……它诞生过你,它负载着你,在世间的一切道路都抛弃你的时候,它收留你。

他有一点感动,还有一点悲伤。他想,正是在这样一条土路上,自己曾经是一只满脸皱皱巴巴浑身红不拉叽只有八斤重的小老头;一只可怜的小落水狗;一个吃奶的怪物。后来他成了一个穿着红肚兜儿的光屁股的哪吒三太子,剑眉大眼貌似神童,莲身藕臂冰肌玉骨,似乎事事皆会于心却连一句囫囵个儿的话也说不清。再后来他成了万人嫌、惹事精,像个脱毛待换的半大公鸡,除了骨头没有二两肉,不知哪儿来的精神四下里乱窜。终于,他长成了一个人,身高七尺有余。天下英雄谁敌手?拔剑四顾心茫然;时不利兮骓不逝,以手抚膺坐长叹。他碰了壁,吃了苦,遭了冷眼,长了冻疮,世路千条我无路,华灯万盏我无家……他知道了这世界不是好惹的,不好惹就不好惹,它让你拔剑四顾心茫然,它让你四处感到压迫却找不到挺剑而刺的地方……他还得回到这条土路上来寻找自己的家。

土路非常亲切。因亲切而辉煌而富于历史感而唤起我心中潜藏着的原始的土地情结。由它引导着是令人再踏实不过了的,从它的泥土上走进一座自己的家门是再亲切不过了的。在土地上走,有一股醉人的懒洋洋的力量从地底下传递上来,通过脚掌,穿透鞋底和袜子传递上来,顺着血脉和小腿的筋络往上走,升腾如雾,弥漫如气。它使人获得一种舒坦、陶醉和放松,进而胸胆开张、魂魄飞扬,什么也不再惧怕……

薄暮时分,他已经走到了一个村口的大石碾子上。他浑身发热,坐下来,想吸一支烟。

就这样,十六年前的我并没有在这个世界上完全消失,他依然是我的一部分。他的一个念头、一个举动、一个微笑或一次梦想……并没有被时间的风彻底卷走,而是留下来,留在我的记忆里,刻在我的大脑沟回间。在记忆的那片伟大神秘的山谷里,他将永远存在,成为一个琴键,一轴画幅,一首诗的标题或一部专著里绝妙的警句,伴随我,直到我消失它们依然存在。无论现实的含义多么残忍,我决不相信我会消失。

黄土啊你应该作证,我的终点不是坟墓。

父 亲

父亲对每个人来说,都应该不是一个词汇,而是一团扑面而来的血统的气味,一座属于你的伟大的山峰,一个永远无法用理性去分辨是非的感性的百慕大三角,一位上天委任给你的命定的神……你无法挑剔,也无法选择。你的魂魄在茫茫宇宙间微粒般飘荡遨游,无根无脉,浑然不知;但是你将因为他被显影,你将因为他被捕捉住,被固定下来,被囚禁在母亲幽暗温暖的子宫里,等待重见天日的时刻。

父亲,就是赋予你生命的人。

但是你却从来没有感谢过他。

你反过来占有了他的精力,剥夺了他的时间,消耗了他的生命,可以说,你毁了他的一切,而且,你还任意地埋怨他,利用他对你的爱泛滥自己的粗暴和任性。

难道,世界上还有比这更不合理的事吗?

只有父亲,可以这样。在他强大的时候,他庇护你、容忍你;在他衰老的时候,却耻于依靠你。而且,在人们不约而同地把一切美好的颂歌、养育的恩德奉献给母亲时,父亲微笑着,觉得理所当然。他丝毫不觉得自己也应该享受一点,常常是他倒觉得自己做错了什么。他完全不知道,在这一点上,他无意中又表现了真正男性的襟怀和品格。

我爱父亲。虽然我平常最恨他。

虽然每次和他在一起都免不了争吵、埋怨和发火;虽然他看不惯我尾大不掉、放任不羁的作风,我也看不惯他的主观、固执、农民式的自私和对权力的崇拜。

像许多人的父亲一样,我的父亲完全是现实人生舞台上的彻底失败者。但这并不妨碍我对他的爱,更不妨碍我对他无条件的承认,他是任何人也不能替代的。自从我成熟以后,我就从没有羡慕过那些有着显赫父亲的人。

父亲是一个失败者,虽然他从不认账。

在吉木萨尔的几年间,正是他失败人生的辉煌顶点。但是他并没有自杀。

我当然知道,他是为了我们。

……十六年前,当我坐在那个村口的大石碾子上吸烟的时候,有一个纯种的农民正远远地眯着眼朝我看。然后,朝我走过来,一直走到很近,站住了。

那农民穿一件黑布棉衣,戴了一顶破皮帽子,手里提着个筐子。

我看见了那个注意我的农民朝我走过来，但没在意。我在想，大概就是这个村子没错，还得打听打听，究竟住哪儿。

那个农民站在离我很近的地方，竟伸着脖子弯下腰凑到脸前来看我，而且，笑出声来！

咦，奇怪。我定睛细看面前的这个人。一张完全陌生的农民的脸孔在几秒钟之间骤然变幻，风霜雨雪，皱纹白发，劳累痛苦，希望孤独……几年分离后的风尘变化，在几秒钟内被揭开，剥去，还原，定格。

定格为那个原来熟悉的父亲。

"爸爸！"我一跃而起，高兴极了。

"信上说是这几天回来，我就每天到村口上打望。今天看见有人坐在石头上，可是不敢认。哈哈，果然是！太好了，太好了。"父亲说着，抄起筐子就领我回家。沿着满是残雪和牛粪的村子，一直走出去，离村不远处有一座孤零零的屋子，正冒出笔直的灰白炊烟。

朴素的柴门院落，孤独的土坯泥屋，在乍暖犹寒的天气里默默升空的烟缕，我的脚在雪地上咯吱咯吱地移动着，跟着父亲，像很久很久以前小时候的某一天一样，朝着那里不知不觉地走过去。

我对这座陌生的屋子充满了信赖。这就是这个寒冷的世间惟一可以让我得到温暖的地方。这没错儿，父亲不会错。这就是家，家就是父亲居住的地方。无论这地方被安置在哪儿，是石家庄还是北京，是乌鲁木齐还是吉木萨尔，我都将跟随它，寻找它。无论它是楼房地板还是土屋柴门，我都用不着敲门，用不着征求主人的意见，我有权不看任何人的眼色，睡觉、吃饭！

我父亲就这么一边拎着筐子朝前走，一边扭回头来和我说话，

"村干部给调换了一家上山挖煤的人的空房，借给咱们暂住，条件好多啦！"我跟着他，看着他的背，觉得有一股说不出的纳闷、奇怪。人的这一辈子是怎么过都能过去的，什么样的命运都能接受，什么样的生活都能适应。但有个前提，就是不能有太多自己的思想，谁有独立的思想了，谁先绝望！就说父亲吧，这个三八年的决死队员，这个五〇年准备出国的外交官，打过别人的右派，反过自己的右倾，一辈子对党忠诚得没话说了，结果倒给开除了党籍，发到这地方安家落户来了……这可称是对忠诚的最好报应，当然也是对愚忠的应得惩罚。不过他不忠又怎么办呢？铁打的江山无缝可钻。

父亲是一个普通的人。所谓普通人就是那些没有力量支配现实社会的人，就是只能受现实社会的各种力量支配的人。这类人的一个最突出的共同特点就是，首先在思想上接受现实主导思想的指导和教化。相信报纸，相信宣传，坚信领导者的品格和诺言，笃信巨手所指的方向。而这，正是人生全部失败的根源。

多少年来，我总是力图以不含偏见的立场来认识父亲，解释他的行为，总结他的一生。结果我发现，根本不可能。我总是由于他在现实中的失败而低估他，而忽视了他作为一个人在本质上具有的优秀品质。我无法认清自己的父亲，谁叫我是他的儿子呢？

看着眼前的这个提筐子的人，我就想起少年时在机关院里与一群顽童舞枪弄棍鏖战正酣时，突然出现在楼前怒喝我为"疯狗"的人；想起星期天逼我帮他冲洗全家无穷无尽的衣物，水寒刺骨，手冻通红，而他不把最后一点肥皂沫冲净决不善罢甘休；还想起那个原先穿军官制服尔后穿中山装干部服最后又穿上农民黑棉袄的人；而且想起曾经风采翩翩然后神态庄重终于苍老迷惘成现在这个样子的父亲……我看到,从说话的声音到走路的姿势,还有身材和五官,还有习性和灵魂,我都酷似他。我悲哀地发现,无论是成功或是失败,无论社会环境是有利还是不利,我都摆脱不了他给我的模式,摆脱不了他对我的一生所注入的遗传基因。

我将一天比一天地趋近他,越来越酷似他,直到有一天,彻底成为另一个他。

新陈代谢,世道循环,如此而已。

所有的新叶和新花,都不过是上一代的花叶在新的季节里的翻版罢了。觉得新鲜,那不过只是"觉得"。

…………

就这样,我已经远远望见柴门外站着一个又瘦又矮的女人。那就是父亲的妻子,我的母亲。母亲也望着,朝我们走过来,一边走,一边用她的手擦眼睛。待到走近,她只叫了一声我的名字就哭起来。

在早春无望的寒冷薄暮中,母亲的哭声使人心碎,并且使碎了的心渐渐凝固成一块水泥疙瘩那么硬。

漫长的冬天使母亲的头发变得灰白,炊烟般在冷风和哭声里飘散,在多皱的额顶纷披;而母亲又是那样瘦小,那样善良。

这不是逼着这位瘦小女人的儿子怀恨在心吗?我想,我们虽然四散它乡,无立锥之地,却在默默忍耐中滋长着仇恨;仇恨像卵石一样,暗藏在心里,总有一天伺机报复这冷酷的一切!不信,你等着。

我似乎很平静地笑着,却本能警觉地回过头来,环顾了一下周围:空无一人,只有野地里凄凉的枯树,向空中伸出无望的指爪。只需要一眼,我就把这景象记住了,再不会忘。

当我走进家门的一瞬间,我听到,黑暗像幕布一样,"唰——"在背后骤然降落。

村夜听风

你是跟着我跨进这个门槛的,磨得发白的木头门槛。这是几乎每一个女人一生中总要跨过的东西。这就是生活里的刻度,或是生命成熟的标志,界限和季节等等的含义都在这可怜的门槛上了。

你也许没想到,你竟是在这样一个门槛上开始了新的生活,告别了自己的家门,成为那里面的一个陌生的成员。

你挽起袖子在一个花花绿绿的脸盆里洗手,你听见我母亲用怜悯而略带评价一只羊腿的口吻说"看看这胳臂瘦的……"

你按照规矩和我母亲一起去拜访几家村邻,农村妇女的狡猾的奉承方式是极力装扮得更土更傻。你还没跨进门,她们就满脸堆笑故作惊讶地叫:"哎呀呀,城里的鲜花来啦……"

你还看了我父母早已为你收拾好了的一间作为新房的屋子。里面摆着一个双人床,铺着干净的被褥和毛毯;然而墙壁上却结满了霜,水缸里的水结了浮冰……这是一种怎样的"寒冷的温暖"呵!

我也正看着这个被一盏煤油灯的光亮所照耀的家。两年来,我已经习惯了煤油灯,我已经忘记了电灯。

这是个一明两暗的农家屋。一进门就见屋里堆着柴草,安着灶火;灶火用来做饭,还烧左边房里的土炕。房顶上没有糊纸,露出一排被烟火熏黑的椽子;椽子上悬着几个用木杈作成的钩,用来吊装鸡蛋和咸猪肉的篮子。

我想,这就是我家。我一点儿也没觉得我家有什么变化,虽然在社会的现实面前，我的家庭已经彻底灭顶，一败涂地，毫无振兴的可能，但是我的家还在，我家的人都活着。他们的语调笑声，他们的习性气味，那种特殊的骨肉情感，生命活力和温馨生动的一团光热，活泼泼地在我身边洋溢着。它并不因为政治上的落难和困顿，收敛自身乐观的天性。这就是，我在人世间航行的船。只要我的帆还在，舵还灵，只要我的船还能够载着我漂浮，一切险恶的风浪都不是致命的。

我一点儿也没觉得我家有什么变化，而且，我一点儿也没觉得我这个吉木萨尔的家有什么让我难堪的。政治的史无前例的巨掌，一下把我们打进了另一种环境，不管它的用心有多么恶毒，我却有幸体验了更朴素的生活。一种环境和一种环境之间，有着无形的深刻的墙，虽然同在一个大地上，却有时终生难以逾越。这回，我可是没费劲就穿越过去了，我不知我该谢谢谁。

"爸爸，你猜我最担心你什么？"我一边问着，一边很快又接着回答，"我最怕你想不开，自杀！"

"哼，我怎么会。比这困难的时候我也经历过，我还会那样！"父亲说。

但是你以女人的细致，看见父亲眼神和嘴角上一闪即隐的凄楚和阴郁。你甚至觉得，这位老人肯定不止一次地想到过那样。在那时候，有一种十分美丽并谦虚的名称，叫"学习班"，然而那实质是奥斯威辛集中营的汉译。那是一座学习自杀、鼓励跳楼、劝人上吊的学校，那是一所慈祥的监狱。从那里出来的人，肚子里都像是被安装了窃听器，连心思都被控制在俘虏的轨道上了。

即便在偏僻的吉木萨尔乡村，想起这三个被赋予浓重血腥气味的美丽字眼，也让人不寒而栗，也让人充满被控制着的感觉。

岔开话题,父亲话还是很多。他说,"你弟弟回来时,呆头呆脑的,变木了。十四五岁就插队,回来都不敢认。结果在家住一个礼拜,又叫我给喂活了。看那脸,铜盆一样圆鼓鼓的,放光!"说罢,得意地大笑。

"你可不行,太瘦。"父亲指着我,"怎么解放军农场不给吃饱肚子啊?光让干活还行吗?这次回来,主要任务就是给我好好吃。"

他用右手一个一个地点弯左手伸开的指头,数点起来,"已经杀了一头猪,自家养的。肥肉炼了油,瘦肉腌在缸里,等你回来吃。她不吃猪肉?不怕,咱们还喂着羊嘛。还有鸡蛋,多少斤?对,满满三篮子,不够再从村里收购,很便宜的。你妈喂着一群鸡,鸡也下蛋。粮食尽够吃。菜,我就在队上管卖菜记账。咱们还养了猫儿,不养不行啊,有老鼠害人呀。"

数完了。"还有什么?"他问母亲。

母亲轻轻地笑着:"这就够我侍弄的了,还有给你做饭。"

土屋柴门,红泥火炉。父亲的口气还有那么一点领导干部似的,说起解放军农场,就像说起什么老部队或老朋友那么亲切、放心。他不知道,那时候的解放军已经变得和从前的解放军有点不一样了。何况我们这类不穿军装的学生……我暗想,现在是世道大变啦。

只有这温暖的土炕,没变。

一只脸上巧妙地勾着对称脸谱的黑白花猫,卧在母亲身边打呼噜,表现出一派两耳不闻窗外事,一心只读耗子经的样子。

窗户外边的小院落里,隐隐传来猪的哼哼唧唧声,间或夹杂着轻微短促的尖叫,就像小孩子撒娇时发出的一声"嗯——";还有鸡的喉管里滚动的叽叽咕咕的声响,翅膀扇动时的碰响。

无边的黑暗已经笼罩了整片大地,这时的寒风是冬天的尾巴,在空旷的深夜里不停地穷扫。扫呀扫,像个爱扫地的肮脏老婆子,嘴里发出呻吟一般的唠叨声。有时,它溜近人家的墙根下偷听一阵,听见没有它需要的内容,就用它的臭脏指头"嘭"地弹下窗户纸,溜走了。然后它用它的烂扫帚一撑,撑杆跳一样,飞上另一家的茅草房顶,在上面跺脚,打滚,学狼叫,装鬼哭,直到把那家的孩子吓醒,"哇"的一声哭起来,它才心满意足地飘然远去。

在无边的黑暗里,在人们被恐怖压抑着的想象中,它游刃有余,格外精神。它原本无形的力量只有在黑暗的协助下才能在人们的想象中变幻无穷,被赋予千奇百怪的形体。它喜欢这样,它需要这个。

整个村子都熄灭了。

每座房子都像一艘船,沉沦在黑夜的波涛里。它们全都麻木地、谦卑地陷落,渐渐被彻底埋葬——仿佛从来没有存在过。

这时,你像一只鸟那样钻在我的臂弯里睡意正浓,而我却在假寐,似睡非睡,听着窗外村野的风响。

肉体的风暴过去之后,身心变得大海那样平静。是一处海湾,沉静明澈的海水稳稳地在大陆架上晃动。偶尔在这平滑的筋肉下面,在血液深幽莫测的地方,闪过一丝痉挛。那痉挛从极其遥远、非常原始的角落发射出来,尖锐、敏感,像一根带电的游丝、一只快乐而又痛苦的精灵,一瞬间就击中遍布肉体的每一根经络,使之颤栗。然后,也只一瞬间,它消失了,谁也别想再找见它。

哦,这才是肉体的上帝,永恒的主宰!

在黑暗中,我将笃信你,也只能笃信你。当一切都沉沦陷落之时，当你还不曾麻木、谦卑之时，记住：生命，我是你的崇拜者。

猫的本事

本来，猫可以统治人以外的整个世界——我这么想；只是可惜它被造小了——假如当初它的形体被造成牛那么大，那它就不会成为人类脚边的驯顺之物，而会成为消灭人类的大地主宰。

我这种想法，是在我看到我家的这只勾着黑白脸谱的花猫时产生的。它正在土炕上打哈欠、伸懒腰。在这一刹那，它咧开猛兽特有的黑嘴，露出尖利的牙齿，展示出豹子一般柔韧有力的细长身躯……四个伸直的软蹄上图穷匕现，充满杀机。

谢天谢地！我想，亏是它造小了，不然，被追杀得四处乱钻的将不是老鼠而是我们人类了。我这不是偶然突发奇想，也不是没见过猫，而是因为回到吉木萨尔家里几天来，我已经接连目睹了这只花猫惊人的能耐，它的确令人惊叹不已！

只有在农村，猫的重大作用和高超本事才能如此一览无余地被发现、观赏，而且分别以正剧、喜剧和暴行三种形式演出。

第一次，我家的猫成功地扮演了正面英雄形象。那天黄昏，我们全家坐在土炕上闲聊，而猫，蜷卧在广阔土炕的一隅昏昏沉睡。

黄昏是农家美妙的时刻，尤其是闲坐在温暖的土炕上。夕阳在窗纸上涂染着最后一点淡黄，有一种明亮的安详对暗淡的转换所表现出来的礼让。时光在这个时候像一位谦谦君子，它似乎有一刻停留，有一种仪式，像在等候什么，并不匆忙撇下这一切就走。

然而在这种美妙的时刻却有一种不美妙的东西悄悄蠕动，不幸被居高临下的土炕上的我们同时发现了：一只老鼠，正顺着土墙根悄悄回洞。洞就在墙角,可以看得见,那鼠,已经离洞口不远了。

看见老鼠的我们不会抓,会抓老鼠的猫却正在睡觉。急得我们直喊"猫!老鼠——;老鼠——猫!"全忘了那猫听不懂人的语言,而老鼠听见喊声就会逃得更快。

不过,喊声还是惊醒了猫。它稀里糊涂东张西望,等它看见时,那只老鼠眼看着已经在进洞了。"嗨,来不及了!"父亲像看一场足球赛错过了绝好射门机会时的球迷那样,痛声惋惜。谁也没料到,猫就是猫,猫的本事竟如此大幅度地超越了人的想象。它从土炕的一隅到墙角的鼠洞,恰为这间房子的对角线,中间必须跨越横七竖八的我们杂乱的腿,必须在老鼠全身钻入洞口的一瞬扑出一丈开外。这太难了,但是它奇迹般实现了。它几乎是一个闪电,一个极快的念头,一个超现实的幻觉,用右前爪把完全入洞的老鼠给掏了出来!

看着这一幕场景,我目瞪口呆。说真的,在人类任何一种运动中,我从未看见过像猫这样矫捷不凡的身手。

有趣的是,没过两天,我又目睹一次这只猫逮老鼠时上演的滑稽戏,它像个小丑,简直可以说是笨透了。

那天是一只耗子在面柜附近折腾,弄出了声响。猫听见了,绕着面柜底下的缝又堵又掏,像和耗子捉迷藏。结果,那耗子爬上面柜,不小心,掉进面柜里,全身成了白的。花猫不知道,还在下面费精神。还是父亲着了急,把猫抱到面柜上,说"老鼠在里面!"

花猫很固执,坚信耗子还在柜底,又跳下去寻。

父亲又把猫抱上去,就差把耗子抓住送给它了,它还想往下跳。如此三番五次,终于,面柜里的耗子白乎乎地一动,它看见了,扑下去咬住,弄得满身面粉,像掉进了石灰里……惹得我们大笑。

　　猫是挺有趣的。这个小开本的猛兽好像是专门为耗子而制作的，捕食的才能出神入化。然而在沾满面粉的化了妆的白耗子面前，它失去判断，固执犯傻，进化了几十万年的才能碰上了难题。细细想想，会觉得上帝心真好，他把老虎的祖师爷造小，让它依恋人，卧进人的掌心，成为"咪咪"叫着的可爱小动物，丝毫用不着害怕。这是上帝的恩赐，把最凶猛的变成最可爱的，袖珍老虎，它的厉害只是指向老鼠。这使我们在逗猫玩时，享受到了类似逗老虎玩的乐趣。

　　我家的房檐上有一个野鸽子搭的窝，这当然很吉利，是鸟类对善良人家的信任。窝不算很高，因为房檐就不很高。可以看得见，一对恩爱的灰鸽子很忙，窝里常传出小鸽子的叫声。

　　花猫常在屋檐下仰看，然而它这个特警队员对付不了空军基地，无奈，渐渐习以为常。一天中午，由于我的百无聊赖和恶作剧心理，一场在灿烂阳光下人猫合作的暴行，终于发生了。

　　当时我只是想逗逗那猫，馋馋它，并不想满足它嗜血的本性。我把一根粗木柱斜架在墙上，故意离那鸽巢很远，大约有一米多，我估计花猫够不着。

　　它像是打招呼征求我的意见那样，仰起脸朝我可怜地叫了两声，见我鼓励它，就立即行动起来，爬上木柱。木柱有点转动，它谨慎地维持平衡，杂技演员一样，上了顶端。它在上面观察一下，就扭回头来，看着我叫起来，叫得既委屈又让人怜悯。那意思很明白，是说，"这么远谁能够着呀？这不是太过分了吗？"

　　我把那木柱朝上靠了靠，最多靠了几寸，我依然认为它够不着。

它从柱顶上立起来，前爪扶着土墙，这样，它离那窝的距离就又缩短了将近半米。"不行！"我看出了危险性，喊它。已经无法挽回了，喊声未落，它像美国职业男篮队员双手扣篮那样，一耸而起，两只前爪抓住鸽巢，凌空悬在下面，摇摇欲坠！它两目间已经完全没有一丝温驯和可怜，闪耀出一派果决、勇猛、精神抖擞的杀气和置一切危险于度外的野蛮！它用一只前爪抓紧鸽巢吊住悬空的身体，腾出另一只前爪来，伸进窝里，一掏，掏出一只羽毛渐丰的小鸽子。然后放进嘴里，咬住；翻身跃向柱顶，连滚带爬地下了地面，呜呜地叫着，在墙角吃起来。

我后悔莫及，暴行已经成了恶果。我辜负了灰鸽夫妇的信任，致使花猫咬死了它们的独生子女。在完全慌乱、失控的情绪下，我顺手拣起一块石子，从十几米外一扬手，准准地击在花猫的嘴上！这一下是太准太狠了，打得花猫一蹦蹿起老高，扔下鸽子落荒而逃，怪叫着有好几天没回家。

但是小鸽子还是死了。

罪责在我，我用了很多话向父母检讨，求得原谅。然而，我怎么能得到那对灰鸽子的原谅呢？它们咕咕咕咕的叫声，使我黯然低头，产生出一个良知未泯的战争贩子应有的悔恨。

结论：不能小看猫。猫虽然是人温顺的、可爱的奴仆，可它却是老鼠的克星，鸽子和平生活的破坏者。它的兽性一旦发挥出来，本事惊人。

那么，由这样的结论，我们进而还可以生发出一些什么样的联想呢？当然是关于人。在人的社会里，有时那些重要的人物产生了一个念头，就会把木柱架过去，诱发一部分人的兽性；当暴行发生了，他又会顺手拣起一块石头，扔过去，打击这部分人……和我对花猫做的一样。

麦　子

　　我想说，亲爱的麦子。

　　我想，对这种优良的植物应该这么称呼，这并不显得过分，也不显得轻浮。

　　我而且还想，对它，对这种呈颗粒状的，宛如掉在土壤里并沾满了土末的汗珠般的东西，人类平时的态度是不是有些过于轻视和随便了呢？

　　它很美。尤其是它的颗粒，有一种土壤般朴素柔和不事喧哗的质地和本色。它从土壤里生长出来，依旧保持了土壤的颜色，不刺目，不耀眼，却改变了土壤的味道。这就使它带有了土地的精华的含义。特别是它还保持着耕种者的汗珠的形状，这就像是大自然给予我们的某种提醒、某种警喻，仿佛它不是自己种籽的果实，而是汗珠滴入土壤后的成熟。

　　这一切使它更美。麦子，它是如此的平凡，然而却是由天、地、人三者合作创造的精品。它使我们想到天空的阳光和雨水，想到土地默默的积蓄和消耗，想到人的挥动着的肢体……所以有的民族在饭桌上面对面包时，会产生感恩的心情，感激这种赐予。所以还有的民族把麦穗作为了族徽，以表示某种崇信和图腾。麦子，它还可以使我们毫不费力地想到镰刀、饥馑、战争、死亡……等等之类最关乎人类生存的问题，但是面粉不容易使人想到这些。这就是麦子掩藏在朴素后面的那种深刻的美。

　　我是一个热爱粮食的人。因此，我非常乐意在春天的吉木萨尔翻弄麦子。我们住的地方没有面粉厂，也没有粮店，庄户人只能分到麦子，到一个河上的磨坊去磨成面粉。

连续几天，我和父亲把一麻袋麦子倒进院里架起的一个木槽里，然后倒水冲洗。我们选的是阳光非常明媚的日子，也没有风。晶亮晶亮的水珠儿闪着光芒，渗进麦粒中间，慢慢升起一股淡薄的尘雾；有一点呛人，仿佛使人闻见去年的土地散发出的温热。然后再倒水，搅拌，冲洗，直到一颗颗麦粒被洗出它本来的那种浅褐色的质朴，透出一股琥珀色的圆满的忧伤。然后晾晒几天，再装入麻袋。

我看得出来，麦子的色泽里含有一种忧伤的意味，一种成熟的物质所带有的哲学式的忧伤。这种忧伤和它的圆满形态、浅褐色泽浑然和谐。与生俱来而又无从表述，毫不自知而又一目了然。正是这，使它优美。

于是有一天，我们起得绝早。我们向邻居借来了一头驴和一辆架子车——这像是农户人家的一个重大行动似的，很早，我们就把装麦子的麻袋搬上驴车，朝磨房去了。

我和父亲坐在车上。我驾驭驴车的才能无师自通。我很想驱使那匹毛驴奔驰一番，以驱散田野小路上的那种寒冷的寂静；然而父亲不允许，他害怕"把人家的驴累坏了"。磨房相当远，农村的早晨也相当漫长，我们的驴车仿佛慢吞吞地走进了一个久远的童话故事。驴将突然开口说话，告诉我们它原来是一个公主（大队书记的女儿），被磨房的巫婆变成了驴，只有从遥远的城市来的勇士才能破那妖术，它就会还原成人。于是沿着这思路幻想下去，满满两麻袋麦子会在公主手的点化下成为金子，一切都很圆满和快乐……在农村天色微明的田野上，一切景致和氛围都酷似原始的童话或民间故事。只是驴低垂着头，丝毫不准备回过头来对我们说话。

当时，我突然觉得我和父亲像是两只松鼠，或是连松鼠也不如的什么鼠类，正运载着辛苦了一年收集来的谷物，准备过冬。我们所如此重视的两麻袋麦子，其实正相当于老鼠收集在洞里的谷物。我感到了滑稽，有点哭笑不得，人一旦还原到这种状态时，生存的形象就分外像各种动物了。

这就是我们的麦子，一粒一粒的，从田亩中收集回来的养命之物。颗粒很小，每一粒都不够塞牙缝儿的；但是我们就是靠着这样一些小颗粒，维持生命，支撑地球上庞大众多的人群发明、创造、争斗、屠杀、繁衍、爱憎……不管人类已经进化到了何种程度，它还在吃麦子——这就够了，这就足以说明人类依然没有摆脱上帝的制约，依然是生存在地球上的无数种类生物中的一种，而不是神。

被小小的麦粒制约着的伟大物种啊！

假如有一天，大地突然不再生长出麦子，那该怎么办？这虽然是杞人忧天，却并非毫不可能，因为我这种年龄的人经历过一次大饥馑。我因此而懂得，源源不断的粮店会突然没有面粉，母亲会对没有吃饱的儿子说"少吃一点"，乞吃者会骤然间遍布城市的各个角落，人们会为了一个大饼而去抢劫……这就是麦子的威力和制约，在这个意义上，麦子就代表了上帝。

磨房终于到了。

磨房里没有巫婆，有一个老头儿。磨房是那种最古老的中世纪式的，靠河水带动，在轰隆轰隆的沉重响声中摇摇晃晃，像一排老人的牙齿，已很松动。这是一座架在河上的木头磨房，里边大概除了碾子，好像其余的全是用木头制成的。木杆、木柄、木轮，因年久而被磨得光滑油亮，渗着乌黑的手渍。和看管它的这位老头酷似，它俩都一样是年久失修的、松动勤勉的、喉咙里呼噜呼噜带响的。

我们的麦子就倒进这令人可疑的陈旧作坊里，缓慢迟重地在这生活的水磨上被磨损，被咀嚼，被粉化。我想着那一颗颗麦粒被压扁、挤裂、磨碎时的样子，想着它们渐渐麻木、任其蹂躏的状态，有一丝呻吟和不堪其痛的磨难从胸膛里升起，传染给我的四肢，我真真实实地感到了我和它们一样……和这些麦子一样，我正在一座类似的生活的水磨上，被一点一点地慢吞吞地，磨损着。

然而水磨却在唱着一支轰隆轰隆的雄壮的歌，用它松动的牙齿、哮喘的喉咙，唱着一支含混不清、年代久远的所谓进行曲……这就是我们每一粒麦子的命运。

我就是麦子。

我正面临着古老民间故事一般的现实。

我芬芳的、新鲜的肉体正挤在历史和现实两块又圆又平的大石盘间，在它们沉重浑浊的歌声中，被粉化。

我欲哭无泪，欲喊无声。

因为我就是泪水和汗珠平凡的凝聚物——麦子。我将一代代地生长，被割掉；成熟，被粉化；被制成各种精美的食品，被吃掉；然后再生长。

这一切都是因为我没有感觉，没有思想。我是圆的，颗粒状的，人们把我叫作"麦子"。只有一个诗人这样称呼我，他说：

"亲爱的麦子。"

一匹难忘的猪

我起了床，在院里刷牙。天气十分晴好，阳光刺目而又温热。屋外裸露着泥土的墙根，已经蒸腾起"日照香炉生紫烟"般的热气。是啊,我想,是春天啦!春天的农家小院里,充满了生气。

　　我家的院墙是用各种荆柴和树枝围起来的。猪圈和鸡窝并排垒在右墙下,左边是菜畦。猪圈里只有一头猪,是半大的小猪;鸡窝里有十几只鸡,母鸡居多。靠窗的房檐上有参差不齐的木椽子伸出,其中有一根较长的木椽子上用粗绳悬吊着一只篮子,不知是干什么用的。

　　刚刷完牙,就见到一只母鸡咯咯地叫起来,急着要下蛋。那褐黄母鸡东张西望,似乎有些犹疑;偏起脑壳想了想,终于下了决心。一跳,先上了鸡窝顶;然后鼓足勇气扑喇喇扇着翅膀飞起来,一下竟飞了十几米,奇迹般准确地落进了粗绳悬吊的篮子里!篮子在房檐下晃来晃去,那只鸡,却安详地卧下去,悠然自得地下起蛋来,像个吊床上的产妇。

　　这不是把鸡养成篮球了么?我想,而且还投得挺准,每次总能留下一粒鸡蛋。我母亲不是一个幽默的人,而且没有这种创造性,她老人家怎么想出了这么奇妙的养鸡绝招呢?我一问,母亲也笑了,说,"咱家的鸡呀,就是怪。放着鸡窝不下,偏要飞起来高空作业。那个篮子就成了专门给它们下蛋的啦,还引得别人家的鸡也飞进来下。"

　　"村里人也都说周大老家是怪,"母亲又说,"养啥活啥。夏天闹鸡瘟,家家死鸡,就是周大老家的鸡非但不死,还飞进篮子里下蛋。掘上个猪娃子吧,也精神得不行,长得还比别家的猪漂亮。别人的猪都卧在地上哼哼呢,周大老家的猪娃子一向就在门口上坐着,和狗一样!"看得出,母亲为此显得非常幸运和自豪。当然,一般说来,猪没什么了不起的——我也这么认为。蠢猪、脏猪、猪猡!猪很难让艺术家产生爱而把它塑成青铜雕像矗立在中心广场,它只能作为猪排以佳肴的诱人形象被端上盛宴，让人们用舌尖品味，牙齿咀嚼，肠胃欣赏。猪是哺乳幼崽最多的也是最常见的动物，但人们从不用它作为母爱精神的象征。人们吃它，但是瞧不起它。这真是个倒霉的东西，在人眼里，它只是一堆能活动的、会哼哼唧唧的肉！

比如我吧，吃了它们几十年了，要是算一笔账，恐怕至少吃掉了几百头猪是有的了。但是吃得有滋有味，吃完了照样蔑视它，从来不屑于区分它们之中的任何一个和别的有什么不同，更不会记住被我吃掉的是哪一头猪。猪还有个性吗？猪就是猪！就像白菜就是白菜花生就是花生一样。

但是这家伙——在我刷完牙回屋拿起一本书时——发现随在母亲身后堂皇跨门而入的竟是一头猪！我觉得这简直是乱了朝纲，起而轰之，那小黑猪噘嘴瞪眼，坚持不走。小眼睛一直以轻蔑的神情注视我，不时发出哼哼声，好像不服气，在哼哼着说：你算老几？你有什么权力撵我？

母亲说："让它待着吧，已经惯出来了。"

惯？我们从小就是母亲惯的，怎么它也叫"惯"？这一个字，突然使我意识到了这头小黑猪在这个家里的重要地位。两位老人被发落到这里，平时儿子四散，孤独凄凉，膝下养了这么个大活物，也是一份生趣。难怪惯养得和猫狗一般呢。

拿这眼光一看，果然这猪是不一般了。它浑身黑亮，皮毛干净，身躯滚圆娇憨可爱。和周围的猪一比，简直超群脱俗，称得起有几分俊秀了。我几乎怀疑它是猪八戒家族的嫡传子孙了，很快就喜欢它，叫它"黑猪"。父亲也很喜欢它，只要端出盆来给它拌食，它就兴高采烈拿头拱人的腿，像狗一样摇尾巴，活蹦乱跳地围着人转，就差不会喊口号了！何况它还小，小东西即使是猪也一样天真烂漫。

闲居无事，便和弟弟到村外一条小溪沟里捞鱼玩。溪不宽，一步可以跨过；也不深，手臂可以触底。可喜的是水极清冽，人在溪边走动，可以看见惊起的泥鳅在水草里四窜。于是我们制成捕蜻蜓用的三角网，提一个桶，在溪边消磨一上午时间，便能捞半桶泥鳅。可是这指头粗细的小鱼没经济效益，提回家里，养之无益，倒之可惜。一打眼瞅见小黑猪百无聊赖地瞎转悠，突然来了主意。

拿出一条泥鳅，扔过去，在它嘴前蹦跳。它嗅嗅，抬起小眼睛望望我，满心疑虑，不吃，再扔一条，还是不敢吃。看来猪不杀生，那好，把它的食盆拿来，倒点汤食，然后抓一把泥鳅放进去。泥鳅游窜在汤食里，小黑猪吃起来，吃着吃着，它突然一愣，边嚼边抬起嘴来，看那盆，隐隐有波动者，便扎进嘴去追。咬住一条，就摇头晃脑，有时不小心泥鳅又钻回水里，就喷着气再捉。它尝着了味道，吃的汤水四溅，呱呱作响，嘴巴伸在水汤里不时地猛抖。逗得全家人哈哈大笑，好像在欣赏表演。不一会儿，一桶泥鳅告罄。

捞鱼这件事，一下就因为小黑猪而从无意义的闲玩变成了有意义的劳动。我们便每天去溪边捞泥鳅，把喂猪当成一天中最精彩的观赏节目，弄得周围的农民感到不解，他们议论说，"周大老家用活狗鱼子喂猪！"

后来母亲说喂鱼喂出毛病来了，小黑猪不管吃什么，都要翻江倒海瞎折腾，以为有鱼，结果弄得撒食。

有一天，父亲被分配去队里看场，远远望见一群猪成进攻队形缓缓移来，渐近，父亲猛地一声吆喝。见有埋伏，猪群纷纷向后逃窜，独有一猪，不但不逃，反而泰然行至队前带头，边走边回头哼哼,猪群马上重整队形跟随而来。父亲细看,原来是我家那头小黑猪,它不慌不忙,胸有成竹,不断回头用猪语鼓励同伙,自己却故意表现出一种随便而大方的样子,像人在请客做东时的样子差不多,它表现了一种猪的潇洒和庄重。好像它认定,它的主人看场就等于今天它请客。这显然会使它在猪群的地位迅速得到承认。不料,父亲虽被开除了党籍,却仍然满脑子大公无私,在小黑猪即将被确认领袖的关键时刻,一点面子也不讲,坚决地用木棍把它们轰走了。

这使小黑猪很委屈,用一天半的时间对父亲表示疏远和装不认识,大概它想不通这件事为什么那么不通猪情。

父亲把这件事告诉了我们,大家都很奇怪,说猪蠢是没道理的,猪连后门都会走,这几乎已经达到了人的相当智力水平了。

可惜的是,我在吉木萨尔只住了十几天,没有能更深入地了解这个油黑发亮的偶蹄动物丰富的内心世界。临行那天,它竟像一只狗那样尾随着我走了好久好远,小眼睛里充盈着对泥鳅贪婪真挚的怀恋。

之后若干年里,我们家的人还谈起它,这是惟一的一头我们自己喂养大的猪,提起它,我对猪所怀有的厌恶心理就不知不觉地消失了。虽然它早已被吃掉十几年了,我却仍然觉得它还活着(精神不死?),活在吉木萨尔农村我家住过的离马厩不远的低矮农舍院门口。

其实猪是挺有意思的,假如你了解它。

难怪哈里·杜鲁门曾宣称:"不该允许不了解猪的人当总统!"为了在这篇纪念猪的文章里显得庄重些,我特意对它用了"一匹"。

印 象

后来，一座谦卑的村庄终于在我的视野里消失了，消失成一个残碎的梦，一个不可靠的传闻，一团渐渐远去了的声响……仿佛，只是一扭头的工夫，它就不见了，好像从来就没有存在过似的，从我们全家人的生活里消失了。

我不知道您是否也有过这种类似的体验，对于一座您曾经生活过的村庄，那种难以磨灭的淡忘？那些荒凉的、贫穷的，那些丰富的、色彩烂漫的，小小村落和孤独家门像黄昏和暮霭那样，被你淡忘却融入你的心境，离你远去却泊在你的灵魂。是的，从那之后你也许再没去过一趟，再没去看过它；也许也很少对别人谈起它——它没什么可炫耀的，何况你总在怀疑它是否真的存在过，或是随着你的离去它也就消失了？说到底，你恐怕还是不敢去看它，你害怕珍藏在记忆里的这个艺术品被另一种现实击碎。

我也始终在怀疑，怀疑我的记忆是不是对它进行了艺术提炼和加工？它是不是为了欺骗我或安慰我，把那个村庄给美化了？那些焦灼的痛苦的日子，那些挣扎的无望的岁月，为什么没有留下痕迹？那些喧闹一时的貌似强大的政治力量，为什么变得无影无踪，而一座可怜谦卑的村落却扎了根似的抹不去、拔不掉？

谁更强大？

"谁更强大、有力而永恒？"我不得不这样问自己。

说老实话，无论是导师、哲人，还是算卦者、预言家，谁也看不见明天。说看见了的，不过是猜测和吹牛。谁都只能感受着现实，而现实带着天然的无法改变的痛苦；谁都只能怀念过去，过去是一坛逐年发酵的酒。我不相信世间有神奇的超人，我只相信神奇的命运和生活以它的流向所做的安排。

吉木萨尔是一个渺小的地方，关于它，最近有一个流传的笑话。

说两个吉木萨尔人到了广州，昂然欲进某豪华饭店，被拦住，问："你们是哪儿的人？"答曰："吉木萨尔。"问者不知，以为是哪个非洲国家，便问另一个："你呢？"另一个回答说："一搭里的（意为一块儿的）。"问者听为"意大利的"。"原来是外宾，请进。"

我们的荒唐的吉木萨尔人被编派的这个故事，显然是不真实的。但是把这样的揶揄指向吉木萨尔人，却应该承认是真实的。吉木萨尔是那样荒寒，这个当年成吉思汗威震中亚的军事重镇，历史上闻名的北庭都护府，早已度过了它豪华的岁月。它威风凛凛的青春一去不返，现在像一个可怜虫，躲在当年的遗址旁边浑浑噩噩，种地、挖煤，偶尔也有淘金的欲望和梦想。它的县城和那时的很多县城一样，肮脏、凌乱、愚蠢、呆板。这就是本世纪七十年代初叶的中国政治、经济、文化所造就的县城，一个十字路口，一座语录牌楼，一尊领袖塑像，一个只有带着老茧一样厚皮的又冷又硬馒头的破食堂⋯⋯任何一个外人到了这里，尤其是冬天，都会觉得到了地狱的门口。我相信，即便是汉唐时期的县城，也绝对比它美好得多。面对这样冷漠无情、愚昧傲慢的县城文化，你不能不从心里发出由衷的哀叹、彻骨的怜悯：人们啊，你们这究竟是怎么生活的呀？为什么，你们活得如此卑贱无知、肮脏麻木，难道你们天生就是这样缺乏生气的一群？

我不想诅咒你们，相反，我深切地同情和理解你们。那时，你们不是自己，你们不是你们，你们貌似行动着的活人，实质只是口号的盲从者，一群夜游症患者。你们像木偶一样被牵动着，却完全不自知。嘴巴徒劳地张开又合上，发出震耳欲聋的无意义的轰响，手臂和双腿、大脑和精力都消耗在木偶的活动和斗争中了。

可悲，我也是木偶。那时我没见到不是木偶的人。活着而没有生气，活着而没有自由，那是一个多么荒唐的木偶年代啊！

谁告诉过我们？谁提醒过我们？

历史学家呢？哲学家和诗人呢？法律和人类几千年积累起来的文明呢？他们都干什么去了？

有多少借口和理由，也不能洗净蒙在上层建筑领域上的耻辱。这耻辱是这样的深重和深刻，它将穿透时间，引起今后一代又一代后人的惊讶、提问和愤怒。

只有这个谦卑的村落对历史不负任何责任，谁也怪不着它。它坐落在这偏远的地方，它的默默无闻和任何时代的错误无关；而且在任何时候，它都以土地、道路、日出、鸡鸣、五谷杂粮、野草芦苇……拥抱人们，温暖人们，让人们生存。它半是自然，半是社会，一切时代的热潮和影响也会涌涨到这盲肠似的角落，使之发生变化。因而我没有说这里的村民都是超然世外的君子隐士。

他们在我的印象里已经十分模糊了，我记不起他们的脸孔，只记得一些被太阳和土地混合的力量所染出的肤色，记得被一种村野生涯塑造出的气质——蒙昧未开的混沌样子。他们的眼睛里没有光芒，射不出智慧所造成的眸子清澈分明的光亮。他们的眼睑总是低垂着，遮掩着什么卑微的东西。

他们非常习惯于向别人借东西，要东西，尤其是向他们认为富有的人。他们对痛苦比较麻木，对羞耻感觉迟钝。一般说来，他们的嘴唇厚重地向前突出，鼻梁塌陷，颊骨有一种无法掩盖的暴露感，前额杂乱。

然而他们却是非常精明的、现实的、会盘算的。谦卑和精明构成了这种弱者的双层防御体系。谦卑使人可怜他、同情他、进而愿意帮助他并对他失去警惕性；精明却使他一步步地接近目标，绝不放过可能得到的好处。在他们衰老的时候，他们是彻底谦卑的，他们会让人感到土地一般谦虚厚实的质朴和仁慈。但是你注意他们的儿子，那些年轻的从农村生活中走出来的人，他们带着自己的文化和方式，带着这些特征，在社会生活中演变、改进、修饰，偶尔露出马脚，然后继续谦卑，直到——随着一个又一个现实的目的被达到之后，死掉。就是这种精神，这种伪装的韧性功利主义精神，从散布在中国的无数村落里走出来，走向一切领域，占领一切舞台，弥漫着整个中国。

它将无往而不胜——这种精神，谁也别想战胜它，因为它本身就是一种腐蚀剂。虚假、衰弱和无耻，将一路腐蚀、吞噬过去，无法抵挡。

这就是我们终于在全世界造成了真正弱者形象的根本原因。弱者的彻底胜利必将完成彻底的弱者形象，这恐怕不是一代人所能改变的。呜呼，并不是对世界上所有的问题，都能够找出解决的办法来的，比如，积弱。

我这么写，也并不是在责怪吉木萨尔。它没有什么好责怪的，对这一切深刻的后果，它毫不自知也毫不理解。它是那样偏远、孤立，那样茫然自在。

直到最后我离开的那天，我也没能对它留下一个全景式的印象，它仅仅是一个村落，和北方的所有农村大同小异的村落。它拥有土地然而它简朴，它拥有四季然而它泥泞，它就是那样，你一扭头,就会感到它消失。

  谁也别想在地图上找见它——那个村落,就像谁也别想在地图上找见自己的家。

1988 年 11 月 9 日写于新疆乌鲁木齐

西部与西部

> 边缘不是世界结束的地方，
> 恰恰是世界阐明自身的地方。

不是我强拉着骡子比骆驼，硬拿咱中国西部和人家美国西部攀比，何况我活了这些年也从没有机会到美国西部去考察考察。美国西部什么样儿？我没见过，只是从大量西部片上观赏过。

我对西部片有亲近感。那粗犷的山峦和暗红的荒原，那些骑着风尘仆仆的骏马的带枪的人，那些充满野性活力的小镇和酒馆，还有不断发生民族冲突的景况和面貌酷似中国人的印第安人，这些都让我产生认同感，因为这些与中国西部的生活场景相似。

但是至少有一点不同，那就是美国西部的拓荒精神和牛仔文化给全世界留下了广泛而深刻的印象；但是中国西部近百年来却是沉默的，它曾经有过的繁荣和几千年来人与自然抗衡中表演过的无数惊心动魄的故事和场景，不但没有表达出来，反而正在湮灭。

实际上中国西部的故事一点儿也不比美国西部少，其粗犷的力度和多种文化冲撞的光芒，如能表达，则更精彩。历史曾在这里大开大阖，时间在大摧毁和大空旷中期待着大物质与大精神的新构架。

斯坦因在《沙埋和阗废墟记》一书中，用惊叹的、诗人般的口气描绘它："以往站在慕士塔格峰上看到的任何景色都无法与之媲美。东方高耸着雄伟的昆仑顶峰，被耀眼的冰川分割开来的奇异成群的山脊。陡深的山谷和锯齿状的山梁从主脉向下延伸……顶点是座宽阔的白雪皑皑的山峰……"

正是在中国西部,形成亚洲高地上隆起的冰盖,成为诸大举世闻名的山脉:喜马拉雅山、昆仑山、喀喇昆仑山、兴都库什山之间的一个"扣结"。不但如此,它还曾经是欧亚两块大陆之间政治、军事、经济、文化的一个由草原帝国作为主人并使之冲合散荡的中枢。

每每翻阅中国西部的历史,有些史料常常使人惊愕。那些发生过的事件是那么富有戏剧性、那么惊险传奇,然而在今天却早已无声无息了。是的,当今文化中心和热点不在这儿,不但不在,而且距离非常遥远。只因这点现象,我们就足够得出一个结论:所谓文化,也从来没有公平过,它始终喜欢在政治经济的墙院内徘徊而害怕远处的、底层的长天大野。

我对于当今文化人那种对钱谦益呀,柳如是呀不厌其烦、津津乐道的心理,无法揣摸和理解,我也不想弄清为什么。但是我不相信他们这种病态的赏析能改变价值的结论。躲在书斋里的人总是在历史往事中寻找那些和他们类似的人。相反,外国的学者比较起来却强健得多,他们不怕大地域、大艰险、大空旷,而是不惜一切寻求大真大美。这些"文人"实际上是勇士,比勇士当然更厉害了。斯坦因、斯文、赫定、雅林等都不是不谙时事的书呆子,都看到了中国西部的、伟大的历史文化珍宝。

尽管,他们有些人也做过不光彩的事,但至少那种治学方式值得思考吧?他们毕竟间接地让西部发出了一点声音,不致完全被遗忘。远的不说,仅百年来的左宗棠平阿古柏,马仲美兵乱新疆,全是传奇有说头的大事件,随便让那些有眼光、有能耐的导演拍部片子，都不比《拯救大兵瑞恩》差。可惜，我们不是没有发生过阐明自身的事，而恰恰是，没有能够阐明自身的人。

我们因此才变成了"世界结束的地方"。

所以我不喜欢什么"地处边缘"啦，"西部诗人"啦之类的说法，这里有一种抱怨或无奈，同时还有一种自我原谅和贬低。在圆的地球上，中心是自然形成的，而且中心也不是永恒的，正如边缘亦非生就的。有时候仅仅只有一二十年的时间，一个地方崛起了，而这个地方的兴起就宣告了别处的落伍。

我记得很清楚，我上小学的时候，英国是世界第一强国，美国那时还远远轮不上。半个世纪之间，美国跃居世界首位，成为影响力最大的国家。特别印象深刻的是，在美国，那时黑人是奴隶，任三K党徒杀害；现在呢，黑人是乔丹。

一切都在变呢。今天最大的特征是，过去几百年变化的过程，今天几年间就完成了，或许更短。那么还有什么可推诿的呢？让中国的拥有伟大山河和多种民族历史文化的西部讲出它的身世和经历吧——这一天不会太远。

让"阐明自身"，成为可能。

1999 年 2 月 15 日写于新疆

迁徙者的家园

走着走着哩,褡裢里的锅盔少哈哩;
走着走着哩,眼睛里的泪花飘满哩……

——民歌《五朵梅》

迁徙看起来仿佛是一个个家庭或个人命运的转折点,实质上却往往紧密联系着社会大背景的变化起落,折射出时代政治、军事、经济和文化的特征。于此大背景下的个人或群体的命运,便反射出某种特异的受难者或探险者的光芒,使个人命运笼罩上一层与恶劣环境搏斗以及创造奇迹的辉煌。

严格说来人类没有永恒不变的定居者,世上的一切事物都在变化着,迁徙只不过是一次明显的变化;严格说来西部也没有多少世居不移的当地人,自古以来,各个民族都在迁移中寻找家园、重建故乡。勒内·格鲁塞在《草原帝国》一书中有这样一节精彩之论:"匈奴在把月氏逐出甘肃的过程中,引起了一连串的反应,这些反应在远至西亚和印度都能被感受到。阿富汗地区丧失了希腊化特征,亚历山大远征在这些地区所留下的最后遗迹被消除了;帕提亚的伊朗暂时承受了震动;从甘肃被赶走的部落已经在喀布尔和印度西北部建立起一个意想不到的帝国。在草原一端发生的一个轻微的搏动,不可避免地在这条巨大的迁徙地带的每一个角落都产生了一连串意想不到的后果。"

和古代的民族大迁徙相比,本世纪以来的个体的或较大规模的迁徙都是平稳和安全的。这说明，今人对迁徙和灾难的承受力已远逊于古人，同时也证明，社会的确是从野蛮走近文明。

在西部的所有迁徙者中，真是各有其不幸和幸运、悲壮和顽强。其中锡伯族的大迁徙是令人钦佩的，这数千人从东北奉命戍边西北，拖家带口，行程万里。百年来，锡伯人永远是战士。以小小一族处于各大民族之间，以其剽悍、勇敢、善于学习、勇于自卫的精神使各大民族不敢轻侮小窥。这是一支伟大的迁徙者。前一段我有幸参加了一次以锡伯人为主的各民族小型宴会，酒馆的小老板是维吾尔人，锡伯人中有诗人、导演、全国摔跤冠军，还有从澳洲归来的音乐家，还有一位因车祸撞碎髋骨治愈后戴着钢架的乐观主义壮汉，当然，还有蒙古族、朝鲜族、锡伯族和杭州的漂亮女士。

这些都是迁徙者或迁徙者的后裔。然而这些人脸上哪儿有一丝一毫的悲伤呢？男的是一律强壮、热情、豪放，而且全都具有一副令人吃惊的好歌喉；女的也都文静、大方、善解人意、举止不俗。当悉尼归来的锡伯人拉响手风琴，用蒙语、哈萨克语、锡伯语和汉语唱酒歌和怀念故乡的歌时，雄伟而优美的歌声发自肺腑，令人热泪盈眶。

被车祸撞碎髋骨的人打起响亮的口哨，快乐忘形；他的头被我形容为"一截刚从森林里锯下来的松木墩子，正散发着生命的芬芳"；还有华肖昌这个政协委员，他说："我们是弱小民族，汉族是老大哥。"我纠正道："锡伯族是小民族，但决不是弱民族！"

他们听了欢呼起来——"干杯！"

那天晚上我非常兴奋，因为我又一次巧遇了新疆真正的精神和新疆的美！在一个很矮小的酒店里，在一群陌生的各民族朋友中间，远古的迁徙者与近代的迁徙者在西域会师了，歌唱与欢乐为任何别的地方所难寻!

谁说我们这里是没有文化的地方呢?我们的文化只是藏得比较深罢了。它不在舞台上、不在荧屏上,而是深藏在历史和每一位迁徙者的心里。它是一种久经打磨的真实感情,故尔不能表演,无法演出,只有在特定的环境际遇下,交汇碰撞出大真大美的光芒。

是的,命运交付给我们生存的土地是值得倾心去爱的。有一个从甘肃迁来的吴老汉,住在戈壁滩上,放了一群羊。在他的土屋柴门之外不远处,突然被测定为亚洲地理中心,东经 $87°20'$,北纬 $43°41'$,由新疆科学院竖标立牌。谁也想不到,整个亚洲的地理中心,竟是这个小小的包家槽子。

结果,吴老汉潜藏着的某种力量被唤醒了,他卖了羊,每天专心凿刻起大石狮子,他在这"无浪三丈风"的地理中心苦苦地,津津有味地凿了三年石头狮子。许多报纸报道了他。

这个牧羊人默默地在风沙里凿刻石头的举动,引发了城市里相当一些人的共鸣,他的顽强的"亚心守望"精神,他的对于某种不关生计的幻觉的妄念,成了人们对自己生存的这片土地难以割舍的爱的寄托。人们从吴老汉的痴情中,找到了一切迁徙者的归宿和家园。

也许吧,越是荒凉的地方,爱越是容易被凸现出来,信念越是像背水一战的决心那样决绝地耸立起来——一如中国西部那些挺拔不屈的山脉。

1999 年 3 月 5 日写于新疆

河 与 沙

> 沙漠对河流说：结束！
> 河流回答：我本身就是开始。

在新疆生活的这么多年月里，我非常幸运地见识了它的那些著名的河流。的确，我非常幸运。

伊犁河、巩乃斯河、喀什河、塔里木河、孔雀河、额尔齐斯河、玉龙喀什河、叶尔羌河、多浪河……河流给人留下的往往是永难磨灭的记忆，是丝缕一般柔长的诗情。虽然水和水几乎是完全一样的，奇怪的却是河与河完全不一样。

叶尔羌河完好地保留了一副古代河流的面貌，在洪水期它宽阔的河床里流泻的仿佛不是水，而是永无休止的、奔腾拥挤的骆驼群；额尔齐斯河有着令人惊异的风采，它水量的充沛和纯净近乎神话，它的浪涛如同众多大块的碧玉倾泻翻滚；还有塔里木河，那是一支忧伤的歌，它以伤感的情调告别一个又一个绿洲，然后义无反顾地走进沙漠……；还有呢，还有伊犁河和巩乃斯河啦，那是和我青年时期的生活紧密联系的河，我已经好多次写到它们，但始终不能真正表达出它们的神韵。

如果说我对新疆有一种无法抗拒和割舍的爱，那么这里面有很大一部分是缘自这些河流。河流这些生命之蛇缠住了我的心。

与河相反的是，我这么多年走遍了新疆的许多地方，穿越过无数的戈壁和碱滩，却很难深入地见识到沙漠的真面目。我与最著名的塔克拉玛干沙漠、塔里木沙漠、古尔班通古特沙漠共居一域,但始终没有真正见到过它们。它们就像传说中的巨蜥,时常留下足迹,却难见真形。

于是我经常在头脑里想象出这样一些画面:河与沙漠的关系如同一些生命之蛇与几只巨型蜥蜴之间的生死搏斗。河想包围沙漠,缠住它并消解它。沙漠固执地蹲伏在那里,愚蠢而又警觉,充满仇恨而冷酷激情,等待时机,随时准备猛地扑过去,并一口咬断它。

在河与沙的殊死搏斗中,夹在当中的是我们人。

人是多么灵醒的动物啊。

我看到过西海固的作家王漫西的一段文字,是这样写的:"1972年,西海固大旱,我去某村找一位烧窑师傅,村里人都说这位师傅很诙谐。我问他祖籍在什么地方,他脱口而出:'天盖村'。在我准备告辞时,他说:'你是走州过县的人,咱这里人都说地球把把子(指把柄)快磨断了。'还说:'咱这里人说是苏联专家测出来的,正拿电焊机焊着哩。'

"'你还不相信么,电焊机把天都烧红了,山干火燎的,牛赶到山里只吃空气不吃草。'

"'咱这里人说焊住了我们就不迁了,焊不住还要迁走哩。'

"'迁到哪里去呢?'

"'迁到日本去呢?哎呀,那日本人,人碎得很鬼大得很,尿下的尿都是颗颗子尿素。'"

这一段精彩的对话正是大西北的缺水贫困地区的人民群众所独有的生态环境危机意识,也是由他们口头创造出的"魔幻现实主义文学"。在当今众多的有关生态环境的呼吁文字中,我没见过比这更绝妙的。

烧窑师傅的想象力令人叹为观止。

夹在河流与沙漠之间的人，直到这时，才想起了树。

那些不会逃跑、不能移动的树，那些在人类兵团到达后像成群成片的俘虏等待砍伐的树，那些身材高大、枝叶俊茂但敌不过一柄斧锯的树，那些在微风中哗笑着本来想当人类的朋友却不料成为屠杀重点的树……及至想起，为时何晚！

现在怎么办呢？现在栽树吧！

树是人类的最忠实的朋友，但愿我们今后不再因为它们无言、不能移动而去任意伤害它们。在河流、沙漠和人三者之间，有了树，一切都会变得和谐起来。每一棵树其实都是一根伟大的"魔杖"——就像古老的神话中传说的那样。

至于河流，这养育生命和文明的保姆，除了近百年来遭受污染和破坏，过去在历史上可是一直受到热爱和歌颂的。一本书上说道："实际上，在成吉思汗后裔中，对流水的崇拜一直持续了很长时间。"直至今天，我依然记得中学时读过的题在《静静的顿河》卷首的那几句古歌——

哎呀，静静的顿河，你是我们的父亲！

哎呀，静静的顿河，你的水流为什么这样浑？

1999 年 3 月 6 日

历史与山河同在

我想记录下对生命整个过程的体验,大概这就是对至今尚未中止的写作欲望的最好解释。我不信任声音,也不信任影像,因为我始终觉得那都是靠不住的。

可我信任文字,尤其是汉字,也许这种信任(也可以说迷信)使我成了一个作家。那些勒石刻碑的字,那些装裱成轴的字,还有匾额、楹联、扇册、书籍,都让我感到实实在在的存在,让我感到踏实。

有时候我会无端地想,历史在哪里呢?那些超越了历史却又消失了的生命在哪里呢?依我看,它们就凝缩在这些汉字里,一笔一画,概括无遗;音容笑貌,历历在目。我甚至认为,它们凝缩在这里面的,往往比它们原来存在过得更好。

血肉之躯啊,可怜的血肉之躯比落叶还容易在西风中四散飘零。对这一点缺乏预见能力的人,就是我们常说的愚蠢的人。愚蠢的人也知道灵魂,但不知道灵魂是什么,他们只是用鬼怪神妖这些虚妄的东西来解释,而不知道从人的生命本质中去寻找答案。

什么是灵魂?

答案:灵为智慧,魂即精神。

我们看到博物馆里的一只几千年前的土陶罐,我们喜欢上它,那是因为它身上同时拥有了"灵"和"魂"。土陶罐上的鱼纹装饰栩栩如生,那是智慧;土陶罐用土、水、火制成,极易脆裂,却十分坚硬。以其一摔即可粉碎之身而跨越数千年,从古时一负水女之肩头,来到今天的玻璃展柜里,何等侥幸而又坚强,那是精神。

同理,所有能够超越时间而被珍惜的事物,都是因智慧和精神而存在的。而且,当愚蠢的事物被智慧点石成金,成为幽默和笑话后,它也能存活下来。

有的人轻视土地山河,认为现代人的生命早已超越了山河大地而与都市高厦共存亡,新的文明正从这些高厦的窗户里诞生并散播出来。

我觉得好像没有那么简单。

所谓"现代",无论从什么角度看都是一个十分自以为是的、非常勉强的概念。人们还是要回归到生命的本质当中去,还是要与山河自然、生灵万物共呼吸,朴素的事物现在因为罕见而变得愈加珍贵了。

我不止一次地乘飞机掠过西部的大地,但每次飞临博格达峰一侧时,都会被其近在咫尺的威严容貌所感动。那不是一座山峰,而是一群矗立着的伟大头颅,它们头戴冰雪之头盔,白须飘然,眼窝深陷,鼻梁高峻。它们表情里似含有无尽的冷穆与宽容,仿佛是一群古代草原帝国武士们的雕像,正无言地望着飞机小舷窗里的人们。这时,历史与现实,无法交谈。

玄奘曾对这些武士当年的营地作过描述:"可汗居一大帐,帐以金花装之,耀炫人目。诸达官于前列长筵两行侍坐,皆锦服赫然。余仗卫立于后,观之,虽穹庐之君,亦为尊美矣。"正是这些曾经活跃于欧亚内大陆的人,这些骑马民族,"他们作为步兵是相当不合适的,但骑在马上,他们几乎像铆在他们丑陋的小马上一样,这些马不知疲倦,并且奔驰时像闪电一样迅速。他们在马背上开会，做买卖、吃喝——甚至躺在马脖子上睡觉"（阿米安努斯语）。还有一位欧洲人西多尼斯·阿波林纳里斯干脆以诗称颂这些令罗马和日耳曼世界产生恐惧的人："当他们站在地上时，他们确实矮于一般人，当他们跨上骏马，他们是世界上最伟大的人。"

正是这些人——斯基泰人、匈奴人、突厥、回鹘和契丹人、蒙古人，活跃在这片广阔的地带，有时突破历史之网，有时被汉、唐帝国的将军们所驱逐，有时成为世界的征服者。总之，在我看来，中华民族曾经不断地从他们身上吸取力量，并把这种力量注入那种历史悠久的文明的巨大优越性之中。现在，如果说直至今日，那些真正能够震撼我心灵的艺术——史诗、民歌和舞蹈，往往是由少数民族渊于历史的民间流传所保存的和创造的，我想这种现象决不是偶然的和个别的现象。

我爱听蒙古人的歌，爱听腾格尔的歌；我爱看藏族人的舞蹈和爱听她们金属般高亮入耳的歌唱；我还喜欢维吾尔人的十二木卡姆，哈萨克人嘹亮、活泼的雄伟歌声。

这一切同样在汉字之外给我以深刻的影响和信赖感。我相信，这些也都是不可磨灭的。

人们说，人的外貌和体格会因其所处的山川地貌形态而受影响；我认为这话反过来说也是成立的，山川的地貌形态也同样会因为人的历史文化浸染而改变。

生命虽然是短暂的，在生命之树上，一茬又一茬生命的树叶飘零四散了。但是没有关系，每一茬叶子都没有白长，也没有白喧哗。它们绿过，给过世界勃勃生机，然后归于历史。

而历史与山河同在。

不信么，你仔细去看山河土地，那上面永远有许多你完全陌生的脸孔和眼睛。那就是它们。

1999年4月9日

混血的城

这些年我已经好长时间不读诗了,准确地说,是不读新诗或现代诗了。但是最近偶然读到了一首题为《混血的城》的新诗,作者是沈苇,他的诗又使我恢复了对诗的信任,更主要的是勾起了我对我生活的这座城市的回忆和认识。

沈苇的诗开头一节是这样写的:

> 让我写写这座混血的城
> 整整八年,它培养我的忍耐、我的边疆气质
> 整整八年,夏天用火,冬天用冰
> 以两种方式重塑我的心灵

他的诗一开始就连续出现两次"整整八年",可是我呢,已经和这座令人无限依恋、引人无限感慨的城市共同经历了将近半个世纪的命运。我和这个城市一起成长,我看着它变化,它看着我变化,相看两不厌,不同的是我看着它变得越来越年轻,它看着我变老。

诗中的第二节写道:

> 它被叫做"美丽的牧场"
> 青草疯长成楼群
> 一顶顶毡房突然膨胀为城市

> 街上驶过杂色汽车
> 如同牧羊鞭下的一群
> 身披尘土,来自各自时间的黑暗……

这座西北最远处的省会城市正如诗中所描绘的,奇迹般地在不到一百年的时间里经历了游牧、农业、商业城市三个时期,它身上各个时期的胎记都没有脱尽,然而它却兴致勃勃地准备投身到一个更新的时期中去。乌鲁木齐是一个鲜明的、充满生气的城市,也许它并不伟大,也许它和许多繁华的大都市相比还差得很远,但它充满了自己的个性。它谁也不怕,对谁也不崇拜,它有一种真正悠然自得、傲然独处的精神——这恐怕是它游牧草原的出身所带给它的。同时它还具备另一个看似矛盾的优点,那就是它善于学习,绝不排斥任何先进的事物,它具有青年人一样开放的、善于接受新鲜事物的能力——这一特点毫无疑问是和它的现实成分密切相关的。

因为它是一座真正意义上的"混血的城"。

这个不仅指它的多民族构成,还指它的移民特质,十几个民族和全国各省区的人荟萃于此,带来各自的特质与文化个性,在很短的时间里形成这个城市的风格和共性。它除了接纳、融会、吸收,还能排斥谁呢?特别是,它作为百年前的一片丰饶的牧场,没有什么城市的传统可守,所以它始终是进取的。在大西北的各城市之中,它没有西安那么有文化,但它比西安有活力;它没有兰州所处的地理位置那么重要,但它比兰州有魅力;它没有西宁离内地那么近,但它比西宁有气势;它没有银川那么独得黄河之厚爱,但它比银川富丽。

我记得很清楚,五十年代在乌鲁木齐的碎石子铺成的马路上,时常会碰到转场的牧人把潮水般的羊群缓缓赶过来,淹没马路;他骑在马上,大夏天穿着皮袍皮裤,与周围的人们格格不入;他沉默无语,表情有些惭愧。他的头大毛长、强壮如牛犊的牧羊犬也感受到了城市的压力,一声也不敢叫,低着头躲着行人,像一个可怜的乡巴佬,连小孩也敢向它扔石子。

那时乌鲁木齐只是一个二十五万人口的小城,街头奔驰着六根棍马车,汽车是很少见到的。那时冬天比现在冷,人们都穿着白色的厚毡靴,现在这种毡靴已经消失很久了。那时的公社书记们来城里开会,全部骑着最优良、最强壮的好马,县委门口专门设有拴马桩,几十匹好马汗淋淋疾奔而来,身上结满冰霜。

我经常回忆起五十年代,那里有一种甜美的质朴与欢乐。然后,六、七、八十年代,仿佛一晃而过,没什么变化。到了九十年代,变魔术一样,这个城市日新月异。

现在我走到哪儿都没有感到过分惊奇,因为相差没那么大了。我们在这里生了根,我们的脚长进了这里的土地,它就是我,我就是它的一部分。我怎么也摆脱不了故乡和我的关系,我承认,我太爱它了,我已彻底被它征服。有时候我会偶尔遇到一些比较自以为是的人,他们会发出这样的疑问:"你怎么还在新疆?"我觉得这种问话很没有教养,而且十分可笑。这就好比一个外国人问你"你怎么还是中国人"一样。新疆怎么啦?新疆很好,新疆自古就是英雄好汉驰骋的地方,现在仍然是。

当今时代是一个实现个人价值极为困难的时代,一个人没什么了不起,但是一个有着特殊依托的人可就不得了啦。有些人依托强大的社会集团力量,有些人依托财力,还有人依托文化中心的传播力,等等。这些我都是明白的,也都是理解的。

但是我可不可以只依托自己呢?

依托一座混血的城,依托从它悠久的历史身上散发出来的特殊的气息,依托时间,依托那份野蛮的单纯。混血的城!让我们一起去创造神话吧。

整整八年,我,一个异乡人,爱着这混血的城,为我注入新血液的城
我的双脚长出了一点根,而目光时常高过鹰的翅膀
高过博格达峰耀眼的雪冠……

1999 年 4 月 13 日

天山的额顶与皱褶

这道通向克什米尔的山脉,
同时也是一条明确的人种学分界线。
　　　　　　　　　——《沙埋和阗废墟记》

　　有一年,我这个山西人回老家去登五台山。我欣赏五台山的那种佛教文化的氛围,但缺乏认同的心理。我看到山上的那些碗口粗细的小松树,心里就不以为然,心想,这算什么松树。如果与天山的松柏相比起来,五台山的松树只能算小孩子。在那一次山顶环顾之间,我忽然领悟到,山也是有种族之分的。山的风范容貌,往往与临山而居的那些人的文化形态相和谐,甚至与他们的文字、面型、体格相融。这就弄不清究竟是山川河流影响了人呢,还是人工斧凿改造了山?或者是两种因素都有,千年万年,互相影响。人有气,山有灵,渐通渐融。所以辛弃疾才会有这样的妙句:"看爽气朝来三数峰。似谢家子弟,衣冠磊落;相如庭户,车骑雍容。我觉其间,雄深雅健,如对文章太史公。"

　　真是天下读山第一人。

　　若是读汉家山脉,可以说"登泰山而小天下",也可以说"五岳归来不看山",这不为妄言狂语。但是,中国大地上还有各个民族的山呢,该怎么说?

　　所以我想说一说另一种系的山,全长一千八百公里的天山山脉由东向西逶迤磅礴,贯穿新疆浩瀚的大地。这是一座有着突厥人面型,生就蒙古人、匈奴人、斯基泰人骨骼和血脉的伟大山脉。与之毗邻的山系个个不同凡响,个个独具风采,阿尔泰山、昆仑山、喀喇昆仑山,哪一座都不是矮子,而且哪一座都不是丑八怪,个个自成体系。

然而天山却是我们最容易亲近的山,它是西部山脉的众神之中比较亲近人间的一位。说它容易亲近,也无非是天清气朗的时候,登高临窗可以遥遥望见博格达峰的影子,云丝雪线,半空处横亘着一脉凝重而有质感的蓝色烟雾。海拔五千多公尺的博格达峰是众神中的小弟弟,也是天山之父派遣来观察守望乌城的少年王子,它蓝袍镶金,白帽抹红,英俊伟岸,不可一世。

若是你登天池,便可一睹其浓眉秀目。美少年,眼神一晃,摄人魂魄。若是乘飞机飞临乌城呢?千万记得坐在左舷窗边,降落前一刻钟,可以真真切切得窥天颜。的确是天颜啊,那是神的面容神的脸。永不融化的、干爽洁净的冰雪从它的头顶上倾泻纷披而下,如银的冠冕或头盔,也如白发三千丈直落胸腰之下。从冰雪之间透出峻峭的山体,岩石的蓝,仿佛钢的烤蓝,我谓之"钢蓝"。

你可以看到,它的鼻梁果然是高峻的,眼窝果然是深陷的,而嘴,总是紧闭着掩藏在浓须之下,一言不发。最伟大者,乃是它的额头,晶莹闪亮的白岩石一片高处的坦阔,是智慧的额,是勇士的顶。那是智者之相与王者之相的完美结合,是一颗雄性的头颅,冷峻威严但并不凶恶,就像泰戈尔的头,托尔斯泰的头,有一种艺术之王的风范。一个人平生只要有一次得窥天颜的机会,他就会终身铭记住这种伟大容貌,再也不会被人间的俗脸所征服。而且,他一定会在潜意识里要求自己长得接近那样,因为他见过了美。

然后就是皱褶了。天山的每一道沟就是它身上的一道皱褶,谁能数得清它有多少条皱褶呢？天山山脉分为北天山、中天山、南天山三部分，北天山1300公里，中天山800公里，南天山自汗腾格里峰向东，沿塔里木盆地北缘延伸。如此庞然大物的天山山系，光它的宽度就达400公里，那它的一道皱褶也足够我们流连叹赏了。

距离乌城仅几十公里处，就是一道接一道的沟，这些著名的天然避暑风景区，就全是天山的身上的皱褶。白杨沟、庙儿沟、菊花台，还有许多幽深未名的美沟壑，全是风韵天成。这些地方现今称为风景区了，过去却只是游牧者的营地和牧场。在天山的皱褶里，只有这些光荣的牧人之子能够体贴它的冷暖，听清它的脉跳，嗅到它的体香。因为仅只是一道小小的皱褶，对我们来说也是太深太远太大了，步行者是难以深入和穷尽它的。

惟有骑于马背者与之和谐。

温暖的毡房与之和谐。

放牧羊群者与之和谐。

用粗糙的手在晨光中挤牛乳之老妇人与之和谐。

经典云："他在大地上安置许多山岳，以免大地动荡，而你们不得安居。他开辟许多河流和道路，以便你们遵循正路。"

如此才体现了人对自然的初心正觉，才显示了人对自然的尊重。最初的游牧人之所以尊重自然，大约源于敬畏和崇拜。但我相信后来是出于了解和理解，越来越多地熟悉了山川草原，意识到自己的生存方式和生产方式依赖于自然。

所以他们不伐木，不垦殖，烧牛粪和枯枝，而决不砍伐健康的松树、杉树（虽然他们在战争中砍伐人）。

美丽的天山草场就这样保留下来，还有阴坡上成阵的黑松林，还有遍地的野菊花、芬芳的蒲草……因为放牧，牛羊马驼吃草遗

喀纳斯湖

额尔齐斯河"雅丹地貌"

粪，使草场的土质肥厚油黑，加以草根的交织巩固，走在上面颤悠悠的，仿佛走在大地肥壮的肌肤上面。任何人夏日来到这里都会变得活泼开朗起来，像是童年的灵性重新回归了躯体。

1999 年 5 月 28 日

大树和我们的生活

> 我们不但是今天生活在这块土地上,而且过去生活在,并且还要永远生活在那里,在整体之中。
>
> ——列夫·托尔斯泰

如果你的生活中周围没有伟人、高贵的人和有智慧的人怎么办?请不要变得麻木,不要随波逐流,不要放弃向生活学习的机会。因为至少在你生活的周围还有树——特别是大树,他会教会你许多东西。一棵大树,那就是人的亲人和老师,而且也可以毫不夸张地说,它就是伟大、高贵和智慧。

更早发现这一点的,是托尔斯泰。他在《战争与和平》这部巨著中,有一段保尔康斯基公爵与老橡树的对话,就体现了树的生命对人的生命所产生的不可忽视的影响。再早些,中国历史上也有人流露过这种意思,叫作"树犹如此,人何以堪"。这证明,树的生命比人的生命更长久,从"阅世"的意义上看,人是比不过树的。所以,你若是到十三陵,看到周围静立在那里的松柏,尤其是看到那种虎卧龙盘的老柏,会不由得生出某种敬畏和感激——有什么办法,帝王们全都死了,它们却依然活着,默默地、居高临下地看着人间的兴衰更迭、生死荣辱。在某种意义上,它们就是历史,它们就是帝王。

我甚至觉得没有什么哲学比一棵不朽的千年老树给人的启示和教益更多。同样是生命,树以静以不言而寿,它让自己根扎大地

（根据地）并伸出枝叶去拥抱天空，尽得天地风云之气。相比之下，人愚蠢而又浅薄，人一生都在说话，声嘶力竭，奔走呼号。没有人肯静下来想一想，没有人想到向树学习点什么，在人的心目中，树是傻瓜。那么在树的心目中人是什么东西呢？不清楚。能够清楚的是，树的存在为人们贡献了自己的全部，从枝叶到花果根干，却也从未向人们索取过什么。许多家畜供人驱使食用，但同时也靠人喂养照料。树本来是用不着人养的，它在大自然中间活得好好的，姿态优美，出神入化。那些绝崖石缝中斜逸而出的美松树是靠人养活栽种的吗？谁敢到那种险处去呢？树甚至连恳求人们不要砍伐它的意思都不曾流露——那是锯子在尖叫而不是树在尖叫。

等到大树被伐倒了，人们看到了它的心——年轮，一圈一圈，岁月的波纹荡漾，生命的记忆永存。这时候，略有悟性和良知的人就全明白了：树决不是麻木的，而恰恰是有灵有智的。它虽不语不行，心里面却比谁都清楚。它与山河大地、飞禽走兽、风云雨雪雷电雾的关系，比人更深入、更和谐。它是处理这些复杂关系的大师。

它不靠捕杀谁、猎获谁而生存，但它活得最长久。这可真不是一件简单的事儿，它连草也不吃，连一只小虫子的肉也不吃，但它却能长得最高大、最粗壮、最漂亮。这才是奇迹呢，树不用吃饭。真正有生命活力的大树全都已经与天地风云融为一体了，它与山河共呼吸，取万物之精气，反过来又养育万物；得日月之灵华，结果又陪衬日月。若是说什么气功，树才是真懂气功的大师。要说什么"天人合一"，人类不过从树那儿学了一点皮毛。

我在塔克拉玛干边缘的墨玉县见到过一棵八百年的梧桐树王，那样干旱的沙漠边缘，它得有多么大的修行才能活过来呀？何况它不仅活着，而且枝叶繁茂，生机勃勃，它像一个巨人一样健康地屹立着，襟怀博大，人和梯子在它脚下显得极其可笑。

它的王者风范不是靠什么前呼后拥的虚势造成的，它靠它的阅历、它的顽强生命力、它的光辉的生命形态，使人望之而生敬仰之心、爱慕之情，使人认识到伟大、高贵、智慧这些词语从人类头脑中产生时的本意。

我还见到过五百年高龄的无花果王，这件事我也在《和田行吟》一文中描述过。它占地数亩，落地的无花果使它周围散发着甜腻的腐败和幽深的清香，它的枝干如同无数巨蟒纠缠盘绕、四处爬伸。它达到了它这种植物的极致，造就成、编织成一座自己的宫殿。

但是树和人一样，同样有各式各样的苦难伴随，除了被砍伐之外，还有各种艰难。在天山南麓温暖干燥的农村，白杨是路边、渠旁、屋后、田畔常栽的树，它绿叶飒飒直耸高天。可是有一年冬天，南疆奇冷，这些适应了温暖干燥气候的白杨经历了打击。有些已经非常粗壮、高大的白杨被生生从中间冻出一条裂缝，裂缝一指宽，从树这边透过裂缝可以一眼看到那边的农田。

还有一年八月北疆下大雨，下着下着，变成了大雪。大雪里饱含水气，落在仍然枝叶翠绿茂密的树上，雪积了很厚、很重的银冠。第二天阳光一照，十分奇丽壮观。但是不少树承受不了了，枝桠被压得劈开。银雪、绿叶之下，被劈折后露出的白生生的枝桠内质，望过去就像人的白骨被折断后的模样，一样的惊心动魄。树无声，可是你完全可以感同身受它骨折的疼痛。

一棵树在漫长的成长过程中，会遇到各种大大小小的灾难，但它要是都挺过去了，经历了时间的考验，它就会成为一棵大树。这样的大树会引起人们特殊的敬意。比如在哈密，就有一些幸存下来的百年老柳树。它们的形态确实不同凡响，一看就知道，是有特殊生命力和特殊经历的树。它们身上都有编号挂牌，就像勋章一样，代表着特殊的荣誉。这些柳树就是大名鼎鼎的"左公柳"——左宗棠平阿古柏后沿途栽下的柳树。可是当年"遍栽杨柳三千里"，能活到今天的，已经只有这些了。

你细细端详这些巨大的柳树，会从它们每一棵树的神态雄姿上，找到左宗棠的神韵，一派大人物风范。我当时就颇觉疑惑，心想，难道树也会遗传栽树人的风貌吗？要是果然如此，那树就是通神通灵的生物了。

看来我们对它们了解得还远远不够。

1999 年 6 月 30 日

看那个马车夫犯错误

我当时第一眼看过去就觉得那个人可能要犯一个可怕的错误。那个维吾尔马车夫,他戴了一顶羔皮直筒帽,唇上留了一些短髭。他像个性直、性急的人,但实际上应该属于那种做任何事都十分投入、丝毫也不肯马虎将就的人。

我看见他在倒车。

他的马车上装满了从街巷里拉出来的雪,正在一个干涸的大涝坝沿上,他打算让马车倒得更完美一点,这样他就可以直接把积雪卸入大涝坝里,坑边上不留一点残迹。看得出,他是那种认真的人,喜欢把活干得比别人漂亮。

那一年下了一场罕见的大雪,积雪从乌斯唐布依纵横交错如蛛网的土耳其式小巷庭院中被清除到小街上时,已经几乎堆至电线杆顶端了。那一场大雪使温暖干燥的南疆古城颇感振奋,当然也隐隐有一些惊恐不适。而那个大涝坝,则是过去喀什城里最为闻名的涝坝,供应着半城人家的饮水用水。这个涝坝大约有大半个足球场那么大,深亦有二十米不止,据说抽干水时,整个涝坝里一共只有四条鱼,每条都有一个成人那么大,小鱼一条也没有。这个涝坝有一种古怪的、神秘的意味儿,就像这座中亚著名的古城一样,有一种四处弥漫但谁也说不清是什么的神秘感。

现在这个马车夫就在这个久已干涸的大涝坝的边缘上倒他的马车。他驾驭的是一架四套马的大车,一匹辕马,三匹稍马。马匹个个精壮,辕马看起来比马车夫还要聪明。车倒到离坑边不到一米时，辕马就坚持不退了。但是马车夫是一个固执己见的人，我刚才说了，他喜欢完美，他不停地吆喝那几匹马，并且扯着辕马的辔头，坚持让车倒得离涝坝沿更近一些。他倒来倒去，不肯将就。

我预感到将会有不同寻常的后果发生。我停在几米之外，我等着看那后果。当时我甚至有些希望他倒不好把马车掉下去，那将是一般平凡生活中难得遇到的刺激场面。我本来仅仅是路过这里，但我被这个马车夫行为中所含的悬念吸引住了，我立在那儿，非常专注。

唉，这个马车夫，戴直筒帽的马车夫哟，这个固执的完美主义者哟，终于在很短的时间里把事情弄得不可收拾了，他没让我久等。

正如人们可以想见的那样，他的意志和马的领会间发生了关键处的一点误差。马车后倒得过了头，车轮移动到边沿，马车夫想改使马儿向前，结果马儿们却猛地一倒，车倾斜了。四匹马的力量想再把这辆悬空的重车拉上来已不可能。

我眼看着那辆载满雪的重车拉着四匹马坠落下去，四匹马的姿势令人哀怜，它们朝天仰面，伸直脖颈，像一些不会飞的大鸟，任凭自己向深渊栽翻下去。

马车夫张大惊恐的眼睛，他使尽全力，发出惊叫，也无法扭转这一瞬间的颠覆。他，犯下了终生难忘的错误。

马车和马在两秒间通过自由落体运动直达坝底，马车撞碎但马车不知疼痛，四匹马却像柔弱无助的、覆巢之下的小雏鸟那样，挣扎、抽搐、等待死亡。这时，马车夫用双手抱住脑袋，蹲在涝坝沿上，他方寸已乱，感到大祸临头。

事情果然如我所料，但我在感觉到的时候凭什么理由去制止呢？事后许多年，我想起这件事，都想不出事先制止的可能性。

1999 年 7 月 14 日

还是应该常去看望一下土地

> 在荒山旷野中的这些创业者实在干得不错；对，连他们自己也认为这是一种奇迹。
>
> ——汉姆生

在人们的日常生活当中，值得关心一下的事情的确是太多啦——股票的行情，时局的变化，人际关系的冷暖，天气风云的变幻，甚至一些人对一些宠物的关心也大大地令人感动。

真正被忽略的，惟有土地。

忽略或者说遗忘土地，这正是大部分城市人的特征和个性。足以证明这一点的，就是几乎所有城市里的人都轻视乡下人，而且都用一个字来概括："土！"而乡下人竟同城里人完全达成共识，绝无一人敢于跳出来抗辩，只有低眉俯首，敛气小心，以极大的忍耐和屈辱心理默默争取，有朝一日摇身一变，成为一个"城里人"。这种人往往要比真正在城市里长大的人还不"土"，山药蛋开花更招眼。衣锦还乡，俗艳逼人，而且比城里人更加倍地瞧不起乡下人。特别是这类人往往能够获得更大的成功和权力，反过来领导并左右城市的文化潮流，过去最穷的人现在花起公家的钱来反而最不吝啬，比公子哥儿派头还大。

这有什么办法？穷则思变嘛。背叛了土地的人成为城市的主人。背叛得越彻底，越决绝，在现实生存中所获取的成就和利益就越大，因而主宰一个城市的力量就越强。今天的城市文明和文化，正是在这样的一个怪圈中以飞速奔跑的姿势，原地踏步。

被忽略的土地，始终沉默着。

被忽略的土地上的人也和他们的土地一样，长时间地沉默着。

我始终不能理解的是：何以有那么些人能够轻易地背弃土地？为什么他们对自己家园的一草一木产生不了感情反而对别人陌生的水泥堆积物无限崇敬向往？的确，我看到今天的许多人已经"丧尽天良"。因为长久地疏远土地，艺术的创造力已经离人们越来越远了。今天，我们到哪儿去寻找真正的艺术呢？对，对，没有艺术，只有一些著名的小丑和玩偶。人们拜倒在这些玩艺儿面前，只能说，是我们每一个人的悲哀。

还是应该常去看望一下土地。

这是一味恢复天良的、苦口的中草药，它可以帮助人们恢复一些初心正觉。去浮躁，祛病邪，补元气，正心力。如果说这世上真有什么功法的话，土地是最大的功法，是真正的原始之尊，万物之母。何况它表面上看起来静默，而实则变化无穷，江河澎湃，湖海动荡，它始终可以一碗水似的端平！它自身旋转且又围绕太阳旋转，在浩瀚的宇宙空间与众星保持平衡和距离，抵御着来自四面八方的闪闪发光的诱惑。它是母亲，它要负起责任来，让大地上的万物健康生长；它还是宇宙间的太阳系里的一个总理大臣和外交大臣，是各国领袖和政治家学习的榜样，谁也没有能耐像它那样不动声色间处理好那么多复杂的关系。

然而，我们正忽略着土地。

我们正脚不沾地、足不着土地生存在这个绿、蓝、黄几色相间的美丽星球之上，不是这样吗？我们用水泥、柏油蒙乎其上，以名鞋丝袜隔乎其间；盖起摩天大厦，似乎离大地越远就越能显出我们人类之伟大；造出宝马名车，表现得和土地之间的摩擦系数越小就越显出咱们的潇洒和本事。人为什么忽略土地呢？大约人类有一种脱离母体的本能，他始终模糊地认为还有比地球更为美丽的家园？

人类可以说是地球的不孝之子，可是也恰恰因为了这一点，人类成了地球的灵物和骄傲。尽管如此，我认为，还是应该常去看望一下土地，这对我们有好处。

赤着双足走过田埂或在沙滩上打排球是让我感动的；在海滩上沐浴阳光且在身上沾满细沙是让我感动的；登山者艰难而缓慢地一点一点向冰峰攀登是让我感动的；躺在大草原上把名牌皮鞋扔出去的瞬间是让我感动的。

"为什么我的眼里常含泪水？因为我对这土地爱得深沉。"艾青写给土地的诗句是让我感动的。

如果你在初春季节离开城市，到郊外和山林当中去，那么，你会看到积雪融化的土地在阳光下蒸腾起灰蓝色的烟雾，点点光斑游离其间。土地的芬芳正随着这些氤氲之雾弥散开来，新鲜刺鼻，沁入肺叶。久违啦，土地的气味！在不知不觉间，你会渐渐生出些许醉意，会产生出赤足裸身去亲近一下土地的愿望。然而这愿望却是淡淡的，不强烈，却存在，它让你生出一种陌生的善意和恋情。眼睛变得水汪汪的，仿佛比原来大了一圈，恢复成儿时的眼睛，看见的一切都是美的、新奇的，而且都比原来显得大。

新长出来的树叶比少女的手指头还要娇嫩可爱，仿佛以往的初春从未诞生过如此的嫩叶；泛青的树皮漾着一圈一圈儿的绿晕，像是春天的歌唱在树内心的圣殿里回荡……还有小草和石头，它们一般总是仿照一种家庭的模式组合在一起，一组一组的，一组和一组相隔有一段距离，每一组都配合得恰到好处，极有韵味。

是啊，由无数生命构成的生活就这样在土地上展开，每一年都是新的，每一秒钟都和前一秒钟不一样，这一切归功于土地、天空和时间。有一部被称为"土地的赞美诗"的长篇小说，是挪威作家汉姆生写的，书名就是《大地的成长》。这部一九二〇年获诺贝尔文学奖的经典作品，至今读来仍然妙不可言。我们这个具有数千年农耕历史的民族，竟然没有一部深深领味土地的大作品，实在是既奇怪又遗憾了。四百多个页码的长篇结尾处是这样的："不错，英格尔曾经走过一段惊涛骇浪的人生旅程，曾经在大城市里度过一段时期；但现在她终于回到家里了；宇宙是广大的，蜂拥着无数的渺小的粒尘——英格尔也曾经是其中一粒。人在众生中无非是一粒微尘而已。

"然后黄昏来临了。"

我很喜欢这部书，包括它的书名。所以我在今天说这种话稍微有点显得不合时宜，但我还是想再重复一次，应该常去看望一下土地，就像看望母亲或情人，太频繁既然不可能，一年一次，还是很有必要，大有益处。

1999 年 8 月 30 日

干爽的高地

我习惯于自己的思想一如习惯于自己的衣裳。

——《哈扎尔辞典》

正好我最近在读两本书。一本是大名鼎鼎的法国女作家玛格丽特·杜拉的散文集《物质生活》，另一本是塞尔维亚作家米洛拉德·帕维奇的《哈扎尔辞典》，相比之下，我更喜欢后者。我回忆不起来在我读过的成千上万本书里，还有哪一部比《哈扎尔辞典》写得更好。于是我引了书中的一句话，实际上这句话与本文的内容并无多大关系。如果乘机套用一下引文的句式的话，我会这样说："我习惯于这块干爽的高地一如习惯于自己的身体。"

我们生息的这块大陆上，无非区分为这样一些地域：高地、平原、盆地，沿海地带。我始终相信文明的起源和江河的起源保持着某些共同点，都源于高原，都迂回曲折，都需汇集各种水系才能始终保持活力，最后，都要归于大海。文明像江河那样，起源于高地的时候，是那样清澈、明亮、活泼，如同婴儿的眼睛，黑眸上充盈着水雾。直到现在，这种文明起源地上依然可以找到原始状态遗迹似的童真和可爱。

许多年来我生活在这块高地上。过去说它"荒寒"，是因为它的确人烟稀少，路途遥远。林则徐发配伊犁走了一年多，留下"从戎大漠追狐尾，惜别将军揖马头"、"几人绝域逢青眼，前度归程羡黑头"这样心哀志壮的诗句，林公少穆不愧是古今少有的完人。而今再说这块高地，荒寒不再，路途也因交通的便利缩短了。我有时难免会心中窃喜，我有何德能，竟因占了时代发展的便宜，比林公少遭了这许多苦罪！

现在，我不仅习惯了而且爱上了这块高地，正如我爱我自己。我诚心地祝愿沿海更发达，江南更秀丽，江汉平原和四川盆地更繁荣，但我还是更习惯于我这块干爽的高地。我不喜欢低凹的地方，也不喜欢阴湿潮霉的气味，而且极其讨厌老鼠。有一次我到吐鲁番，住在一个很好的招待所楼上，但当我打开窗户，一眼看到树的高枝上迅速爬动的一只大老鼠，我的情绪彻底被破坏了。几天当中我始终处于害怕和老鼠遭遇的忧惧中，永远心不在焉，环顾左右而言它。还有一次在成都一个酒店里与友人浅酌漫谈，酒店环境幽雅，隔窗是游泳池，很有情调。但是明洁镜亮的花岗岩紫星云地面上，一晃眼竟窜过一只硕鼠，躲在餐桌下，安然无惧进食。这一下大倒了我的胃口，吾之惧鼠，甚于惧虎，急告酒店侍应生，答曰"经常有的，不用在乎"。我岂能不在乎呢？若是破屋柴门、饥鼠绕床倒也合乎情理，这么漂亮的环境里忽出丑陋之鼠，实在让人恶心。

这也许是少见多怪吧，但是这个少见，正是因为长期生活在干爽的高地上的缘故。在我居住的一个城市里，也有老鼠，但很少见。它们像隐蔽很深的地下组织成员，可能是单线联系，绝少露面，压根儿没有川鼠那种主人翁似的气概。另外，我们这里夏天几乎没有蚊虫小咬，家家不设蚊帐，夏夜开窗，袒腹而眠，根本不需担心被袭咬。我觉得这真是天赐的一种福分，因为我在云南曾饱受小咬云团般的纠缠，也在西安尝到过蚊子和酷热的煎熬。

我总的来说不喜欢阴、湿、热、闷。这种气候也许适合于多种植物生长，但不适合我。而且我还相信气候不仅影响人的身体发育，同样还会影响人的性格和心理、饮食和文化。在更本质的意义上，我们这些所谓的"高等动物"和一般的生物一样受制于地理环境的影响，高等动物取掉自封的"高等"二字，就还是"动物"。

由此而产生的文化就有了明显的不同，所以我最容易接受的依然是高地上的文化。在我看来，布达拉宫气势是那么雄伟，那些筑在山上的宫殿与山势相融，借助山势而错落有致、俯临众生，使它显得更加独具风范。

电影《红河谷》里的那支歌，我一听就觉得至纯至美："河对岸的草地上/姑娘的鞋子丢了/丢了就丢了吧/明天早晨再去买一双。"尤其到了"我的眼睛里含着你的泪水"这一句，真是直入人类良知的深处，由朴素而达深刻，启动天良，发掘本心，令人泪如雨下。什么时候听过这样好的歌呢？这就是来自高地的、未经污染、不假修饰的声音。

我承认，只有它能净化灵魂。

可惜呀，现在那些狂热的追星族们，永远追不到真正的星。

我从来不敢自诩为懂音乐的人，何况我还患有神经性耳聋。但是我看到那些耳聪目明的人正为一些愚蠢的破歌倾倒时，我就明白了，他们用耳朵听，我们用心听。这就是区别，这就是为什么他们竟然听不到高地传来的声音的原因了。

作为一个人，一个生活在高地上的人，没有充分的自知、自信，就不能取得做人的自由。从心所欲不逾矩，充分展现自己的个性，就等于充分展现那块土地的光彩。这种自知自信，不一定非要以学问、地位、财富论高低，也不一定非要以文化论高低。人不是事事靠文化活的，人创造文化，文化却不应成为人的创造精神的囚笼。人最本质的东西比文化更厉害。

1999 年 9 月 16 日

谷仓顶上的羊

萨依巴格乡六月的阳光是白花花的银屑，洒满在空中和地上，亮得耀眼，逼得人透不过气来。外加上周遭到处都是干燥、倔闷的黄土，仿佛在和一切生命赌气，誓死不开尊口，非把你闷死了才乐意。偶尔有一些树，沙枣或馒头柳，杨树或槐树，也只是些灰淡的黯绿，丝毫打不起精神。

县委副书记余会全在一群乡、村干部陪同下走在土路上，脚下踏起的土末粘在裤腿上，像是刚刚不小心踢翻了石灰桶，有股狼狈相。余会全心绪茫然，好像午睡没醒透，他的心境也似这环境，非常糟糕。而且他意识到，这段路颇似他眼下的人生道路，了无生气，没有指望。他想着远在数千公里之外的妻儿，温馨不再，光阴两隔，一下子换了个世界，反差这么大。再想到他工作的那个局里的人人事事，每想到一个都觉得人家脸上挂着嘲讽。

晦暗的情绪令人沮丧啊！余会全差点儿把这句心里想着的话说出口来。这给了他一个警示，使他想起自己的身份，一个县委副书记随时随地在公众面前都必须像一个县委副书记，这不比一个演员扮演一个角色容易。

想到这儿，他努力振作起精神，步子忽然变快了点。

下午的安排是检查萨依巴格乡新建的一个粮仓。远远地已经可以看到了，那个粮仓挺高大，耸立在一片场院上，席棚尚未遮盖，木梁、木架像一个庞然大物的骨架标本，空空荡荡地兀自耸立在那儿，等待着长肉长皮。

余会全站在空仓下望过去,粮仓规模不小,木料也全是好木料,散发着干燥而又清新的香气。几个穿衬衣、头戴圆顶帽子的维吾尔族村民,正在木架上扭过脸来看着他。他觉出自己脸上微微有些笑意算是打招呼吧。

忽然,他的眼光被一个东西吸引住了,好像光天化日之下看到了什么奇怪的事物,有点不可思议——仓顶上游走着一只羊。那只羊仿佛不是在高大的粮仓顶上漫步,而是在高峻的绝壁断崖之上,它旁若无人,君临万物,大有占领一座古堡的帝王之慨。此刻,它根本没有理会脚下出现的这几个人。

啧,这是怎么回事儿?这不是有些奇了?大白天的羊怎么跑到那么高的仓顶上去了?余会全半张着嘴,目瞪口呆。他盯着那只羊看,更看出那不像一般的羊,而是一只体格硕大、皮毛淡黄的羊。那羊看起来要比普通的羊起码大一倍,非常雄伟,眼神里也有一股毫不驯顺的桀骜之气。

"谁把那羊弄到上边去的,啊?"余会全仰着脸朝上面喊道。

乡党委书记刘军也跟着这样喊了一句。

仓顶上的村民说了些什么,声音不高,面部表情有些幽默,好像他们和那只羊是一伙的,是同谋。

副乡长乌买尔自觉充当了翻译,他照翻了村民的话:"谁也没有把那只羊弄上来,是它自己把自己弄上来的。"

"自己?"余会全上上下下打量了一番,摇摆着脑袋说:"那么高它怎么上?"

上面村民的话又翻译过来了,仍然很简单:它有办法。

"有办法?有什么办法?"余会全再次观察了粮仓周围,仓的一边和一座旧仓库的土墙紧挨着,但是那土墙,余会全看了看,也得有三米高,他想象不出那只羊是怎样跃上这么高的墙顶的。

此时,羊成了余会全最大的悬念,诱发了这位县委副书记的久违的童心。他好长时间没有过这么好奇了,对高处,对异样的羊,对那些处于非常态的事物,充满兴趣,蠢蠢欲动,像个傻孩子一样非要弄个水落石出。

"把它从上面先给我赶下来!"他命令道。

村民们照他的指示去做了,毫不费力,轻轻一轰,那羊就下来了。它从仓顶上轻盈一跃,就到了土墙;然后在墙头像散步似的踱至中端,墙下有一堆粪土,它头朝下顺势一跳,就这么下来了。它下来后,仿佛一个高层人物来到了人民群众中间,面容和蔼,态度矜持,频频点头示意。

余会全有一种被接见的感觉,但略有遗憾的是,那只羊对他表情淡漠,连看也没有仔细看他一眼,却对几个维吾尔族村民表示亲昵。尽管如此,余会全还是对这只羊产生了某种微妙的崇敬之情,因为它的确是显得太不同凡响了,其肥壮、硕大与高贵,均非凡羊可比。他起了疑惑,就问:"这羊怎么和一般的羊不一样?"

副乡长乌买尔询问了村民,然后转告他,说这只羊嘛,根本不是平常我们吃的羊嘛,它是铁提力克山上的野羊。村里的猎人,上山打猎嘛,打死了它的妈妈嘛;那个时候,它还太小得很嘛,小娃娃一样,可怜得很嘛。所以他们把它拿回来,养大了,成了现在这个样子。乌买尔说:"它的体重八十多公斤,喜欢上房,太厉害得很!"

余会全听了,心想,这就是这只家养的野羊的身世了,难怪如此行为怪异、气概不凡呢。这是一个无意间从野生世界闯进人间社会的大角盘羊,在适应了村民的同时还完好地保留了它的天然习性。他觉得这里面似乎有一种什么深远的意思一闪而过，像一条鱼在水面上闪动了一下，倏忽又不见了。这个意念他没有能捕捉住，但他能感觉到是来自血缘的底层，有一种原始的滋味令他触动。

他凝视那只羊，它皮毛灰黄，肌肉发达饱满，绷紧了全身的皮毛，显得油光发亮。再细看它的一双眼睛，褐黄色的一对，没有一丝哀告的神色，里面全是桀骜不驯的野性之光。它是骄傲的、高贵的，甚至对陌生人透出一种藐视。余会全想，这才是一个对自己充满了自信和自豪的生命呐。

他凑过去想摸摸它，可它跳开了。

看来，那只羊并不认为县委副书记值得亲近，它躲着他，不让他靠近。余会全试了几下都没有成功，只好放弃了这种打算，他看着那只羊，嘴里不停地说："它太大了，它怎么长这么大呢？"然后他又想起了它在谷仓上的那副自在样子，刚才看见它下来，他已经相信它是能上去的了，但他还是想象不出来它是怎么跃上三米多高的土墙的，他对身边的人说："能不能再让它上去？"

村民们围过去轰那只羊，开始它不太情愿，轰了几下，它只好当众表演了。它朝土墙下的那堆粪土冲过去，奋力一跃，让自己停顿在土墙的半腰上。然后它在土墙的陡壁上作起了慢动作，先用两只后蹄扣住墙壁，再支撑全身，空出两只前蹄仰身再次一跃，把八十多公斤的全身稳稳送上了墙头。

剩下的事对它来说就是轻而易举了，就像一个完成了高难度动作的平衡木选手，放心大胆，充满自信，它的四蹄踏出清脆的响声，轻盈跃上谷仓顶，像帝王一样居高临下，再一次对臣属巡幸俯察。

余会全想，是啊，总有一种东西高高在上，是我们所永难企及的。第一，他想不到这只羊竟会如此强壮，这是他从来没有见到过的；这改变了他认为羊都是弱的这一印象。第二，他想不到这只羊竟会如此聪明，它跃上土墙时运用了两次完成的巧妙方式，使不可能完成的事物完美实现。

余会全看着那只羊，谷仓顶上的羊，它正高傲地昂起头颈，如站在悬崖巅顶，遥望远方。这一幕是难忘的，余会全意识到了，他永远不会忘了这只羊，这只羊给他上了一堂课，这堂课是他在大学里从来没有学到过的。

二十七年之后，副省长余会全在省委党校的结业典礼上讲话，他说起了这件往事，他说："萨依巴格乡六月的阳光是白花花的……谷仓顶上，站立着一只羊。"

2000 年 6 月 19 日写于阿克苏

虫子，爬吧

你说虫子算一个什么东西？虫子有什么了不起？有谁能把虫子放在眼里？

可是，虫子在爬着，它在蠕动着、蹦跳着、缓缓飞行或快速移动着……虫子就是这样，它不管你是不是喜欢它，欢迎它，它就出现了。它甚至连看也不看你一眼，自顾自地向着某个方向游移，也不知到底有没有什么正当、合理的目的。

虫子爬得很庄严，很有一点绅士风度，它似乎并不认为自己是这个世界上最渺小、最可怜、最让人轻视的生物，看样子它们并没有意识到这一点（它们缺乏起码的、应有的自我批判意识，它们自我感觉良好）。

特别是它们竟然毫未感觉到另一种伟大的存在正从一米八的高空威严地俯瞰着它们，是好奇的关怀，也是可怕的威胁，它们丝毫没有感觉到，而且连看也没看一眼。自顾自，它们爬着。

有什么好爬的？傻家伙！

两座隆起的丘陵之上，是两根巨大的通天柱，柱上是写字楼；写字楼之上，是个似圆非圆的储水罐，罐上有一对黑白相间的圆球在转动，投射下两束含义不明的光（这两束光的名称叫"眼光"，虫子当然不会晓得）。

虫子没有理会这个庞然大物的存在，它依然在爬，而且似乎比较匆忙，反正它不是去幽会就是去觅食，除此之外没有什么别的好忙——这和我们人类大致没什么两样。也许在它心目中，俯察万类的巨物并不是什么生命，而只是一种风景，一座山峰之类的陪衬而已。此刻在世界上惟有它在活动。它并不觉得自己小，它正在地球上爬，正用它的爪子和腹部紧紧拥抱着地球，地球在转动，它在爬行，有什么理由认为它渺小呢？

各种虫子爬动的时候，那是姿态万方，各显其能的，看起来令人神往，有时候一不小心是可以使人入迷的。总的来看，虫子爬行的各种姿态比人丰富多彩得多了。

蚂蚁显得有点儿匆忙，但也经常有左顾右盼、犹疑彷徨的时候。它是一个坚定的种类，但勤劳坚定如蚁，也难免有"遇歧路而坐叹"，有团团旋转不知何去何从的时刻。所以，看看蚂蚁对我们人类是有启示意义的，因而也就懂了为什么自古就有"走路怕踩死蚂蚁"的人物。

金龟子会飞也会爬，它像一枚自己在地面上移动的小花伞。花伞上有黑斑点，底色深红，这种伞的工艺水平很高，印制雅致，一般出产在苏杭一带。它爬得沉稳，似乎因为它会飞，所以爬得不慌不忙，有闲适派的风格，也难免有一丝炫耀的味道。当然，它是美的，像一轮精致漂亮的图钉。

"图钉"在爬，旁若无人。它的小花伞对它来说是太大了，遮住了全身，只露出碎了的小米粒那般大小的脑袋，还有几根细脚爪。这就使它显得有些"鼠目寸光"了，它看不了多远，只能看到眼前的尺寸之地。可是它仿佛一边爬一边自言自语地说，"我看那么远有什么意思？我很美丽是吧——这就足够了"。

高耸于金龟子上空的俯察万类的那两道"眼光"，此时也不得不承认金龟子的自言自语是对的。尺寸有所长，万丈有所短，小小生物，何必强求都练就鹰的锐目呢？因为金龟子美丽，巨物的脚移开了，没有朝它背上踩下去，"眼光"想，让这枚精致的图钉移动吧，它多可爱。

实际上，在这人造的小花园不算太大的地面上，各式各样的小昆虫也不算少，也许它们把这误认为"自然"了。

灰色的小蚂蚱爬得慢，跳得快，它显得营养不良，像一些灾区儿童，还像三年自然灾害时期的农村青少年。零星的灰蚂蚱不时从草丛里弹射出来，划出一个漂亮的弧度，固然是有一些"绝唱"或"最后的华尔兹"的意味了。它们已远不如其祖先那样强健雄劲、遮天蔽日了，就像今天的蒙古人已不复有昔时成吉思汗的赫赫神武。

跳吧，蚂蚱。可怜的、孱弱的蹦跳族的后裔，如今好比孤零寡群……

那么扯着一根线从树枝上突然出现在人脸前的"吊死鬼"呢？它让人讨厌，复又令人哑然生笑。谁教给它这一套鬼把戏的？这个家伙怪模怪样的动作和表情，的确有一种滑稽可笑的样子，它是虫子里的小丑、恶作剧者，也是胆敢向庞然大物的人类挑衅的自不量力之徒。

但它是虫子，你能对它怎么样？捏死它，让人恶心；何况它滑稽，还是绕开些走吧——"吊死鬼"胜利了。

虫子们顽强地在这个世界上爬着，从不气馁，从不灰心；与人共处，与人相争。它们短暂的生存有什么意义呢？何况它们大部分是丑陋的、蠕动的，于人无益让人恶心的，如能灭绝之，似乎对于这个世界也并不见得少了什么；特别是苍蝇、蚊子、蟑螂之类，灭绝之，世界会显得清爽许多。

可是请问谁又能灭绝得了它们呢？

造物主既然造了它，就有它生存的理由，也有它爬动的位置和空间。可是，为什么庞大的、凶猛的、美丽的生物反而纷纷消失灭绝呢？

答曰：因为大。

这时，"眼光"忽然从对虫子的怜悯转而生发出对自身的怜悯，是啊，人类不也是"生年不满百，常怀千岁忧"的么？人类之上，那双俯察芸芸众生的眼光又是谁的呢？在那双眼光里，人不是同样像一些蠕动的、爬行的、蹦跳的虫么？无穷层次的生物组成的链环环相套，一环扣一环，一物克一物，最后，最弱小的反而成了最强大的。恐龙只是体型大的虫子，老虎古人也称之为"大虫"，如此，把这些渺小的虫子们放大再放大，说不定，你就又会看到再现的恐龙了。

"缩龙成寸"，斯言信矣。

"眼光"这时也不再自觉为俯察万类的、主宰万物的超生物者了，它降低下来，开始以平等的心去认识、观察它们，它甚至想知道它们在想什么……

在虫子的世界里同样可以遨游。

"虫子，爬吧！"他低下身来温柔地这样轻轻说着。

从　前

从前这里发生过一些事情。

这些事情是永远不能指望载入史册的啦，别说史册，就是一些刊物上的某年某月"国内外大事记"之类的条目里，也不可能找到这些事情的影子。何况这还都是些从前发生的事情。这些事情没能像另一类事物那样产生短暂而广泛的影响，这似乎有点儿不幸，但它发生过，存在过，而且更显得真实。这些事情始终没有能够传播到巩乃斯草原之外，但它还是牢固地粘连在当时那些人的心里了。

这些从前的事物仿佛是一些依附在记忆管壁间的藻菌生物，可以说，它的营养是时间，它的生命就像是一些伤口——因为它总是以掩藏不住的疼痛提醒人们想起它的存在，而它的成长方式是那种无声地顽强蔓延的，就如同石头上的苔藓一样。在岁月中，它总是迫使人们想起它，但每次想起都觉得并没有多少明确的意义和重大的内容。

这就是生活真实的容貌，它没有化妆，也没有敲锣打鼓，它的样子像生命本身一样——既平平淡淡又充满滑稽有趣的意味。

二十多年以后，当从前那些有着相同经历的人相逢在某时某处，他们彼此都能看到这些事物给对方留下的烙印——像犁铧给草原的处女地留下的痕迹是一样的。

从这一点上讲，耕耘和破坏有时并没有什么区别。人就是这样被一些力量反复耕耘成今天这样一群怪物，逐渐变成现在这种鬼样子。在这件事上,谁也没有办法逃避。央求和哀告都没有用,只有像土地那样硬下心来承受。所以人应该学习犁地,因为一个人若是没有犁过地(尤其是处女地),他就不容易完全懂得人的那颗浑厚完美的初心是怎样破碎成沟垅的。

我们就是这样丧失了自己天然的植被,赤裸着伤痕累累的肌肤面对无垠的天空。从前的那个时代反反复复地犁过我们,这能怪谁。

你只要看到一代人的那些破碎的面孔,疲惫无聊的表情,愚蠢而又呵欠连天的嘴脸,你就会明白,从前他们曾经受到过怎样的蹂躏。今天你要是看到他们不停地像马一样放屁,你也许会原谅他们的,他们只剩下了皮囊,空洞的、乏味的皮囊。那里面装满了比豪言壮语更可笑的臭屁。

二十多年的时间足以把一代人打得屁滚尿流。

后来我陆续遇到了许多"从前"的人,他们有的教书,有的做官,有的离婚了,有的没离婚,大致属于这样两种生存状态。结局的简单远远出乎当初所料。只有一少部分因为各种原因死去了,大部分暂时还都活在世上。

他们始终都还保持着过去那种关注现实的习惯,对许多事物跃跃欲试,不知老之将至。似乎过去岁月的犁铧并未触动过他们什么,只是浅浅地在额头和眼角划出一些沟纹而已。

他们一般说来都喜欢喋喋不休地回忆往事,有一种回忆录式的心态,也有一些甜蜜的伤感和忆苦思甜的满足,自哀自怜的兴趣有增无减。但是没有什么人理解自己的经历。

人们记住了从前的一些地名、人名、事件,甚至一些细节也记得非常清楚,但是每逢大家交谈核对往事时,我都发现我们牢记在内心的东西并不一样。岂止不一样,有时我竟怀疑我究竟当初是不是和他们生活在同一个"从前"里?

我承认,我忘掉的东西太多了。

特别是时间的次序和一些与己无关的人际活动,被我弄得浑然一团、彻底糊涂。但我记住了景致、生物、表情和诗意,我记住的是内心的东西。我注意到,大部分人记住的是从前的"现实",而我记住的是从前的梦幻。这不怪别人,也不怪我。

基于类似的原因,每一代人都会把自己的"从前"叙述得走样,有些是记忆力出了问题,有些是想象力过于发达,还有些是居心叵测,故意运用夸张、变形、制造脸谱、扮鬼脸照镜子、过坟地吹口哨、赶鸭子上架、杀鸡吓猴等艺术手法,在时空中划出一条银河界限……一边是十八层地狱,一边是阳光普照,大路宽阔,人间奇迹正是这样制造出来的。

经历过从前的人利用了从前,如此而已。

没有哪一代人可以从他们上一代人的叙述中了解到事实的"从前",这一点,我从小就产生过怀疑。我的怀疑没有根据,但我本能地感觉到虚假事物过于鲜明果断的样子远离真实,我还感到上辈的整整一代人在某种默契中联合起来向我们隐瞒真相。

他们合起来糊弄我们。

我问:地主真的那么坏吗?有没有好的?

父亲的回答和教科书的完全一样,他说:地主是反动阶级,反动阶级怎么能有好的。

这类问答始终有躲避实质的隐瞒,从政治、生活乃至性,无一不在隐瞒。我当时就明白了,少年时代不可能了解事物的真相。结果是,时间自会磨钝你曾有过的尖锐的怀疑,等你了解一部分真相时，你已经麻木了。

最有意思的还在于，等我们越来越老，越来越拥有"从前"时，我们也像父亲一样，联手保护起一些过去的真相，我们依然喜欢隐瞒。仿佛只有这样，我们才能证明自己千辛万苦，从无到有地为新一代创造了一个新世界。

这很荒唐，但没办法。

其实，我内心一直涌动着一句真话，就是：相信我，我们这一代人什么也没做，我们不怎么样，这一生就这么混过来了——没种过一粒粮食，没养过一头猪，却消耗了大量的物质和好东西……

我说的是真话，但谁能相信呢？

关于"从前"，这是无法说清的。

我相信我之所以成为一个诗人或作家的根本原因，是起因于少年时期就纠缠在心灵里的这种怀疑。

它始终尖锐地刺痛着我，驱使着我，让我收集记忆管壁上的藻菌，把它们唤醒，成为有生命的文字。

从前是一朵飘浮变幻的、不大可靠的云……是云……不可捉摸的云。

有一个声音说：捉住它！

老将暮年

一

我三月份应《凤凰周刊》的邀请去了一趟深圳、珠海、广州。在广州,是由我的朋友刘宁全程接待。刘宁何许人?一非文友,二非高官,三非大款,此人与我相知甚深,可堪信赖,因有另一番关系渊源。

刘宁者,原新疆军区某部工兵营长,后转业去了广州,供职城市规划局。新疆军区干部多矣,未必都与我有什么关系。刘宁还有一层底细,造成我俩关系久远的交谊。刘宁是原乌鲁木齐军区副司令刘发秀将军的四公子,刘将军多年任南疆军区司令,我岳父马洪山将军是政委。这两个司令政委在正军职岗位上一干就是二十余年,刘是江西红军,马是陕北红军;不知道这两位老将军处得深深浅浅,刘宁和我却成了好朋友。

如果说仅仅有了这一层关系,还不行,做朋友,还要声气相投。刘宁恰好又具备了这一条,他好读书,尤喜文学历史。人家是求贤若渴,刘宁不是刘邦,没条件去求贤,他就"求书若渴"。每读一本好书,则拍腹大叫"太痛快了,比喝好酒还舒服"!

周某的文章,刘宁是必须要读的,少了一本都不行;有关中国人民解放军历史的文字,刘宁是一定要搜集的。他虽转业十几年了,精神血脉始终与他的军营息息相关。这个将门之子从不夸耀炫示,但你不能不让他在内心深处保留着永恒的自豪——这是一种高贵的自豪感，它没有任何实际利用目的，却造成了人生的一种无形的动力。

在广州的几个晚上，几乎每晚刘宁都到我下榻的宾馆来吹牛。吹什么呢？吹那些红军往事，真有一点"白头宫女在，闲话说玄宗"的意境了。

"五五年授衔，刘发秀和何家产在大连，都授了个大校。将军用礼服，校官扎武装带。回到房间，何家产怒气冲冲，摘下武装带扔在地下，'老子不扎这个马肚带！'"

"刘发秀呢？"我问。

"刘发秀不说话。何家产是炮筒子脾气，老红军，能打仗。六二年中印边境反击战，何是西线前指总指挥。"

"我听说，"我说："当时新疆有个师长到南京军事学院学习，扛着行李卷去报到。人家学院的工作人员很热情，一口一个首长，送他上电梯。电梯门一开，这老先生进去看了看又出来了，面带难色，说'这房子条件倒不坏，就是太小了，连张床也没有！'弄得人家解释了半天。"

刘宁哈哈大笑："咳！那帮子人太有意思了，不佩服不行。他们的故事多啦，笑话也海了去了！"

"这个不想住电梯的师长该不是你爹吧？"

"不会，不会，刘发秀怎么会有那么土？不过，那时刘发秀是四师师长，在南京军事学院学了很长时间，我就生在南京嘛，要不怎么会叫刘宁呢？"

我发现刘宁在谈到他父亲的时候，从不用"我爸"、"我爹"这样的字眼，他总是用一种很客观、保持应有距离的口气说"刘发秀"如何如何。

最后一晚，刘宁给我说了他的一个愿望和苦恼。他想让他父亲买房买到广州来，好好安享几年全家团聚的好日子。"可是老爷子就是不听呀，怎么说都说不转啊，放着广州这么好的条件他不来，偏要守着他那幢大而无当的旧碉堡！有什么办法？"

我说，这件事你放心，我回去到你家去一趟，凭我三寸不烂之舌，让他回心转意。"放心，包在我身上！"

刘宁狐疑地望着我，迟疑地说："你去恐怕也不行，你不知道，刘发秀有多难讲。"

二

三月底回到乌鲁木齐，把杂事收拾停当，我和我妻就找了个日子专门去办这件事。说老实话，在路上我还想着老将军能不能认出我这个人来，他八十六岁了，耳朵又聋，而我这么多年只到他家去过一次，时隔很久了，很难记得。

在我印象里，这位一九三二年的江西红军又瘦又小，名声赫赫，接人待物，严肃警觉。我那一次见他时，他就已经从大军区副司令位置上退下来几年了。大概因为刘宁总给他提到我，大约他知道我"很能写"，他专门过来看我，显得很重视。一个征战杀伐了一生的人，对"文化"表示了特殊的礼遇和藏而不露的好奇。这些我是隐约感受到的。我当时就觉得这个小个子老头不同凡响，他的眼神还是那么机警；身躯瘦小却深具威严；他有一种天然的控制把握人的力量。

时隔十多年我又来了。老将军只一眼，就说："怎么不认得，认得。"他坐在一个单人沙发里，面前摆了一个小茶几，茶几上绑了个枕头,他就伏在那个枕头上,鼻孔里插着氧气管。

他更瘦了,很衰弱了。

我上前去和他握手,他的手又细又瘦又白,皮包骨头,冰凉冰凉。我跟他说话要大声喊,还要比划,他能听清的,就点头;听不清的,就盯着你看。我看着他一双大眼睛,眼睛下面明显的大眼袋,还有他的鼻子和脸型,心中暗道:"和刘宁真像!"

我首先向他描绘了广州天堂般的大好形势和发展态势,然后传达了刘宁同志的意见和"指示精神",然后又论证了他在广州活到一百岁的可能性。

我说得比较简略,因为我估计说多了也白费。他听懂了,开始表态。首先,他咳嗽了好一阵子,在咳嗽的间歇中,他试图说话,叽哩咕噜没说出来,又被一阵汹涌的咳嗽打断。咳嗽像他喉咙里的一条汛期的河流,上面漂浮着一些语言的残片。

过了一会儿,咳嗽好一些,但他的胸腔里始终有一个破风箱在呼,呼噜呼噜。喉咙里好像同时有两三个声带在发声,但都是破损的,过期的。

"你告诉他,不要管那么多,想管也管不了。"

"第一条,我在这个地方久了,哪里也不去了。第二条……你知道,我那个大儿子,牺牲在这里。"说到这里,他停顿了一秒钟,翻了翻眼皮,露出对命运固执的怨恨。

我知道刘发秀的不幸往事,命运对这位老将军,的确太不公平。他的大儿子刘小红原在武汉测绘学院,"文革"中不上了,退学回来参军,被何家产要去到了测绘大队。一次执行任务遇风暴迷路,再没回来,年仅二十几岁。

这件事对刘宁的母亲打击至重,丧子之痛,导致精神崩溃,多年以后，落水而亡。

还有不可预料的噩运雪上加霜，刘的一个外孙，上初中，三好学生，学习好，身体棒，长得漂亮。上体育课跑八百米，跑第一，秒表掐错了，老师让重跑一次。那孩子要强，拼命跑，心脏超负荷，猝死夭折。

那一次刘宁专程从广州飞回来，我们一见面，先没说孩子，我第一句话就是"你爸爸身上杀气太重！"

"没错！"刘宁说："你想想，老爷子一辈子打仗杀敌杀了多少人啊。"

我说："可是你家老爷子命硬，他不怕死，死神也拿他没奈何，就在他周围想办法，三代人，一代为他去一个。唉，你说这是不是命？"

刘宁想得开，他说"没办法"。

三

我坐在刘将军蜷伏的沙发茶几旁，把手放在他冰凉的手背上，看着这个老人，内心充满酸楚。许久，我心里升起一句话，像一面坚定的旗帜发出声响，"这就是英雄！"我们还去哪里找寻英雄呢？英雄就在这儿蜷伏着，英雄就是这个小老头。

他走过的路比我们坐飞机飞过的路多；

他见过的死人比我们认识的活人还多；

他经历的战争场面比我们参加的演习和看过的电影加起来还多；

他顽强的生命面对命运的一次又一次打击所表现出的沉稳勇

毅、处变不惊是我们所永难企及的；

他二十多岁当团长，三十多岁当师长，四十出头当军区司令员的辉煌生命历程也是我们永难望其项背的；

我抚摸着他的手，像触摸着一段近在眼前的、正在被现实遗忘的历史。有一种血缘般的情感使我理解他，崇拜他，我觉得没有哪个文化人能够比他更让我产生皈依感。我精神的故乡和出发点，原来在这里啊？突然间，连我自己也感到惊诧。

这时，他的大女儿刘燕和他的警卫员都站在旁边，当面批评他，毫不客气。

"他谁的话都不听，倔得要死。"

"让他出去看看，他哪儿也不去，十几年了，就在他这个小屋里待着，偶尔在自己院子转转。"

"老头脾气大得很，骂人。"

他们说他，他只当没说，反正耳朵聋，面无表情。他们要给他安空调，他只说了三个字："浪费电！"

"他那个小姑娘现在怎么样？"

他冷不丁问了一句，我马上反应出他是在问刘宁的女儿，他的孙女。

"很好啊，大学三年级了，在广州猛一见，我都认不出了，原来一个黄毛小丫头，现在出落得很有风度啦！什么都懂，比我们知道得多。"

"那就好。"他说。脸上掠过一丝笑容。

四

"美人自古如名将，不让人间见白头。"辞别刘将军回家的路上，我脑子里反复出现这两句诗，真是好诗，余味唇齿留香。我在想，阅历对于人，至关重要，其对人的塑造作用，并不比文化教育小。他们那一代人，没有多少文化，但为什么为人处世如此坚定、简洁、明确、有个性？因为他们读的是"贫穷小学"、"造反中学"、"战争大学"，而且几乎个个都是军事和政治的"研究生"。这样的人能不厉害吗？

时势造就了英雄，英雄也创造了历史。至于今，时势变了，社会风尚也变了，老将军垂垂老矣，他在咳嗽，他很瘦弱，他伏在茶几的枕头上，他说话含混不清，但是，你依然能感到他的雄风，能听到岁月留在他身上的弹片与骨头碰撞发出的声响，能看到他警觉的眼神里闪过一跃而起挥动千军万马一往无前的身影……将军，战争中的高材生，以士兵的生命为投资的精打细算，寸步不让的吝啬商人，以袭击、围猎、摧毁另一方武装人群的最终意志为职业的武林高手，在长达半世纪无大战的岁月里，终近暮年，渐成绝响。

岂止刘发秀呢，星散在全国各地的退休老将军，数百上千，深居简出，如熊冬眠，如虎在笼。偶有啸声，令人警醒——一个时代即将终结。那些他们当将军的时候还没有入伍的人，现在当了将军，权力转移，将星交替。他们和他们有些地方一样，有些地方不一样，但是，"打出来的将军"，没有了。

一支有着光荣传统的伟大军队，在今天，将面对、等待一纸不知什么时候飞到眼前的战争考卷……

我不知道能不能比这些老将答得更漂亮。

2002 年 7 月 15 日

贪官九像

笔者平生，一介布衣。匹马单枪，游击西北。马是想象之马，此乃诗人之坐骑；枪是笔墨之枪，此为作文之武器；除此之外，别无长物。数十年来，虽未为官，却也见官无数，其中有不少优秀人物，也不乏有贪官劣吏。昨日台上端坐，忽闻滚鞍落马，伸手被捉。每闻此例，感慨良多，遂起为贪官画像之心，乃作此文。

其一像老僧入定。满脸的端庄，一腔子的虔诚。主义刻在脑门上，功夫全在表情中。任你开多长的会，讲多废的话，他全都能深入领会，津津有味。时而划重点，时而作笔记，紧眉做思考状，颔首做领会意，非常投入，十分认真。其实，他早已心猿意马，灵魂出窍远游矣，他想什么，鬼才知道。这种人最不怕的事就是开会，尤其不怕开长会，他不会认为这是浪费生命，而是认为"这是最好的休息"。

其二像演员入戏。脸皮要厚，装得要像；杨雄作文是"以艰深文浅陋"，贪官作官是以浅陋装艰深；不懂装懂，无知全能。演员入戏有一句甘苦之言，叫作"台上不要脸才能台下要脸"，此乃演戏真谛。所谓"逼真"，就是使假几近成真。戏是编的、舞台上的，演员能使之逼真，那是功夫，是本事。贪官则不同，其虽也在"台"上，但那不是虚构的情节人物，而是真实运转的生活，何况一为官就不仅是真实的生活而成了严肃的政治生活。在这种身份上演戏，乃是把真作假，下面定有暗箱操作不可告人。故尔，虽然同是"脸皮要厚，装得要像"，贪官与演员却是殊途异质，演员弄假成真，演绎生活，警示世人；贪官则以假为真，歪曲生活，欺骗世人。

其三像奴才侍主。贪官之所以能当官，亦必有其聪明过人之处。你莫看他形貌粗陋、满口别字，也别看他除了吃喝一无所长，他就是百事不如人，却必有一处过人，那就是有心计、会揣摸，有眼色、会来事。见了上司，比奴才还恭顺；见了百姓，比虎狼还凶暴。贪官之诀窍不在于对百姓凶暴，而在于对上司之讨巧，此种功夫，大多数人一辈子也修炼不出来，终生也领悟不了。所以有些人永远也弄不明白，为什么自己智比诸葛、勇赛马超，却不如一个百无一能的贪官混得好？道理就在这儿，这就叫"有想法的人没办法，有办法的人没想法。"一处不如人，百处输。我们总在夸耀自己悠久丰富的历史文化遗产，但是却很少分析批判千年以来的封建政治遗留下来的根深蒂固的糟粕，那就是帝王奴才政治。有帝王，奴才必兴；为人民，奴才无路。直到今天，电视电影中仍充斥着大量的讴歌帝王奴才的东西，观众中仍有大量倾心赞赏、击节叫好的受众，上演下效，烟瘴弥漫，经济快速发展之下，精神如何文明？

其四像饥狼觅食。饥狼觅食，惶惶不可终日，穷追不怕辛苦，守候不舍昼夜。贪官觅官，形同饥狼，同样不择手段、不辞辛苦、不知羞耻。君子为官，是修身、持家有余而谋建功立业贡献国家造福众人；贪官反之，修身、持家不足谋权势而利己。出发点不同，清浊自现。贪官贪官，官是手段，贪是目的；欲达贪之目的，必先得官之利器。故尔贪官跑官、要官、骗官、买官，其心之切，其情之迫，其欲之贪，不让饥狼。其坐卧不宁、寝食不安、翘首以待、望眼欲穿者，官也。一旦得逞，必以饥狼之饕餮大啖公众之利益。此势所必然，本性难移，无法用思想教育和政治学习改造之，除了换以牧羊犬牧羊，以狼牧羊，羊必被吃。然而狼与牧羊犬外貌酷似，且狼会伪装得比牧羊犬更忠诚可靠。深究细辨，非少数人、一两个部门所能胜任。

其五像学生早课。学生早课，读声朗朗；背诵古文，之乎者也；不明其意，如背天书。贪官亦如小学生，作报告，念文件，宣读如仪，朗然如己出，一路照搬下去，甲乙丙丁，一二三四，陈言套话，千篇一律。纵使是治国良策、改革大略，也让他念成字典、读成页码。何也？他不理解。只见他念得嘴角生白沫，辛苦倒也辛苦，可惜不能融会贯通、领会大义，结果只能层层加码，越讲越厚，越念越糊涂。任你是怎样聪明的人，若是不能把你讲糊涂了才怪！贪官的乐趣正在这里，在乎我在台上讲，你在台下听。至于讲话的内容、效果，他就管不了那么多了，"奉旨宣读"，其意自现。

其六像商贾算账。所有的贪官都是会算账的人，在这方面，决不含糊。谁送来了多少钱物，根据这个人的情况，应该回报到什么分寸；谁那里还需要表示到什么程度，才能够巩固和提高自己的权力，以便获取更大的利润。这些都是不言自明、无师自通的，有些地方人家揣着糊涂，有些时候人家装着明白。该糊涂的时候决不明白，该明白的时候决不糊涂。这当然也是本事，人家管这叫"综合素质"。只是这样有"综合素质"的人多了，除了他们自己不吃亏，对整个民族的进步和发展又有多少用处呢？

其七像富儿败家。不少贪官，出身贫苦，按理说寒门秀子一旦腾达，更应难忘早岁艰难，更应体恤生民不易。有趣的是往往悖反逆向，往往是这种人比富家子挥霍更甚。早岁的艰苦仿佛是命运欠了他的账，他现在不但要讨回来，还加倍翻番地算利息。在学会享受这方面，他们进步非常快，眼见身历，胆大心细，渐进堂奥，日臻佳境。简朴二字，生疏了；艰辛窘况，淡忘矣。命运又活生生地把一位朴素聪慧而又勤奋懂事的青年人重塑了，重塑成一个日掷万金眼不眨、生吞血汗心不疼的巨口铁心人。富儿即便败家，也只是败自家的家业，贪官不然，他一挥霍，不止败家，而且误国。

其八像老爷升堂。人一做官，自然不同于百姓，也不再等同于自己，既然代表一级权力，就不能再像平常人那么随便。官场有官场的规矩，官员有官员的礼仪，这都无可厚非。贪官不然，大讲排场，爱抖威风，心里没底气，脸上没表情，俗话说，官不大架子不小。这种人不读书、不学习，对旧戏却还着迷，不少做官的学问和排场都从那里面学来。所以举手投足，帝王将相；总之正襟危坐，老爷升堂。办公室豪华如宫殿，小轿车换代如变季。一旦出巡，警笛长鸣；每逢视察，前呼后拥。这种人私心追慕的是"汉官威仪"，却忘了今天已经到了二十一世纪。

其九像囚徒在笼。涕泪长流，追悔莫及，早知今日，何必当初？成了罪犯，才知道犯罪；入了囚笼，才知道追悔。真是"三十功名尘与土"，"病树前头万木春"，追悔有心，回天无力，生铁铸错，不能重演。这时候看他，说的是肺腑言，做的是老实人，几分可怜，难免让人惋惜同情。一生就这么毁了，一个贪字，害了自己更害了众人。

边地童话

森林森林

　　一个人要是站在山巅上，登高远望，视野顿然开阔，肯定会有一种山高我为峰的感觉。虽然是山托举起这个人，但是这个人很容易忘了这一点，他理所当然地认为自己变得崇高伟大、君临天下。

　　森林就不同了，森林使人变小、变得谦恭。

　　这么多的树，看过去无边无际，层层叠叠，站满了崇山峻岭。这些云杉和松柏，每一棵都像是一个绿巨人，高耸入云，腰围十丈。它们同样是活物，同样在呼吸；它们的浑身上下到处长满了眼睛，在审视着你。

　　你是伐木者还是护林人？

　　你站在这些巨大的树木脚下，连它们的脚踝都达不到，你确确实实地感到了，你渺小得如同一只蚂蚁。而且你连一只蚂蚁都不如，蚂蚁可以一直爬到巨树的顶端，你不行。这时你看到一只松鼠，它在一棵树上移动起来，速度快得惊人，你不能眨眼儿，你一眨眼，它就不见了，然后在一个你根本想象不到的位置上出现了。何况，它头朝下移动的时候，速度更快，如履平地。

　　它们就像是这些巨树的孩子，在树的身上跑来跑去，飞来飞去，爬上爬下。它们还住在树的身上，在上面安了家。共生共荣，互相依存。它们不是伐木者，哈熊也不是，狼群和猞猁也不是，老鹰、马鹿和岩羊更不是。

那么你是伐木者吗?

你扪心自问,你对巨树说:"我不是伐木者。"因为你没有亲手伐倒过一棵树,没有,一棵也没有,连一棵小树也没有伐过。"我手里只有搬钩,没有斧头和电锯。"你心里这样对巨树说。

那你就是护林人了?

惭愧,也不是。你明白,人虽然有时候会骗人,但绝不可以骗树。树是山中的神灵,你骗也骗不了它,它不言不语,心里什么都明白——它的年轮里记录得清清楚楚。什么日月星辰,什么风雨雷电,什么凶年祸福,什么世上兴衰,它都未卜先知,它什么都知道,只是无法告诉你罢了。

你想告诉树说,我不是伐木者也不是护林人,我从草原和巩乃斯河边来到你们的这个高山营地,真实的目的是运送几卡车原木——树的尸体,我们把这称为"木材"。运回去干什么呢?盖一座大粮仓,今年的麦子丰收了,多得运不完,所以要盖一座粮仓。

请原谅我们吧,上命所遣,不得已而为之。但是你放心,我们会让它们光光亮亮、干干净净,换一副面貌堂堂正正地矗立在则克台草原上,成为一座真正的纪念碑。

请宽恕我们吧,以你神灵的智慧和仁慈,你肯定可以看到,我爱你们甚于爱自己和人类。不仅是爱,完全是无条件地崇拜——在这个星球上,没有比你们更无私、更伟大、更完美的存在。

你们护佑万物,却不求回报。

人类这群密集的蚂蚁,应该虚下心来,好好向你们学习,倘能如此,人类或可有救。

让那些大都市里密密麻麻的人蚁们,最好能在这些巨树下站一会儿,哪怕只有十分钟、二十分钟,就像对待宗教那样虔诚,那么即使最傲慢、最愚蠢的人，也会立马明白，自己是只蚂蚁。

一点儿都不错，非常渺小。

赛里木湖

那辆大轿子车从学院图书馆大楼前启动的时候，坐在车里的那些人丝毫没有离别母校的伤感。他们对学校已经厌烦透了，恨不得早点离开，越远越好。

这些家伙兴高采烈，如同奔赴战场的士官生，正憧憬着对崭新的未知生活的渴望，想象着自己即将在人生的拳台上打赢第一个回合、初战告捷的情景。他们年轻力壮，聪慧敏捷，无所畏惧。

车子轻微地颠簸着，街道上少有行人，更少车辆。车窗外边闪过了那些熟悉的建筑，不久就驶出这座城市，阔大的北疆地貌依次呈现。农田，白杨林带，水库，村落，农场，稀疏的草野，黑色的戈壁，银灰色的山峦……这一切都给了他们一种新鲜而又荒凉的刺激，于是有人唱起歌来，歌声引发共鸣，许多人随着一起低唱，这是他们都熟悉的电影插曲——

> 我们像双翼的神马
> 啊，奔驰在草原上
> 啊哈嗬吼伊……
> 草原水肥牛羊壮啊
> 水肥牛羊壮。

司机也被这一车年轻人的热情感染了，车开得飞快，真的好像一匹双翼的神马,四蹄腾空,万里横行。这些刚刚经历了"文革"的年轻学生,这些曾经以天下为己任的人,经过风雨,见过世面,瞧瞧这些人的心胸有多么阔大强壮吧。

通往博乐的那条三十公里岔道,可以当作一条通往庭院僻静一角的幽径。

昌吉呢,是从住宅走下来时的一个台阶。

到了石河子,就算台阶走完了,踏上了出入庭院的主道。

果子沟应该是院中的一座保留完好的、长满了自然植被的小丘。

赛里木湖这一小池水,在院子里保持着它的清澈的生机。

牛羊、马匹、骆驼、狗和毛驴,是你在散步中遇到的蚂蚁和小昆虫。

只有太阳是原来的,只有月亮是原来的。

应该让思想的水散漫成湖,特别是当你处在人生的秋天。

让溪流聚集起来,让河水交汇起来,让雨水或雪水贮蓄起来,根据地形自然的状态,造成一个非人工的海子。那就是湖。

湖不是海——它没有那么伟大。

湖也不是水库——它要柔和自然得多。

一般来说,它躺在那儿,有一种女性的味道。这除了因为它美,还因为它使周围变得潮湿了一些,滋润了一些;更因为它使天空也变了,变得涂上了一层神秘的蓝;使近处的山呈黛色,阴坡的森林幽静,使远处的山白发肃然,如老翁之守处女洗浴。

一般来说,它躺在那儿。

它不像山那样远远地就跑过来迎接你,而是躺在那儿,等着你突然发现它,它喜欢静静地微笑着看你吃惊。

一般来说，这就是赛里木湖。

一个思想就应该是这样，经过无数条水系的源源不断的补充，经过地貌之下的颅骨加固合拢，就这样自然而然地，形成了一个圆或椭圆的、深邃的内陆液体领域。

思想之所以称为思想，就因为它是圆的。从它的任何一点出发，走完全程终点都复合在起点上。所以，思想是细长的，思绪是云烟状的，想法则呈尖锐三角形状的，灵感是狭长闪电状的，而重大的灵感接近思想，故呈球状闪电。

瞧，被称为思想的这个东西有多么深邃，同时又有多么清澈透明。

它深邃到使人不敢轻率地跳下去游泳，仅只挽起裤腿在岸边浅涉一番，就足以使人领略到它的内涵、它强大而令人畏惧的吸力；而它的清澈透明，让人一望见底却倒吸一口凉气，那见底的明澈里，反射着无数层游动的光影、光环、光斑，造成无法分辨的幻象，使真实与虚幻浑然一体，因而更加捉摸不清。这是那种比浑浊更深邃百倍的明澈！

赛里木湖——多美的名字！

这名字本身就有一种清澈的深邃，有一种高雅的韵味，有一种特殊的蓝，令人心醉。

你是伟大的海洋在撤离时留给伊犁河谷的一滴巨大的泪珠。汪汪的，闪闪的，既像美人腮边泪也像英雄颊上泪，刚健而又妩媚。

你就是我们的海。在亚洲腹地远离海洋的地方，你给了我们一个海的缩影，一个还海的模特儿，让我们按照你的面貌在想象中放大去理解海。因而，你又是本关于海的初级教科书。

当我们散步在你身边的时候，可以看到成群的水鸟翩飞降落，成为浮动在水面的一片黑点,同时浴着水色和光影。身材修长的马正垂着颈、披着长发,小心翼翼地亲吻你的水面,唯恐不慎弄破了你的面容。

你与牧人的世界如此和谐。他们爱你,你也爱他们,你从不曾因为他们贫穷而鄙弃他们,相反,你把自己当成他们当中的一员,和他们气味相投。你就是在他们当中找到平静的,你必须平静才能生存下去,而这,只有牧人才能给你。那些城市里的"湖",你当然知道它们的窘状和自得难解难分,它们是供人娱乐的一池,而你,才是真正的湖。

总是这样,在远离喧嚣的地方,思想默默地积蓄、沉淀,变得清澈起来,辽阔起来。

所有的游客和路人,在你的身边赞叹、夸奖,似乎在这片刻,你成了他们的一样东西,而与牧人毫无关系,然后,他们拍拍屁股,驱车远去,你仍留在牧人身边,谁也带不走你。

在众多的游客和路人当中,有人感觉到一丝惭愧吗?面对你,有人照到自己灵魂深处的弱点吗?若有,他可能会想到这些。

赛里木湖,人们是多么肤浅又多么自以为是呀,我愿意代替他们向你道歉,说:"我们对不起你!"

它听也不听。

脸上犹自泊着宁静神秘的微笑。

赛里木湖就这样,一直都这么谦恭地高悬在整个伊犁河谷的头顶。这片相当于三个浙江省面积的美丽伊甸园,就这样头顶着一个大湖谨小慎微地过着她的幸福生活。她举着它,不分昼夜,十分小心,大气不敢喘,地震不能有,惊雷和风暴都可能倾翻湖水,酿成灭顶之灾。看起来这湖水一不小心就会溢出来,顺着果子沟、芦草沟、巴彦岱直泻下去，长驱直入，势不可挡，就像波拿巴特的法国龙骑兵攻陷莫斯科城那样，淹没整个伊犁州。

但是奇怪的是，几千年、几万年过去了，这个凌空高悬的大湖始终平心静气，汇聚多少雨雪也不溢出来，遇到地震、兵灾什么的也不翻，脸上犹自泊着宁静神秘的微笑。它好像知道些什么，却永远不会告诉你。

还有一点奇怪的是，当你乘坐的车子在几公里外远远望见它的时候，它那一湖天空一般碧蓝的水面，明显地远远高于湖岸，凸显在地面上，上与天色相接，就像是空中的水。

牧人说这湖里装的不是一般的水，而是泪水。

谁的泪水会有这么多、这么纯净？

——那是雪峰的泪水、天山的眼泪。

更为奇怪的是，这么一眼望不到边的一个大湖，水质清冽，就如同镶嵌在雪峰脚下的一大块蓝宝石，闪耀着阳光、虹彩、草滩和群山的倒影。它美到了极致，就像是假的，同时它也暗藏着一个不可告人的秘密——这湖美艳的水里没有鱼，就像一位绝代佳人从未生育。

它就是这么奇怪，也可以说与众不同。

它像是一座月亮上的湖。

暴雨下的马群

刚刚进入初夏，巩乃斯的这场大雨啊就让四连的人长了见识！南疆来的人哪儿见过这样下雨？乌鲁木齐来的、内地来的也未必见过！

先是听到巩乃斯河岸的土壁高崖上隐隐传来雷的脚步声,那是远古时代的战车隆隆驰过的声音,沉闷有力,渐渐逼近。接着,一阵狂风掀起漫天黄土,吓得路边的那些平时高傲笔挺的白杨又是弯腰鞠躬,又是摇头晃脑频频敬礼俯首恭迎,好像风是它们的皇帝来了。

紧接着,雨就迫不及待地来了,不是循序渐进从小到大的那种,而是直截了当,哗啦哗啦就从上到下倒下来了。说倾盆大雨,盆太小了。说倾缸呢,也太小。巩乃斯下雨的那个痛快劲儿,就像是一个终于想明白了的欧洲贵妇,把她的亿万家产全给人了!这个城堡,这个庄园,这个镀金马车,这些黄金、首饰、珠宝、银币……给你、给你、再给你,全给你们了!它就是这么下的,淋漓尽致,豪奢痛快,气势磅礴!

天啊,它太大方了。

田永生拿了个脸盆,从门口伸出去,不到五秒钟,脸盆满了。"哇呀,太厉害了!我都端不住了。"

大肚子玉素甫看着窗外,满是雨在积水上打出来的水泡儿,比鹅蛋还大,此起彼伏,就像水面上长满了蘑菇。"歪江(维吾尔族人感叹语,编者注)……天上跑水了!"

正在这个时候,陈喜贵穿着他的军用雨衣从大雨当中冒出来了,他进了四班的门,抖了抖身上的水珠,说:"有个事儿,你们谁去场部跑一趟?"他说着眼睛盯着兰毛。

"现在去?这么大雨。"兰毛说。

"你俩一块去,下雨怕什么。找一排长、二排长把雨衣借上,骑马去。"

我和兰毛领了任务、借了雨衣,从马厩里牵出了"豹点"和

"白星",我骑了"豹点",兰毛骑了"白星",就在大雨之中上路了。人家这军用的雨衣还是好,头上有个尖顶帽,全身护得严严实实的,就是最后雨水都流到小腿裤子上了,完全湿透了。这算是美中不足,不过没关系。

两个人兴致勃勃,雨中策马行于草原,心中颇有一些新鲜感觉。

"赛不赛?"兰毛兴致上来了。

赛!我一磕"豹点"的肚子,身体往前一压,它马上心领神会,噌的一下就冲出去了。大雨瓢泼,旷野无人,纵马狂奔。两骑一前一后,开始追逐,大约驰骋了三五公里,转过一处山冈,突然眼前现出一幅奇景,让我俩呆住了。赶紧勒住马,目瞪口呆地坐在马背上看着。

生存竞争的规律使一切生物把生存下去作为第一意识,而人却有时候会忘记,造成虚度误会。

唉,天似穹庐,笼盖四野,在巩乃斯草原度过的那些日子里,我与世界隔绝,生活单调;人与人互相警惕,唯恐失一言而遭灭顶之祸,心灵寂寞。只有一个乐趣,看马,好在巩乃斯草原马多,不像书可以被焚,画可以被禁,知识可以被践踏,马总不至于被驱逐出境吧?这样,我就从马的世界里找到了奔驰的诗韵,油画般的辽阔草原,夕阳落照中兀立于荒原的群雕,大规模转场时铺散在山坡上的好文章,熊熊篝火边的通宵马经,毡房里悠长喑哑的长歌在烈马苍凉的嘶鸣中展开,醉酒的青年哈萨克在群犬的追逐中纵马狂奔,东倒西歪地俯身鞭打猛犬,这一切使我蓦然感受到生活不朽的壮美和那时潜藏在我们心里的共同忧郁。

哦,巩乃斯的马,给了我一个多么完整的世界!凡是那时被取消的，你都重新又给予了我！弄得我直到今天听到马蹄踏过大地的有力声响时，还会在屋子里坐卧不宁，总想出去看看，是一匹什么样儿的马走过去了。而且我还听不得马嘶，一听到那铜号般高亢、鹰啼般苍凉的声音，我就热血陡涌，热泪盈眶。大有战士出征走上古战场，"风萧萧兮易水寒"的悲壮之慨。

我们碰上的是巩乃斯草原夏日最迅疾猛烈的暴雨。那雨来势之快，可以使悠然在晴空盘旋的孤鹰来不及躲避而被击落，雨脚之猛，竟把牧草覆盖的原野一瞬间打得烟尘滚滚。就在暴雨的豪打下，我见到了最壮阔的马群奔跑的场面。仿佛分散在所有山谷里的马都被赶到这儿来了。好家伙，被暴雨的长鞭抽打着，被低沉的怒雷恐吓着，被刺进大地倏忽消逝的闪电激愤着，马，这不肯安分的生灵从无数谷口、山坡涌出来，山洪奔泻似的在这原野上汇集了，小群汇成大群，大群在运动中扩展，成为一片喧叫、纷乱、快速移动的集团冲锋场面！争先恐后，前呼后应，披头散发，淋漓尽致！有的疯狂地向前奔驰，像一队尖兵，要去踏住那闪电；有的来回奔跑，俨然像临危不惧、收拾残局的大将；小马跟着母马认真而紧张地跑，不再顽皮、撒欢，一下子变得老练了许多；牧人在不可收拾的潮中被携裹，大喊大叫，却毫无声响，喊声像一块小石片跌进奔腾喧嚣的大河。

雄浑的马蹄声在大地奏出鼓点，悲怆苍劲的嘶鸣、叫喊在拥挤的空间碰撞、飞溅，划出一条条不规则的曲线，扭住、缠住漫天雨网，和雷声雨声交织成惊心动魄的大舞台。而这一切，得在飞速移动中展现，几分钟后，马群消失，暴雨停歇，你再也看不见了。

"好家伙，太棒了！"兰毛坐在马背上兴奋起来，"我这辈子就想当骑兵，步兵没意思，打死我也不干！"他在马背上挥动着手臂,好像手里攥着一柄军刀,胡乱劈砍了几下。

"听说你父亲原来是东北抗联的,退到苏联转从新疆回国的?"

兰毛说,是这么回事,我原先也是东北人。可是我生在新疆啊,所以是地地道道的新疆人!他妈的,骑兵没当上,跑到这儿再教育来了,你说倒霉不倒霉?

"其实也不算太倒霉,"我说。

为啥不算?

"你看,周围这风景,你到哪儿找这么美的地方?我说它是伊甸园也不过分把?在这种地方度过一段时日,倒霉就算咱们该交的门票吧?"

在农场部返回连队的路上,这两个人缓辔徐行,有一句没一句地聊着。那两匹马倒是老想快点儿跑回家,不停地摇晃头颈,使劲咬着马嚼子。

这时候已经天低云暗,四野渐渐模糊,大雨洗涤过的则克台,从一幅色彩鲜明的油画变成了氤氲缥缈的水墨丹青。

于是兰毛喉咙大声唱起歌来,"啊塔里木……"他唱得挺像那么回事儿。

青春的河

没有河流的地方不适合人类生存。千百年来人们总是沿河而居。河在哪里,哪里就一定有人,有生命和植物。河就是人类和一切生命的奶妈,她的乳汁养育了无数没有血缘关系的子孙。特别是当草色还没有完全憔悴,特别是起伏的低冈下、道路旁、屋舍外出人意料地长满了茂盛的树木——杏树、桃树和苹果树;而且当你绕过了一座矮矮的山冈，眼前出现一大片坦荡美丽的河谷；这片河里躺着一条无声蜿蜒着的河流——伊犁河。

这正是文君君十年后第一次见到的伊犁河，是第一次，从前见到的那条巩乃斯河。四十年前去则克台的部队农场接受"再教育"的时候，汽车曾经路过伊犁河，从伊犁河大桥上一驰而过，那只能算和伊犁河打了个照面，就像两个陌生人互相看了一眼，什么话也没说。现在呢，文君君从很远很远的大海边专程跑来，重访旧地，站在这条河边，就像在察看、回顾自己的一生。

她推着兰子杰坐的轮椅，在河边的林阴小道上缓缓地走着，走一走，停一停。停下来的时候，她会走到离河更近的岸边，兰子杰就在他的轮椅上抽他的烟。她望着伊犁河，这个季节它正如万马奔腾，声威豪壮，动人心魄的响声震耳欲聋。这时的水流已经不是巩乃斯河的灰白色了，更不是上游的山涧里那种清澈透明的，而是夹杂了泥土的颜色，浑厚、复杂、面目难辨。但是文君君认得出来，那奔泻如马群一般的水流里，有一股明显是从巩乃斯河里来的，她认识它。

啊，就藏在中年的河里。

美好的生活梦想，过早地坐进了轮椅里。

这一切谁能想到呢？命运为什么会这样安排呢？毫无道理，不讲道理，突如其来，只能接受。三十年前已经有了一儿一女的兰子杰，还是像二十几岁的兰毛一样本性难移、野性不改，他又迷上了开车，开快车，还说什么"像骑了一匹野马那么过瘾"。结果……和一辆油罐车撞了，钻到人家油罐车肚子底下。兰子杰腰椎骨压断了，造成终生瘫痪。兰毛太任性了，勇敢是他的优点，莽撞却是他的软肋，医生说，"若不是他这个人身体素质好，有十个人也早死了。"

文君君从那时起推上了轮椅,这一推就推过去了三十年。当初,兰子杰说:"离婚!我不能耽误你一辈子!"

你就回答了四个字:"有难同当。"

兰子杰又说:"其实我心里也明白,我配不上你。还是李烛彰更合适,你们两个才是门当户对、品貌相当呢。听说他爱人不久前得癌症去世了,你去找他去吧。"文君君说:"这种话以后不要再说。"

文君君难道不知道李烛彰的情况么?她比兰子杰清楚得多。李烛彰当了兵以后,给她写过好几封信,她都不回,后来听说她和兰子杰好了,他一气之下,随便找了一个通讯连的女兵结了婚。后来他在营长的职务上转业,在地方的民政厅又从头开始,以他的能力从副处长、处长,不长的时间已经干到了副厅长。文君君一点儿也不觉得奇怪,像李烛彰这么要强的人,多谋敢断,从小有那样的家教,天生就是当官的料。如果不是由于他的个性太强,别说一个副厅长,副省长也没什么问题。他妻子去世之后,有一次通过同学和文君君联系,准备去文君君那里去看看他们,文君君给人家的答案是:"别来,不见!"

正如文君君自己说的那样,她这辈子凡是自己做出的决定,都是错的。为什么会是这样呢?以后的漫长时日里她也曾不断地思考过,她发现了,原来她比兰子杰更任性。兰子杰的任性是表面的,她的任性是骨子里的。兰子杰是日常生活中的任性,她呢,是在命运面前的任性。凡是别人都认为合理的,她偏要去对抗;凡是她心里真正爱着的,她偏会去躲避。最后,命运就用这种方式惩罚了她。让她明白,天意不可违,顺天应命也是人生的大道理。

但是文君君毕竟还是文君君,她不管自己的决定怎么错,也不管命运用什么奇怪的方式惩罚,她都经受住了,没有垮掉,没有向那个看不见的神秘力量屈服。她一生都在和这个家伙捉迷藏,她找不见它,它却对她的一举一动了如指掌。现在这个狠心的家伙该放过她了,不向命运投降的人最终会感动上帝。

她这时候才突然领悟到,谁是上帝呢?在这块土地上,伊犁河就是上帝!你看它,它不仅仅是单独细长的一条河,这是它了不起的地方。它成了一个系统,一个影响着周围事物的活物,它把周围的都纳入了它,成了它的一部分。

天空是因为它才这么蓝的,要是没有它,天空马上就变成灰色的或者更糟。

河谷和草原是因为它才这么茂盛兴旺,隐藏养育了众多的禽鸟和野兽,不然,立即将成为沙漠。

还有那些村舍、房屋,房屋前的长廊、窗饰的雕刻,庭院里的夹竹桃、地毯和壁毯,铜壶和银餐具。它流着奶与蜜、果汁与麦香,还有肉。

还有那些沿岸生活的人,你来的时候他们那种平稳的表情,你走的时候他们那种平稳的态度;孩子的笑声,妇女们走路的姿态,以及所有的居民过日子的那种安详。这一切都因为有了它,都因为是它的组成部分。它给了他们韵调、口音、习性、容貌以及全部与众不同的东西,平稳而充沛的生活态度。

他们是它的风景,因它而贯穿流畅。

文君君想,人们世世代代都在到处寻找上帝,在云里找,在天上找,在发光的星球上找,结果谁也没找到,谁也没见过上帝。就是因为人们忘了脚下,忘了身边。上帝上帝,并不在上面,恰恰相反，它在下面，在身边。这条伊犁河正是这样，它专挑着低处走过，默默地帮助万物。

难道这不正是上帝的行为吗？